小林秀雄の謎を解く

『考へるヒント』の精神史

部直

新潮選書

はじめに

小林秀雄の随筆集『考へるヒント』の第一巻（文藝春秋新社、一九六四年）には「人形」と題する一篇が収められている。もともとは『文藝春秋』での連載「考へるヒント」のために書いたものではなく、『朝日新聞』（PR版）一九六二（昭和三十七）年十月六日号の「四季」欄に寄稿した作品であった。

「或る時、大阪行の急行の食堂車で、遅い晩飯を食べてゐた」という書き出しで始まっている。その当時は長距離の特急・急行列車には食堂車が連結されているのが普通だった。四人がけのテーブルに一人で座っていたら、前の空席に「六十恰好の、上品な老人夫婦」が腰をおろしてきた。いわゆる相席である。

この当時だから妻の方が着ているのは和服。小脇に何かを抱えながら入ってきたが、席に着いたあとに「袖の蔭」から取り出したのは「おやと思ふ程大きな人形」であった。「人形は、背広を着、ネクタイをしめ、外套を羽織つて、外套と同じ縞柄の鳥打帽子を被つてゐた。着附の方は未だ新しかつたが、顔の方は、もうすつかり垢染みてテラテラしてゐた。眼元もどんよりと濁り、唇の色もあせてゐた」。見ている光景の描写が鮮明なのが、小林の随筆や小説の特徴である。

二人の息子はもうだいぶ前に亡くなってしまい、「乱心」した妻は人形を自分の子供と思って育てるようになり、夫もその行動に寄り添っているのだろう。小林がそう推測していると、妻は自分の前に置かれたスープをすくって、まず人形の口元に運んでから自分の口に入れている。そのようにして一家の奇妙な食事が続くのを眺めながら、小林は考える。「もしかしたら、彼女は、全く正気なのかも知れない。身についてしまつた習慣的行為かも知れない。とすれば、これまでになるのには、周囲の浅はかな好奇心とずゐ分戦はねばならなかつたらう。それほど彼女の悲しみは深いのか」。夫婦の食事はなごやかに終わったが、「もし、誰かが、人形について余計な発言でもしたら、どうなつたであらうか。私はそんな事を思つた」。その言葉で一篇を閉じている。

この作品の発表から十九年後に、昭和戦前期、ともに同人誌『作品』（一九三〇年創刊）で活動したころから小林と交流のあった作家、井伏鱒二が『現代の随想　5　小林秀雄集』（彌生書房、一九八一年）の編集と解説の執筆を担当している。井伏の『文士の風貌』（福武書店、一九九一年）によれば、一九八〇（昭和五十五）年九月二十四日、その二日前に亡くなった河上徹太郎の自宅での葬儀に集まったさいに、小林本人から依頼された仕事である。収められた文章二十篇のうち九篇を『考へるヒント』第一巻・第二巻の収録作品が占めており、「人形」もそのなかに含まれている。

この選集に寄せた「解説」で井伏は、「人形」を真っ先にとりあげ、最大の賛辞を捧げている。「この作品は、さりげないスケッチのやうでありながら、人に切迫して行く力を持つてゐる。煩手を避けて、省けることはできるだけ省いてゐる。叙情詩として見ても、戦後文学の絶唱である」。確かに文章は簡潔であるが、読んでいると老夫婦のようすが鮮やかに浮かんでくる。作品では、食事のあいだに「大学生かと思はれる娘さん」が、やはり相席で小林の隣に座ることになる。その時、「彼女は、一と目で事を悟り、この不思議な会食に、素直に順応したやうであつた。私は、彼女が、私の心持まで見てしまつたとさへ思つた」というくだりでは、目撃者である小林の心の動揺を巧みに描いている。印象ぶかい作品であることは間違いない。

ところが、「戦後文学の絶唱」という井伏の大げさな賛辞は、作品が発表された年を「昭和二十七年」（引用は初出による）と、十年早く勘違いしたことに基づいていた。したがって、さらにその数年前の占領期の車内風景が描かれていると井伏は考えて、もしその場に「アメリカ兵」が居あわせて、老夫婦をからかうような「余計な発言」をしたら、きっと小林は兵士につかみかかっただろう。そのように想像力を暴走させるのである。

これはおそらく、夫婦の「一人息子は戦争で死んだのであらうか」と小林が推測を記していたことが誤解を誘ったのだろう。そして井伏は「あの正気な沙汰ではなかつた戦争」が息子の死をもたらし、この妻を狂気に追いやったと論じて、その「悲劇」と人形の「頓狂」なようすとの間に、残酷な対照を読みとった。そんな奇異な状況を目撃したにもかかわらず、「事態の運びに、不自然なところは一つもない」文章にした。そこに作品の価値を見いだしたのである。

『考へるヒント』第一巻には初出紙に関する情報が記されているから、それを慎重に点検したなら過ちに気づいたはずだろう。井伏と版元のどちらにとっても、痛恨の失錯である。『現代の随想』が手元に届いたとき、小林は苦笑したことだろう。だが、この文章がどこかで「戦後」という時代の空気を感じさせるのも確かである。仮にこの経験が一九六〇（昭和三十五）年のことだったとすれば、戦争が終わって十五年。戦争で息子を失なった悲しみが、強く後を引いて残っているぎりぎりの年数と言える。

そしてこのころ日本社会はすでに高度経済成長の時代に入っている。東海道線は新幹線がまだ開通していないので、急行に乗った場合、東京から大阪まで七時間半である。老夫婦が何のためにどこへ行くのかはわからないが、仕事や親族の集まりではない、観光の旅のような気がする。小林の側も、おそらくは出版社が企画した講演会のための旅行であろう。ゆっくりと食堂車で食事をとっていること自体が、世の中が豊かで安定してきたことの象徴であり、だからこそ、そこに顔の薄汚れた人形が現われることが異様な空気を漂わせる。

また、この逸話にふれて、どこかで聞いたことのある話だと思った読者もいるかもしれない。実際に漫画家、楳図かずおは、一九六〇年から翌年にかけてサスペンス漫画『人形少女』を講談社の雑誌『たのしい五年生』『たのしい六年生』に連載したが、その作品は「ある日、新聞に「子どものない夫婦が人形を子どもとして育てている」という記事が出ているのを読んだのが、発想のきっかけ」だった（『完全版　人形少女　限定版BOX』小学館クリエイティブ、二〇一一年）という。小林が「人形」を書く前に、すでに類似の目撃談があり、おそらくはこの時代に発展した週刊誌などのマスメディアを通じて、広い範囲に伝わっていたのである。疑ってみるなら小林秀雄の「人形」もまた、そうした記事を元にした創作で、それを読んだ読者が人形を連れた旅人をめぐる類話を、引き続き新しく作り、広めてゆく。都市伝説の再話と拡散の過程の一場面であった可能性もある。

小林秀雄は俗世間から隔絶した孤高の文士のように見られることがある。だがその作品は、

「人形」の例に見えるように、同じ時代の社会や経済や政治の状況とまったく無縁なものではない。都市伝説のような大衆の集合的な想像力と響きあう場合もある。テクストを細心に読むことでその時代の空気がにじみ出てくるだろう。しかも本書がとりあげる題材の中心をなす「考へるヒント」は、総合雑誌に連載された随筆である。同時代の問題に関する小林の思考を、意識して展開している場合も少なくない。

高度成長期の大きく変わってゆく社会のなかで、小林が何を批判し、いかなる方向を読者に指し示していたか。その点に注意して「考へるヒント」、また同じ時期のほかの作品を読み直すと、意外な側面が見えてくる。

連載時にはどちらかと言えば不人気だった「考へるヒント」が、ロングセラーとなり大学入試の世界に君臨したのはなぜか。どうしてその連載で「歴史」をたびたび論じ、徳川思想史に焦点をあてていったのか。近代科学の方法を繰り返し批判する背景には、学知をめぐるどんな構想があったのか。——本書ではそうした謎にとりくむことを通じて、小林秀雄という批評家についてこれまで知られていなかったさまざまな側面を描きだすと同時に、この六〇年代という時代の精神史——思想史でも文化史でもいいのだが、小林自身が「時代精神」という言葉を用いていることに合わせて、副題は精神史とした——について、改めて検討してみたい。歴史のとらえ方について、日本の伝統について、文学や歴史学を含む人文知のあり方について、そこでは意外に豊かな考察が展開していたのである。

小林秀雄の謎を解く　『考へるヒント』の精神史　目次

小林秀雄の謎を解く　『考へるヒント』の精神史

凡例

一　小林秀雄の文章の引用は、原則として『小林秀雄全集』全十四巻・別巻二巻・補巻三巻（第五次全集、新潮社、二〇〇一年〜二〇一〇年）により、引用頁はたとえば第十二巻三十三頁を（十二―33）という具合に、本文中に略記した。ほかの文献についても、重要な箇所だが引用原典で頁数を探しにくい場合は、頁数を示すことにした。

一　引用文のうち漢字は常用漢字体に改め、かなづかいは底本のままとした。ルビは現代かなづかいに統一した上、必要に応じて追加した。ただし「國體」「藝」のように、底本が常用漢字体に改めている字を、正字体に戻した場合がある。〔 〕内は引用者による補足である。

一　年号・元号に並記した西暦年は、改元や暦法に伴うずれを考慮した記載ではなく、より長く重なる年を掲げたのみである。

一　翻訳文献を引用するさいに、特に断わらずに訳文を改めた場合がある。

一　巻末に主要な参考文献を掲げたが、複数の章で参考にしている文献については、もっとも関連の深い章のところに入れている。

序章　『考へるヒント』について考える

一　教科書の小林秀雄

いま、誰が小林秀雄（一九〇二・明治三十五年〜一九八三・昭和五十八年）を読んでいるのだろうか。もちろん小林秀雄に関する本や評論、さらにインターネット上で読める文章は、いまでも数多く書かれている。だがそうした広い意味での専門家を除くとすれば、どれほどの人が小林秀雄の作品を好んで手にとっているか。

おそらくその数が、元号が昭和だったころと比べるなら、かなり少なくなっていることは確かだろう。読者の数が文学作品の価値を決めると言うつもりはない。だが現在、たとえば谷崎潤一郎、太宰治、三島由紀夫といった、同じ時代に活躍した作家たちに比べて、小林秀雄の著作が読まれなくなっていることは、書店に並んでいる文庫本の数からしても明らかだろう。

これに対して小林秀雄の作品が、小説家や詩人ではない批評家としては例外的に、近代日本文学の名作として盛んに読まれていた時代が、かつてはあった。そのことをよく示すのは、大学の入学試験の国語科目における出題である。いま年長の世代の読者には、大学の受験勉強のさいに、過去の入試問題を通じて小林の文章にふれた経験のある人が少なくないはずである。人によっては、そこから興味を抱いて小林の本に読み進んだ場合もあるだろう。

日本近代文学の研究者で早稲田大学教授を務めた川副国基《かわぞえくにもと》が、『小林秀雄』（學燈社）という文庫判の著書を一九六一（昭和三十六）年に刊行している。これは通常の文藝評論や評伝の書ではなく、高校生むけの学習参考書のシリーズ「學燈文庫」の一冊であった。教科書に載っている小林作品の鑑賞の参考に、また大学受験の対策のために読まれることをねらったのであろう。その「はしがき」は、こう始まっている。

小林秀雄は、現代最高の地位を占める文芸評論家である。おそらく、かれのような感性の鋭い批評家は五十年に一人もあらわれるものではないであろう。昭和の文学史は批評家小林秀雄を得ただけでも十分の意義をもつ。

批評も文学である、という考え方から、批評を文学の高さにまで押し進めたのは小林秀雄であった。かれの出現によって、わが国の文芸批評はここにはじめて個性の強い、文学そのものの批評を持ち得たのであった。小林秀雄は昭和初期のプロレタリヤ文学との対決から「私小説論」を経て、いよいよ独自の文芸評論を展開していったが、昭和十年代までのこの小林秀雄の影響からのがれ得たものは、当時の知的青年には一人もなかったといってよい。

（川副国基『小林秀雄』「はしがき」）

同じ「はしがき」には、「若い研究家諸氏の協力を得て」本を作ったとあるから、内容の作成は著者周辺の大学院生や若手研究者に任せたのだろうが、「はしがき」はさすがに自分で書いたものと思われる。川副は一九〇九（明治四十二）年生まれ、小林よりも七歳下である。小林が「私《わたくし》小説論」（『経済往来』一九三五年五月号〜八月号に連載）を発表した年に、川副は数えで二十七歳だから、初期の批評作品から大きな影響を受けた「当時の知的青年」とは、自分のことを語ってもいるのだろう。

「現代最高の地位を占める文芸評論家」「批評を文学の高さにまで押し進めた」といった賛辞は、戦後に小林に対してしばしば向けられた常套句であった。一九六一年に小林は数えで六十歳、還暦の年である。すでに日本藝術院賞・読売文学賞・野間文藝賞を受け、第二次『小林秀雄全集』全八巻（新潮社、一九五五年～一九五七年）も完結させて、文学者としてゆるぎない地位を確立していた。

そして川副による『小林秀雄』の裏表紙（第一刷による）には、「小林秀雄はこれだけ学べば十分！」「教科書や入試に採られたものは勿論、その代表的作品の一切を網羅」といった文句が印刷されている。高校の国語教科書に、また大学入試に使われる作品としても、すでに小林の文章はおなじみのものになっていたのである。

具体的な使用例としても、明治大学――のちにふれるように、小林自身が教授として教えた大学でもある――が「文章鑑賞の精神と方法」（初出は『日本現代文章講座』方法篇、厚生閣、一九三四年）を使った入試問題を、この本は引用している（同書一五四～一五七頁）。当時はまだ、著書にも全集にも収録されていない文章であるから、小林自身が作題したものを収めたのかもしれない。ちなみに同じ學燈文庫から、一人に対象をしぼった本が出ている近代日本の作家は、ほかに芥川龍之介、石川啄木、島崎藤村、夏目漱石、ラフカディオ・ハーン、樋口一葉、森鷗外。批評家は小林のみであった。国語教育と受験産業における、その地位の特別な高さがよくわかる。

先ほど小林秀雄が昔よりも読まれなくなったと指摘したが、それでも著書の文庫版がいまでも版を重ねていることを考えれば、昭和の批評家としては、人気が長く続いている方だろう。たとえば河上徹太郎や中村光夫といった、同時代に活躍した批評家の著書が、いまやほとんど品切・絶版になっているのと比べれば、まだ読者を獲得し続けているのである。

読者が少なくなったとはいえ、それでも知名度が高い理由の一つは、高校の国語（現代国語・現代文・文学国語）の教科書が、小林の文章を載せ続けているからだろう。管見のかぎりでは、高校教科書に小林の文章が使われたのは、一九五二（昭和二十七）年検定・翌年発行の版で、新村出監修『現代国語　言語三』（実教出版）が「読書について」（一九三九年）を、岡本明編『新編国語　文学三』（大阪教育図書）が「徒然草」（一九四二年）を、それぞれ掲載したのが最初である。

この二冊は高校三年次の教科書であり、高校生の読み物としては高度な作品と位置づけられていることがわかる。その後、上記の二篇のほか、「無常といふ事」（一九四二年）、「平家物語」（同年）、『私の人生観』（一九四九年）といった作品を、現在に至るまで各社の教科書が使っているが、三年次にわりあてている場合がほとんどを占める。教科書に載る機会が多ければ、大学の入試問題にも使われることになる。一九六一年に川副国基の『小林秀雄』が刊行されたのは、すでに出題され始めていたことを示す好例である。教科書や大学入試問題でふれる経験を通じて、小林秀雄の作品に関心をもつ読者が新たに現われる。文学好きの読者の間で評価が高いせいもちろんあるだろうが、広い意味での教育制度上の要因が、小林の著書や関連書が多く刊行される動向を支えてきたのだろう。

二　戦後デモクラシーと「近代批評」

一九五〇年代からいっせいに、国語教科書が小林秀雄の文章を使うようになったのはなぜか。もちろん、文藝誌や新聞の文藝時評にこまめに目を通すような文学の愛好者にとっては、小林の文章はすでに一九三〇年代から人気作品となっていた。一九五二年よりも前に発表された小林秀雄論の論考や書物も少なくない。しかし一般の読者にとっては、戦後の五〇年代以降、国語教育のなかで教科書が小林をどのように紹介していたかが、印象を強く形づくり、人気を下支えしていったはずである。

先に挙げた例のうち、大阪教育図書の『新編　国語　文学三』が、小林の作品に教科書が与えた意味づけをよく示している。当時の高校国語教科書は、「言語」と「文学」の二本立ての構成であった。二〇二二（令和四）年度から施行された学習指導要領が、国語の選択科目について、従来の「現代文」を「論理国語」と「文学国語」の二つに分けたことと似ているが、この当時はおそらく、国語学と国文学の両分野に対応させて、学習内容を編成しようという意図だったのであろう。

この教科書の「編修責任者」と「編修委員」六名の顔ぶれは、和歌・俳句の専門家だった岡本明をはじめとして、広島大学の国語・国文学の教員がその多くを占めている。全七章で構成されており、そのうちの第四章が「評論」で、古典と現代の評論をとりまぜた五篇のうちに、小林の「徒然草」がある。当時の教科書には、巻頭に「学習目標要覧」が掲げられているが、第四章に関する学習目標の説明はこうである。「批評文学はもっとも遅れて発生した文学形態であり、それだけに近代性の豊かなものと言えるだろう。作品を解釈し鑑賞する力を養ってきた諸君は、ここにそれらの知識を総合して文学作品を批評することを学ぶ段階に到達した。芭蕉〔向井去来『去来抄』〕・宣長〔本居宣長『源氏物語玉の小櫛』〕・「徒然草論」〔小林秀雄「徒然草」〕らの鋭い作品を読んで、批評精神を養おう」。

つまり高校一年次から国語の授業で、随筆・小説・詩歌と、古典と近現代のさまざまな文章を「解釈し鑑賞」してきた。その総しあげとして三年次には、「文学作品を批評すること」を高校生に実践してほしい。そのための手本として小林秀雄の「徒然草」を読み、「批評精神」を養うべきだというのである。実際に第四章の末尾に掲げられた「研究問題」のなかには、「今まで読んだ作品から一つを選んで、その作品批評をこころみよう」という項目がある。一九五二年の高校生には、文章を解釈・鑑賞するだけでなく、みずから「作品批評」を書くことまで要求されていたのであった。

さらに「学習目標要覧」が、「批評文学」は「近代性の豊かなもの」であると意義づけているところも興味ぶかい。第四章で小林秀雄の「徒然草」に添えている筆者紹介にも「わが国における象徴派以後の意味での近代批評の創始者のひとりである」とある。この教科書には「近代批評」の定義が見あたらないが、たとえば後年に刊行された、三好行雄・山本健吉・吉田精一編『日本文学史辞典　近現代編』（角川書店、一九八七年）における、小林の文壇デビュー作「様々なる意匠」（『改造』一九二九年九月号）に関する説明はこうである。「文学は言語表現として示される作者の自己意識の世界であって、批評はそれを再創造する表現行為であることを主張。文学の自律性と批評の文学性を提示した」。おそらく第一には、これと同じような意味をこめて「近代批評」と呼んでいるのだろう。

この教科書が編まれたのは、小林の最初の全集（第一次全集）が、当人が戦後に取締役を務めた創元社から全八巻で刊行され（一九五〇年～一九五一年）、完結した直後のころであった。その全集の第二回配本にあたる第三巻『作家の顔』（一九五〇年十月）の西村孝次による「解説」には、「昭和の、もつと大きくいへば近代日本の、文藝批評を確立したと称される小林」という言い回しが見える。さらに第四回配本の第一巻『様々なる意匠』（同年十一月）には福田恆存《つねあり》が「解説」を寄せ、こう語っている。「小林秀雄といふ人物において、わが国ではじめて、懐疑が、認識が、自意識が、批評が、強い生命力と直結しえたのである。世間ではこのことを、批評が文学作品になりえたと称してゐる。結果論的にいへば、たしかにさうである」。

小林を日本における「近代批評」の創始者とおそらく最初に呼んだのは、五歳下の批評家、平野謙であった。平野や本多秋五らが戦後に創刊した同人誌『近代文学』の第二号（一九四六年二月）に、同人たちが小林をゲストに招いた「コメディ・リテレール　小林秀雄を囲んで」という座談会が載っている。そこに平野が質問のなかで「一般的に近代文藝批評というものは小林秀雄が切り拓いた道なき道だと言ってもいいと思うんですが」（八-14）と語っている場面がある。この座談会は小林の社会に対する戦後第一声の場ともなっており、文壇で注目されている。平野の意図はともかくとして、読者から見れば終戦による時代の転換とともに、「近代批評」の創始者という新たな位置づけが小林に与えられたのであった。「近代」批評という呼び方それ自体も、この時に初めて登場したのかもしれない。ちなみに藤枝静男が書いた小林の追悼文「小林秀雄氏の想い出」によれば、小林と平野は母親が従姉妹どうしである。

この平野による評価を念頭に置いて、西村孝次と福田恆存は「称される」「称してゐる」と記したのであろう。第一次全集が刊行されたのちには、その書籍によって多くの読者が小林の文章に親しむようになる。「解説」のこうした言及とともに作品が読まれることによって、日本における「近代批評」の創始者という評価が、読書界に広く定着していったのではないか。現在でもたとえば、『岩波講座　日本文学史』全十七巻・別巻一巻（一九九五年～一九九七年）が小林秀雄を主題としてとりあげるのは、第十三巻の『二〇世紀の文学　2』（一九九六年）に収められた、「批評文学の自立」（根岸泰子執筆）という章においてである。

だが、『新編　国語　文学三』の編者たちが小林を「近代批評」の創始者と呼ぶとき、念頭に置いていたのはおそらく、「象徴派以後」という文学史における時代区分だけではない。この教科書の第一章は「新文化建設の道」と題されており、武者小路実篤、天野貞祐《ていゆう》、安倍能成という三人の随筆を収めている。大正期に白樺派やいわゆる「教養派」の知識人として、人格主義とヒューマニズム（人道主義）の論陣を張った顔ぶれであった。そして「学習目標要覧」では第一章の編集の趣旨をこう語る。「近代の文学が自我の覚醒に出発したように、近代的民主文化の建設は、個我の確立に発足する」。

「近代」や「文化」や「民主」といった言葉が、終戦直後、占領期の日本社会で放っていた輝きを、ここに読み取ることができるだろう。人類共通の理性を備えているはずの個人が、健全で理想的な「文化」を学ぶことを通じて、「民主」政治に積極的に関わる市民へと陶冶されること。大正時代、しかもマルクス主義の流行期より前の思想潮流を復活させたかのような、「近代的」な文化の確立の主張である。武者小路・天野・安倍の三人は、当時はすでにオールド・リベラリストと呼ばれていた大家の知識人であった。『新編　国語　文学三』がその文章を収め、戦後社会における彼らの復権を試みたのは、戦時期の軍国主義の風潮への反省と、新たな文化国家の建設という目標を念頭に置いていたのだろう。

したがって小林の「近代批評」もまた、自己の内面に渦まく思考の動きを批評家が表出した作品というだけではなく、高校生がそれを読むことを通じて、理性的な市民としての「自我の覚醒」「個我の確立」へと、近づいてゆく成長過程の養分となる。教科書の編者はそうとらえていたと思われる。いわば、文学のうちで「近代的民主文化」を支える「批評精神」の働きを読者に教える分野としての「近代批評」であり、その代表者が小林秀雄であるという位置づけにほかならない。

三　「近代の悪徳」

しかし、こうした意味で「近代性の豊かな」文章作品として、オールド・リベラリストの随筆とともに教材に使われるという位置づけは、第一次全集の解説を書いた西村孝次や福田恆存のような、小林作品の愛読者にとっては、違和感を覚えるものであっただろう。また、小林を「近代文藝批評」の創始者と呼んだ平野謙も、もともとはマルクス主義の理論に基づいて、「近代」の「ブルジョア的」な文学を批判しのりこえようとする立場をとっていた。戦時中には小林の著書『歴史と文学』（一九四一年）に対して、「いわゆる近代的インテリゲンツィアというものの地盤喪失、その存在理由の薄弱化という現象も眺めないではいられぬのである」（「小林秀雄」、『法政大学新聞』一九四二年七月二十日初出）と批判していたのである。必ずしも高い価値評価をこめて「近代」的と呼んでいたわけではない。

もしも「近代」を理性や科学的思考で特徴づけるなら、小林はそうした「近代」に対する批判の態度を早くから明らかにしていた。何しろ大学の卒業論文の主題に選び、文学生活の出発点としたのは、理性や科学に代表される「近代」に対して激しい呪詛の言葉を投げつけた、アルチュール・ランボーの作品である。

ランボーの散文詩『地獄の季節』（*Une Saison en enfer*, 1873）のなかの一篇、「悪胤」（Mauvais sang）の一節を、小林はこう訳している。初出誌は一九二九（昭和四）年十月に第一書房から刊行された『文學』創刊号。小林によるランボーの訳詩が初めて世に出た機会であった。初出誌でその次のページに掲載されているのは、佐藤朔訳によるアンドレ・ブルトンのシュルレアリスム小説「ナジア」（André Breton, *NADJA*, 1928）。西洋の最先端の文藝思潮と関連させた紹介であり、ランボーがまさしくその原点にいた作家として位置づけられていたことが、よくわかる。

そら、科学だ。どいつもこいつも又飛び附いた。肉体の為にも魂の為にも、——臨終の聖餐、——医学もあれば哲学もある、——たかが万病の妙薬と恰好を附けた俗謡さ。それに王子様等の慰みかそれとも御法度の戯れか、やれ地理学、やれ天文学、機械学、化学……

科学。新貴族。進歩。世界は進む。何故逆戻りはいけないのだらう。

これが大衆の夢である。俺達の行手は『聖霊』だ。俺の言葉は神託だ、嘘も偽りもない。俺には解つてゐる、たゞ、解らせようにも外道の言葉しか知らないのだ、あゝ、喋るまい。

（一―271）

十九世紀の西洋においては「科学」と「進歩」に対する崇拝が、思想界と、また一八七一年にランボー自身が目撃したパリ・コミューンのような社会運動にすっかり滲透していた。科学が知識人だけでなく貧しい庶民からも、かつての領主たちに代わる万能の「新貴族」として宗教のような信仰を集めている。そうした現実を戯画化して語ることで、理性や科学や進歩が君臨する「近代」に対する批判を、鋭く表現した一節と読めるだろう。

ただ、小林の訳業に関してしばしば指摘される誤訳は、この一節にも顔をのぞかせている。「これが大衆の夢である（C'est la vision des nombres）」は、現在出ているほかの日本語訳では「それが、もろもろの数のヴィジョンだ」（湯浅博雄訳）、「数の眺めだ」（中地義和訳）となっている。つまり、万象を数量化して分析する自然科学が絶大な信仰を集めているようすを言い表わしたものと読む方が、nombresという原語の理解としてはふさわしい。また、ここに引用した第五次

『小林秀雄全集』の本文は、東京創元社版の小林訳『ランボオ詩集』（一九七二年）に基づいているが、冒頭近くの「臨終の聖餐」(la viatique)は、臨終にさいして神父が聖体のパンと葡萄酒をその人に与える儀式のことであり、「科学」信仰がすでに末期に達して限界を見せている状況を揶揄した言い回しである。これが初出誌では「旅には路銀か」と日常的な意味の方で訳されており、意味不明な訳文になっていた。

しかし、「これが大衆の夢である」という小林の翻訳は、逐語訳として不正確であっても、「近代」に対するランボーの嫌悪と、他面でみずからも「大衆」に囲まれながら生き、「近代」の爛熟に浸りきっているという屈託を、よく表現しているように思われる。「俺達の行手は『聖霊』だ」という一節も、「聖霊」の原語はl'Espritである。科学による理論化の対象が自然界から人間の精神（エスプリ）にまで及び、知の体系の完成に至るようすを言い表わしたとも解釈できるが、小林はそう解さなかった。むしろ、科学と理性に対する崇拝から詩人が訣別し、それとは異なる非合理の領域（「聖霊」）へ向かおうとする宣言として読んだのではないか。自分のそうした思いをそのまま表現しようとすれば、常人には理解できないような、理性から遠く離れた異教徒（「外道」）の言葉を使わないといけなくなるから、これは語れない。――小林の訳文は強引な翻訳ではあるが、ランボーの混沌とした精神の動きを、言葉にくっきりと造型している。

読者の証言として、小林訳の『地獄の季節』については、ところどころ意味がわからないが魅惑されたという回想を目にすることが少なくない。最初に「ランボオⅠ」（一九二六年）、続いて「様々なる意匠」に見える有名な言い回しを借りれば、言葉の集合体としてのテクストの内奥で働いてその全体を支えている、「作者の宿命の主調低音」（一—137）をとらえようと試み、つかみ出したその音に合わせながら訳文を調節する。小林によるランボーの翻訳はそうした試みだった。「主調低音」はフランス語にもともと由来する音楽用語 basse fondamentale（根音《こんおん》バス、基礎低音）の訳語であろう（同じ訳語が一九四二年発表の中島敦「狼疾記」に見える）。同時に鳴って和音を構成する複数の音のうち、基礎になる音を根音と呼ぶ。だが場合によっては、和音の連結法にしたがって楽譜を分析すると、楽譜に記されていない低音の連なりが実際には根音として働き、楽曲の進行を支えていると想定できる、そういう低音のことである。言葉の表面には現われないが作品の根柢に生きている、その作者ならではの（「宿命の」）精神の活動を、小林はこの言葉にたとえたのだろう。青年期から西洋音楽に親しみ、みずからヴァイオリンとマンドリンを弾くこともあった小林らしい表現の選択と言える。

小林秀雄はその初期作品から、近代のヒューマニズムが説く普遍的な人間性や、マルクス主義による階級集団としての人間像には還元しきれない、個としての自己の唯一性にこだわり続けていた。そこに『新編　国語　文学三』の言うように「個我の確立」を読みとることも不可能ではない。だが小林自身の回想によれば、旧制第一高等学校（一高）から東京帝国大学文学部仏蘭西文学科へ進む一年前、一九二四（大正十三）年の春からランボーの愛読者である。そしてやはり近代的な「自我」の観念を根本から批判する、アンリ・ベルクソンやフリードリヒ・ニーチェの哲学にも、大学時代から親しんでいる。

小林の前提とする人間の心理のありさまは、理性によって統御され、明確な輪郭をもって統一された自我ではもはやなかった。『地獄の季節』においても、「俺の言葉は神託だ」と叫んだとたんに、それを「解らせようにも外道の言葉しか知らないのだ」とあきらめる錯乱ぶりに、十九世紀末の西洋の藝術・思想をすでに覆っていた、統一された自我の解体という精神状況が刻まれている。

福田恆存は、『小林秀雄全集』の解説を書いた前年に、本格的な小林論として「誠実といふこと――小林秀雄との出会ひ」（のちに「小林秀雄」と改題）を発表している。終戦直後に発刊し、二号（輯）で終刊したと思われる文藝誌『（季刊）文藝評論』の第二輯（好學社、一九四九年四月）の「小林秀雄特輯」の冒頭に掲載された力作であった。そこで福田は、中野重治が『齋藤茂吉ノオト』（一九四二年）の「ノオト十一　宗教的といふこと」で展開した議論と対比しながら、小林秀雄の批評の特質を描きだしている。

中野重治によれば齋藤茂吉は、「キリスト教神学以前」の「古代日本人以来の日本的自然観」を、「短歌の生理」として精神の内に保ち続けた。そして「近代」の「自然科学的方法」を自己補強に利用することで、短歌に「自然観照の客観性」をまとわせながら「古代日本人の肉体」を保存することに成功したのである。「古代日本人」と、事象の客観的な分析としての「近代科学」との両者が、異質なものでありながら共存し、「古代」以来の短歌の「生理」を生きのびさせている。茂吉論に見られるこうした指摘は、福田に言わせれば、みずからの主観的な「強烈な自己主張」を、マルクス主義が標榜する「近代科学の洗礼」を受けたのちにも温存し成長させようとする、中野自身の自己正当化の心理が生んだものなのである。

中野とは対照的に、「古代日本人」の「肉体」を、ヨーロッパの「近代精神」にあくまでも対立させ、「近代」の克服を試みた批評家。福田恆存は小林をそう位置づける。

もはや贅言《ぜいげん》でしかあるまいが、小林秀雄の魅力こそ、古代日本人の――「自然観」とはいはぬ――肉体が、近代ヨーロッパの実証精神を通じて、なほよくその健康を保持しえたといふことのうちにあるのだ。が、かれは近代精神によつてそれを強めたのではない。すくなくともかれ自身のかはにおいては、それを自己補強に利用しようなどといふ下心はなかつた。事実はむしろ反対である。小林は近代ヨーロッパに反逆したのだ。文学的には、十九世紀の心理主義に、さらにいへば、自己告白による自己主張の文学概念に、猛烈な攻撃を開始したのである――しかも、心理主義の武器をもつて。

とすれば、小林秀雄の演じた役割は、近代精神によつて古代日本人の情感を強めたことではなくて、逆に古代日本人の健康さによつて近代精神の病弊から脱出することであつたはずだ。

（福田恆存「誠実といふこと――小林秀雄との出会ひ」）

福田の「誠実といふこと」は、小林に関する研究史を整理した文献では、本多秋五の「小林秀雄論」（『近代文学』第三号、一九四六年三月）とともに、終戦直後に世に出た小林論の代表作としてよくとりあげられる。「古代日本人」という指摘に関して、中野重治の場合は『万葉集』に発する和歌の伝統をとりあげてそう呼んでいることが明らかである。それに対して福田が小林の批評のどんな特徴を指してそう呼んでいるのかは判然としない。ただ、のちに第四章でふれるように、一九四〇年代から小林は本居宣長『古事記伝』の精読にとりくんでいた。そのことを福田は本人から聞いていた可能性がある。

しかしいずれにせよ、小林秀雄の文学活動が「近代精神の病弊」を鋭く自覚するところから出発したことを、福田は見抜いていた。その思想の根柢には、「近代」以前から続いている日本人の「健康さ」――福田が当時それをどういうものと考えていたかは、この文章では明らかでない――が感覚として息づいている。その上でむしろ、心理の精密な分析という「近代」的な批評の方法を自己流に組み立て直しながら、「近代」批判を敢行した批評家。そのように福田は小林を位置づけている。

小林が「様々なる意匠」をはじめとする初期の批評作品で名前を挙げる西洋の批評家は、シャルル＝オーギュスタン・サント＝ブーヴ、エドガー・アラン・ポー、シャルル・ボードレールといった十九世紀の顔ぶれが多くを占める。ポール・ヴァレリーのような、一九二〇年代に活躍中の同時代の批評家の著作にも早くから親しんでいた。そもそも小林秀雄は「近代批評」という言い方を用いず、単に「批評」と呼んでいる。まさしく現代西洋の批評の動向も念頭に置き、それと互角にわたりあう姿勢で執筆を続けていたのである。

極端に言えば小林にとっては、自身が生きる同時代に対して生きた意味をもつ文章が「批評」の名に値するのであり、どの時代に生まれた作品かは関心の外にあった。高校教科書が紹介するような、理性的な「自我」の理想によって象徴される「近代」と結びついた「近代批評」を、自分が展開しているとは思っていなかっただろう。

それどころか小林は、国語教科書に見られるような終戦直後の「近代」礼賛の風潮に対して、同じころすでにきびしい批判を公表していた。やはり当時に思索社から刊行され始めた文藝雑誌『個性』の第二号（一九四八年二月）――ちなみに安部公房のデビュー作「終りし道の標べに」が同じ号に載っている――に、片山修三による「小林秀雄氏との一時間――近代自我をめぐつて」というインタヴューが載っている（全集未収録）。そのなかで小林は、ひと時代前の「マルクシスト」と、「今日のデモクラット」の双方が日本社会における「封建制の清算」を叫んでいることに対して、こう述べている。文体からすると、速記による記録を参考にしながら自分で返答を文章として書き直したのだろう。

〔文化が〕後れてゐる国といふものは、又同時にお先つ走りをする国でもあるのだ。観念的に進みすぎ実質が伴はぬ国なのだ。そしてこの性格が一般に近代の悪徳といふものなら、日本は近代の悪徳に一番染まり易い国なのだ。日本は近代化不足によつて敗けたのではない、近代の悪徳を背負つて敗けたのです。

ここで小林は、無謀な大東亜戦争とその敗戦の原因を、日本社会に執拗に残る「封建制」の遺風に求めようとする、戦後のマルクス主義者や「近代」礼賛者をきびしく批判している。語り口は簡潔というより乱暴に近い。『私の人生観』の末尾における「軍人」と「ジャアナリズム」への言及など、小林のほかの文章や発言をもとにして、想像で補ってこれを説明しなおすなら、以下のような論旨になるのではないだろうか。

明治時代以後の日本人は、西洋の「近代」の思想と文化を急いで導入しようとして、「観念的に進みすぎ」てしまった。その結果、西洋の「近代」思想が抱えていた特色としての観念性、抽象的な法則や原理にみずからの根拠を求めるという「悪徳」をもまた、より強調された形で引き継ぐことになった。昭和戦前期からのマルクス主義の思想運動にも、浅薄な「日本主義」や「国民精神」のかけ声にも、社会の常識から遊離したイデオロギーへの崇拝という形で、「近代の悪徳」が姿を見せていた。そうして知識人も政治家もイデオロギーに囚われ、迷走をくりかえした結果が敗戦である。したがって現在、治療を施すべき病状は決して「近代化不足」ではない。日本人もすでに戦前から、形は西洋と同じではないにせよ「近代の悪徳」を内なるものとしていた。それを明瞭に自覚していないことが、戦中の日本社会においては西洋文化に対する排撃を生み、戦後には西洋的「近代」へのいたずらな崇拝に逆転したのである。

こうした小林による「近代の悪徳」への批判――「悪徳」の語にはボードレールの詩集『悪の華』（*Les Fleurs du mal*, 1857）の題名が響いているかもしれない――の根柢には、「古代日本人」の「肉体」があると福田は読み取った。その判断はおそらく、終戦直後に刊行された小林の著書『無常といふ事』（一九四六年）に収められた、一連の中世文学論から受けた印象に、中野重治が斎藤茂吉論で用いた「古代日本人」の語を重ねたものであろう。

だが一九三〇年代から終戦直後までの時期に小林自身が示していた姿勢は、日本の伝統思想の復権を唱えて、西洋由来の「近代」思想を批判するというものではない。たとえば支那事変の時代に「満洲の印象」（『改造』一九三九年一月号～二月号）で述べていたのは、現在の日本人は「日本人らしい受取り方」で西洋思想を身につけているが、「その根柢のところにある変らぬ日本人といふものの姿を、僕等は今日捕へあぐんでゐる」（六-14）という、思想の雑居状態と混迷の指摘にとどまっている。この点で、福田の小林像には歪みがあったと言えるだろう。昭和の戦前から戦中期にかけて思想界を右翼の側で席巻した、紀平正美・鹿子木員信《かずのぶ》・平泉澄らの「日本精神」論もしくは「日本主義」、保田與重郎・蓮田善明らの日本浪曼派、佐藤通次の「皇道哲学」といった諸潮流に、小林の思想をいくぶん近づけて理解していると思われる。

いずれにせよ小林秀雄が考える、西洋発の「近代」の思想と明治以降の日本の知識人との関係は、先のインタヴューに見えるようなものであった。ランボーの『地獄の季節』を訳した青年時代には、ここまではっきりとは自覚していなかっただろうが、「近代」の毒にすでに日本も染まっていると考え、それを批判しのりこえようとする意識は当初からあったのだろう。大東亜戦争中に、小林自身が編輯責任者だった雑誌『文學界』がシンポジウム「近代の超克」（一九四二年九月、十月号）を掲載し、本人も出席していることは有名であるが、題名になった主題についてはロ数が少ない。主催者側として参加したせいもあるだろうが、こんな問題などすでに十数年前から考えているという思いも抱いていたのではないか。

だが、戦後の「民主文化」を支える「近代的」な批評の第一人者という教科書流の位置づけを、小林が拒否したかと言えば、そうではなかっただろう。福田恆存が小林論を発表した雑誌『（季刊）文藝評論』の「小林秀雄特輯」には、真船豊・永井龍男・久保田万太郎といった旧友たちが小林を囲む「小林秀雄とともに」という座談会も掲載されている。そのなかで小林は世に発表される文藝時評や演劇評について、「自家広告的文学論藝術論はいけない」「社会人の常識を代弁すれば、それでよい」「みんな匿名批評の簡単明瞭なものにしてしまへ」（九−77）と、放談調でくりかえしている。そして、「小説といふ藝術も大衆的なものだからね。文藝時評家も読者や本屋の立場を考へないで、文学論をしてゐても駄目でせう」（九−67）と語るのである。

同時代の文学、さらに藝術一般に関する尖鋭な批判意識をもちながら、それを言葉として表現する場面では「社会人の常識」によりそい、両者の視点を常に往復させながらものを考える。そうした姿勢を、小林は批評家としてもっていた。したがって、「社会人の常識」が民主化と「近代化」に全体としてむかっているのならば、それにわざわざ異を唱えることはしない。むしろ場合によってはそうした読者の期待に応えることも、批評家としては採りうる姿勢だろう。小林はそう考えていたと思われる。現代風に言えば、受容美学や読者反応批評とも共通する視点である。

狭い文壇を相手にするだけでなく、社会を真っ当に支える市民の読み物を書くこと。小林はおそらく、それが二十世紀に生きる批評家の務めの一面だと考えていた。したがって教科書に使われることも、大学入試問題――小林自身にも大学教員としての経験がある――に引用されることも、いやではなかったのだろう。そして、実際に「社会人」たちに盛んに読まれた作品が、本書が注目する『考へるヒント』にほかならない。

四　センター試験と「歴史」

一九六一年に川副国基の『小林秀雄』が刊行されたのは、その当時に小林の文章が大学入試問題で使われていたことも背景になっていたはずである。大学入試の出題における小林の文章の人気は、その後もしばらくは続いた。その状況を、坪内祐三の回想が明確に伝えている。

高校二年（一九七五年）の夏休み、代々木ゼミナールの夏期講習に通った。

代々木ゼミナールには代々木ライブラリーという書店があって、その中心は学習参考書や問題集だったが、一般書も扱っていた。つまり文庫や新書のコーナーもあった。

その文庫・新書のコーナーでもっとも目立つ位置に平積みされていたのが、新刊ではなく、小林秀雄の『考えるヒント』（文春文庫）と丸山眞男の『日本の思想』（岩波新書）だった（当時小林秀雄と丸山眞男は大学入試の現代国語に一番よく登場する筆者として知られていた）。

（坪内祐三「正宗白鳥」二〇一五年初出）

東京の代々木ライブラリー（本店）は、国鉄（のちJR東日本）の代々木駅近くにある、予備校「代々木ゼミナール」の校舎の一階に入っていた。その後、場所の移転をへて二〇一五（平成二十七）年に閉店している。文春文庫版の『考へるヒント』の第一巻——文庫版の題名は現代仮名づかいになっているが、本書では便宜上、引用の場合を除いて、単行本での歴史的仮名づかいの題名表記で統一する——が発行されたのが一九七四（昭和四十九）年六月だから、坪内が目撃したときはまだ新刊に近い。しかしすでに、単行本の『考へるヒント』第一巻（文藝春秋新社、一九六四年五月刊）から出題される例が多くなっていたのだろう。また、そのほかの小林の作品からの出題にも備えるための、一種の小林秀雄入門書として、この文庫本が特に平積みになっていたと思われる。大学入試においては「少なくとも昭和四十年代までは小林秀雄の文章が評論の中心的存在だった」という石原千秋の回想もある（『秘伝　大学受験の国語力』）。

大学入試での出題例が多ければ、小林秀雄に特化した対策本も刊行されることになる。川副国基の著書もすでにその性格をもっていたが、一九九七（平成九）年には『ダブルクリック評論文読解1　小林秀雄・山崎正和攻略集』という学習参考書が出た。版元は国語学・国文学の老舗出版社である明治書院で、同社の第三編集部が編著者となっているが、小林に関する出題の「傾向と対策」を書いているのは、山口大学教授を務めていた国文学者、加藤宏文である。

そして小林の作品のなかで「出題例が最も多い」と加藤が記すのが『考へるヒント』にほかならない。実際にこの本でも、神戸女子大学（一九九二年度「天の橋立」。連載「考へるヒント」の一篇ではないが、「四季」の一篇として単行本第一巻に収められていた）・京都大学（一九八九年度「還暦」）の入試問題が再録されている。この当時に文春文庫の『考へるヒント』は、文庫版で初刊された第三巻・第四巻を含め全四冊になっていたが、出題文の出典として使われたのは最初の二巻、とりわけ第一巻だったと想像される。

ではなぜ『考へるヒント』なのか。加藤の答はこうである。「小林秀雄の作品の多くは、出題にほどよい長さのまとまりを持った小品である。中でも『考へるヒント』所収の諸作品がそれである。身近な題材を糸口にして、さまざまな角度から、逆説の論理が展開された作品ばかりである」。『考へるヒント』の第一巻・第二巻は、雑誌『文藝春秋』に小林が寄稿した同じ題名の連載随筆を主に収めている。一篇の字数は七千字（四百字詰め原稿用紙で十七枚）程度と短い。したがって抜粋して利用する場合でも削除部分は少ないので、省略したせいで全体の趣旨がわかりにくくなる事態を防げる。しかも「逆説の論理」が駆使されているから、受験生の頭をことさらに悩ませることを通じて、その読解力を試すことができる。『考へるヒント』に収められた諸篇は、作品としての形式の面でも入試問題にふさわしいと考えられたがゆえに、好んで出題されたのだろう。

だが『考へるヒント』に限らず小林秀雄の作品の出題は、皮肉なことにこの本が出たころ、一九九〇年代後半からは激減し、ほとんど見られなくなったと思われる。二〇一二（平成二十四）年に、裏表紙に「現在の頻出著者を精選！」と謳った、小野裕紀子監修『著者に注目！　現代文問題集』（教学社）という本が出ている。その本では二〇〇三（平成十五）年度から十年間の各年度ごとに、出題数が上位の著者十名の一覧表が載っているが、どの年にも小林の名前は見えない。直近の三年間の総計においても、三十位にも入っていないのである。このころにはすでに、大学入試の世界における小林秀雄の覇権は終わりを迎えていた。

しかし二〇一〇年代に入って突然に小林秀雄の文章の出題が復活し、世の注目を浴びたことがある。二〇一三（平成二十五）年の一月に行われた大学入試センター試験の「現代文」問題に、小林秀雄の随筆「鐔《つば》」(『藝術新潮』一九六二年六月号初出)の全文が使われたのである。これは、「考へるヒント」の連載と並行して、月一回で『藝術新潮』に寄稿していた「藝術随想」の一篇であった。この出題が注目されたのは、現在の大学入試の傾向からすると難解な文章を選んでおり、実際に平均点が二百点満点の半分ほどと、センター試験史上で最低の結果となったからである。

当時の新聞論評でも指摘されていたが、この問題文の選択はほとんど出題ミスに近い。「藝術随想」は、小林秀雄が主に自家所蔵の骨董品をとりあげ、多くの写真と文章で紹介する連載であった。したがって、読者が写真の図版を見ながら読むことを想定して書いた随筆であり、単行本『藝術随想』(新潮社、一九六六年)にまとめたさいも、第三次・第四次の『小林秀雄全集』に再録したときにも、「鐔」については初出誌にあった七葉の図版(ただし単行本化のさいに一葉のみ変更)を添えて掲載している。

「鐔」の文中には、たとえば「野晒し」とか、「鶴丸透《すかし》」とか、古い刀の鐔の文様をめぐる議論が展開されている。センター試験問題は図版を抜いて小林の文章のみを引いているので、それを読む受験生には実感がわかないだろう。そもそも問題冊子には、受験生にとっては難しい言葉の意味を説明する語注を二十一もつけ、文章の主題である「鐔」に関しても理解しにくいので注で説明しているという、明らかに拙劣な出題であった。

しかし、問題文の選択が不適切であったとはいえ、センター試験の作問者による設問は、この「鐔」という随筆が含んでいる重大な論点を衝くものであった。「鐔」の冒頭近くで小林は、美術品としての価値をもつような鐔が作られるようになったのは、「応仁の大乱」から後のことであり、「これを境として、日本人の鐔といふものの見方も考へ方も、まるで変つて了つた」（十二―324）と述べている。センター試験の設問のうち「問2」は、この主張について「それはどういうことか」と質問し、説明として最も適当なものを選択肢から選ばせる問題。正解の説明文は次のようなものである。「鐔は応仁の大乱以前には富や権力を象徴する刀剣の拵《こしらえ》の一部だったが、それ以後は命をかけた実戦のための有用性と、乱世においても自分を見失わずしたたかに生き抜くための精神性とが求められるようになったということ」。ただし、「したたかに生き抜くための精神性」に相当する小林自身の表現は「どう在らうとも、どんな処にでも、どんな形ででも、平常心を、秩序を、文化を捜さなければ生きて行けぬ」（十二―325）であるから、意味合いが少々ずれているかもしれない。

これを書いたときに小林が、もしも『無常といふ事』に収められた中世文学論と同じ姿勢で刀の鐔に向き合っていたならば、単に鐔を見つめ、それを作った人物や使った武士たちの精神生活を想像し、彼らの心境を追体験するだけに終わっていただろう。しかし「鐔」で小林が展望しているのは、個々の作者にはとどまらない、また物としての鐔の姿から直接に想起できるわけではない、応仁の乱を画期とする時代の大きな変化である。

かつて内藤湖南は講演「応仁の乱に就て」において、「大体今日の日本を知る為に日本の歴史を研究するには、古代の歴史を研究する必要は殆どありませぬ、応仁の乱以後の歴史を知つて居つたらそれで沢山です」（史学地理学同攷会編『室町時代の研究』一九二三年）と語り、応仁の乱から戦国時代・織豊政権の時代にかけて、日本社会に巨大な転換が生じたと指摘した。のちに第五章でもとりあげるように、それが小林の念頭にあったのだろう。しかし、戦国時代に長く続いた戦乱が、鐔を新種の美術作品へと変貌させた。一九六二（昭和三十七）年の小林は、そうした日本社会の広い範囲にわたる、社会史・文化史上の変化を論じるように変わっていた。「鐔」ではこれに加えて、仏教の僧侶が武士たちと交わるようになり、「戦国の一般武士達」に仏教思想が滲透していったと論じ、髑髏をかたどった「野晒し」の文様の鐔と結びつけている。

第四章で詳しく検討するが、すでに小林は、のちに『ドストエフスキイの生活』（創元社、一九三九年）の序文として再録することになる評論「歴史について」（『文學界』一九三八年十月号）に始まって、歴史をめぐる文章や講演をいくつも発表していた。先に名前を挙げた『歴史と文学』に収められた講演「歴史と文学」（『改造』一九四一年三月号、四月号）や、『無常といふ事』に収録された諸篇が、その路線の上にある仕事であった。「歴史と文学」では、マルクス主義歴史学のように、進歩の普遍的な法則に基づいて歴史上の出来事を意味づけ整序するような発想を批判し――「近代」の国際秩序をのりこえ、東亜新秩序の建設に向かうのが歴史の必然だと説く、支那事変下の言説も批判の対象として念頭にあったことだろう――、『平家物語』を例に挙げてこう語っていた。

「おごれる人も久しからず、唯春の夜の夢の如し」、してみると、「平家」の作者も、歴史の発展といふ事を承知してゐた。無論の事です。併し、彼にとつて、それは、歴史過程の図式といふ様な玩具めいたものではなかつた。自ら背負ひ、身体にのしか丶つて来る目方のしかと感じられる歴史の重みだつたのである。〔中略〕「平家物語」は、末法思想とか往生思想とかいふ後世史家が手頃のものと見立ててか丶つた額縁の中になぞ、決しておとなしくをさまつてはゐない。躍り出して僕等の眼前にある。そして僕等の胸底にある永遠な歴史感情に呼びかけてゐるのだ。（七―206～207）

ここで小林が『平家物語』をめぐって示しているのは、敗北や死に向かう運命に抗いながら奮闘している武士たちの精神に対する、深い共感の態度である。ここでは「歴史の重み」として、時代の全体状況にも言及しているが、その人物たちを囲む「運命」として漠然と提示しているにすぎない。焦点はあくまでも、『平家物語』という作品の登場人物と、またその作者の精神状況に集中しており、現代人がテクストの読解を通じてそれに深く共感する態度を「歴史感情」と呼んでいる。「鐔」で示している、大きな時代状況の変化を見わたし、そのなかに作品としての鐔を位置づけるような視点はここにはなかった。

また、「鐔」の前年に「考へるヒント」の一篇として発表された「忠臣蔵」（のち「忠臣蔵Ⅰ」と改題、『文藝春秋』一九六一年一月号）には、「歴史の穴」という興味ぶかい指摘が見られる。江戸城の松之廊下で吉良上野介義央《よしなか》に切りつけ、切腹を命じられた浅野内匠頭長矩《ながのり》の、その前後の心境について、小林は「動かせぬ確証に基いて、言へるやうなものは何一つない」と記したあと、こう述べている。

こゝに、歴史家が、素通りして了ふ歴史の穴ともいふべきものがある。穴は暗い。それは、あんまり個人的な主観的な事実で、詰つてゐる。そのやうなものに、かゝづらつてゐると、歴史の展望を誤るおそれがある。それは一応尤もな事だが、もう少し正直に考へてみよう。穴は過去の歴史の上に開いてゐるばかりではない。私達の現在の社会生活の何処にでも口を開けてゐる。(十二–221)

小林の議論はこのあと、「常識は、一般に、人の心事について遠慮勝ちなものだ。人の心の深みは、あんまり覗き込まない事にしてゐる」と続き、「心理学」による理論化の試みには限界があるという指摘にむかってゆく。だがここで重要なのは、どんなに史料を広く精査しても、想像力を働かせても、理解できない「穴」が歴史にはあると小林が認めていることだろう。それは同時に、かつて「歴史と文学」や『無常といふ事』で用いていた、過去の先人の精神との共感という方法が、限界を含んでいることを意味する。「鐔」が示している、時代の大きな転換に対する視野の広がりは、こうした限界を小林が意識し、歴史に対する態度の転換を探っていたことに由来するのではないだろうか。

実際にこの「忠臣蔵」からあと、『文藝春秋』における「考へるヒント」の連載は、日本の徳川時代の思想史——小林の用いる言い方では「近世の学問」——の探究へむかってゆく。それはまた、「歴史」に対する新たな接近方法の模索であるとともに、日本の伝統とは何か、さらに人間の知とはどういうものかといった問題にもつながる、新たな意欲に満ちた試みだったのである。

第一章　書物の運命

一　『考へるヒント』への視線

『考へるヒント』、特にその第一巻は、小林秀雄の著作のなかでもっとも多くの読者を得た作品だろう。それは先にふれたように、この書物が文学愛好者だけでなく、大学入試という回路を通じて高校生・受験生にも読まれたこと、また文庫版がいまだに版を重ねていることからして、確かなことだと思われる。

だが、広く読まれていることと、専門の文学関係者のあいだでの評価が高いかどうかとは別の問題である。大型の文学事典や歴史事典の「小林秀雄」の項目を調べると、代表作として名前が挙がる戦後の著作は、主に『モオツァルト』『ゴッホの手紙』『本居宣長』といった書目であり、『考へるヒント』はあまり言及されない。そもそも、一つの主題をめぐって議論を展開した長篇評論ではなく、さまざまな事柄を論じる随筆を集めた本であるから、扱いが軽くなるのも致し方のないことではあるだろう。

さらに構成の問題だけにはとどまらず、論じられている内容が、小林秀雄の作品としてはどうにも位置づけにくい。そうしたとまどいが、第一巻の『考へるヒント』が文藝春秋（当時の社名は文藝春秋新社）から一九六四（昭和三十九）年五月に刊行されたさい、諸家から寄せられた書評には見られる。たとえば、戦前から小林と親交のあった文藝評論家、中村光夫による書評（『週刊朝日』同年六月十九日号）は、このように始まっている。

ここに収められた随想は、「ネヴァ河」と「ソヴェットの旅」をのぞくと、昭和三十四年から、昨年の春までに書かれたものですが、その間小林氏はベルグソンについての長い論文を、ある雑誌に連載してゐましたが、昨年夏のソ連旅行を機に中絶されてしまひましたが、この論文が氏のこの時期における主要な作品です。

「考へるヒント」も「四季」も、この辛くなつてきた仕事の息抜きの性質を持つてゐます。この書物の魅力は、それが氏の力作でなく、つとめて気楽な姿勢で書いた雑談であるところにあります。そこには氏の人間の肌合ひが、かつてないほどぢかに現れてゐます。

（引用は『中村光夫全集』第六巻による）

この第一巻は、『文藝春秋』に連載中の「考へるヒント」から採った十三篇の随筆に加え、一九六二（昭和三十七）年から一九六四（昭和三十九）年まで、『朝日新聞』のPR版の「四季」欄に寄稿した十一篇を収録し、さらに巻末に、ソ連旅行に関して『朝日新聞』（一九六三年十一月～十二月）に寄稿した「ネヴァ河」と、「文藝春秋祭り」での講演（同年十一月二十六日）を文章化した「ソヴェットの旅」（『文藝春秋』一九六四年二月号）を収めていた。題名は『考へるヒント』であるが、連載「考へるヒント」の諸篇が本のページ数に占める割合は六割ほどにすぎない。あとで検討するように、刊行時にはまだ「考へるヒント」の連載が続いており、すでに掲載された文章のすべてを収めているわけでもない。まだ終わっていない連載の一部しか収録していないにもかかわらず、わざわざほかの作品を合わせて一冊にしているという、奇妙な構成であった。

『週刊朝日』に寄せた書評の後半で中村は、連載「考へるヒント」からこの本に収められた諸篇が「現代の知的風俗にたいする激しい疑惑と否定」を示していることを指摘する。だが「成心をはなれて、この書物を読めば」、このきびしい態度も「現代の読者」に対する「率直な愛情のこもつた苦言である」ことを、「だれしも感得するでせう」と持ちあげる形で文章を閉じている。いちおう高い評価を口にしてはいるが、現代に対する「激しい疑惑と否定」に、中村自身がとまどい、それをどう説明したらいいのか迷っている気配がある。いったい小林の文章のどこから現代人に対する「率直な愛情」を感じたのかについても、中村の書評からは読みとれない。「氏の人間の肌合ひ」が現われているという指摘は、ほめるべき点を見つけられず、とりあえず無難なことを言っているようでもある。

そもそも冒頭で、小林のベルクソン論の連載が中絶しているという背景事情にふれるところが、短い書評としては異例だろう。言及されている長篇評論「感想」は、『ゴッホの手紙』『近代絵画』に続く大型の批評作品として、『新潮』の一九五八（昭和三十三）年五月号から連載が始められたが、毎年のように休載をはさみながら、第五十六回、一九六三（昭和三十八）年六月号で未完のまま連載を閉じている。

中村が書いているように、ソヴィエト連邦作家同盟からの日本文藝家協会に対する招聘に応じて（読売新聞、同年五月十三日夕刊「よみうり抄」による）安岡章太郎・佐々木基一とともに小林が旅行に出発したのは、この一九六三年の六月二十六日のことであった。小林は約一か月のあいだソ連の国内に滞在し、さらにそのあとヨーロッパ旅行を続けたので、帰国は十月である。四か月の空白が、難航していた「感想」の連載の継続を諦めさせたのだろう。このあと長篇評論の発表を再開するのは、二年後、「本居宣長」の連載を同じ『新潮』の一九六五（昭和四十）年六月号から始めるときになる。

のちにふれるように、小林は本居宣長について腰をすえて書きたいという意図を、一九六四年には周囲に伝えていたらしい。したがって中村もそれを知っていたのならば、「氏の力作でなく、つとめて気楽な姿勢で書いた雑談」という表現は、来たるべき宣長論の長篇にとりくむ前の余技として、すでに『考へるヒント』を位置づけているように思える。だが、本格的な「力作」か、それとも「気楽な姿勢で書いた雑談」かという違いは、文章作品にとってあくまでも外的な事情であろう。作者が気軽な姿勢で書いた文章から、長篇評論と同じような深い意味を見いだし、それを明確に表現してみせる。そうすることが、批評家による書評の腕の見せどころのはずである。いったい、この本をどう読むべきなのか。むしろ中村は、そう考えあぐねていたのではないか。

小林秀雄の旧制中学時代からの友人、河上徹太郎もまた、『考へるヒント』についての書評を『週刊読書人』（同年六月十五日号）に寄せた。そこでは連載「考へるヒント」の「常識」「プラトンの「国家」」「井伏君の「貸間あり」」「言葉」「ヒットラアと悪魔」「福澤諭吉」といった諸篇に言及している。指定された原稿の長さのせいもあるだろうが、記述が中村の書評に比べ具体的で、高い評価を盛りこんだ書評と言える。

だがここでも、「考へるヒント」という題名をめぐって、やや辛辣な苦言が登場するのであった。

然しまた「考へるヒント」とは苦しい題である。この本の中のどこかに、これは編集者のつけた題で、纏まった考えは書いてなくたって、ヒントくらいはあるだろうという意味だと心得ているというようなことを書いていたが、勿論それは冗談で、小林の書くものもこういう見出しをつけなければ「文春」ほどのマスコミ・ジャーナリズムでは通用しない、板に乗らないという現状が問題なのである。（いや、そういう私も半ば冗談で、悲観しているのではない。現に本書は思いがけずベスト・セラーを続け、この中の「ソヴェットの旅」という講演は、文春祭で大喝采を浴びたのだから。）

（引用は『河上徹太郎全集』第二巻による）

「現に本書は思いがけずベスト・セラーを続け」という追記は、この書評を河上の著書『文学的回想録』（朝日新聞社、一九六五年四月）に再録したさいに加えたものだろう。「考へるヒント」という題名が小林自身の創意に基づくものではなく、『文藝春秋』の担当編集者がつけたものであることは、収録作品の「役者」（『文藝春秋』一九六〇年三月号初出）で小林自身が明かし、「さう題をつけられてみれば、さういふものかなと思つてゐるだけだ」（十二―118）と、題名などどうでも構わないというような、そっけない態度を示していた。そこから著者本人もまた不満をもっているらしいと河上は察知し、思考力のない大衆にも売れるような表題を、編集者がつけたと批判しているのである。また、この書評のなかで「本書の圧巻」と河上がもっとも礼賛するのは、ソ連紀行を記した二篇であり、連載「考へるヒント」の諸篇ではなかった。

中村も河上も戦前から小林と親交をもっていた友人であるが、より年下のフランス文学者たちが寄せた書評はさらに辛辣である。村松剛《たけし》が読売新聞（一九六四年六月十一日夕刊）に載せた書評は、「プラトンの「国家」」「福澤諭吉」「ヒットラアと悪魔」の三篇に好意的な評価を与えている。だが、書評のほぼ半分の量を占めるのは、ソヴィエト紀行の文章の内容に対する批判であった。ソ連の現地で地図を入手できないことに今さら驚くなど、「流行の思考の型」を脱しておらず、「こともなげな断定」が散見され、「評判ほどには感心しなかった」と村松は書き記す。

また、『群像』の同年七月号に寺田透が寄稿した書評は、強い酷評の言葉に満ちている。「書かれたことより著者へのひとびとの信仰にその存立の基礎を置く文のやうなもの」「読者とともに考へるなどといふ態度は凡そ小林に不似合ひであり」「著者は読者にヒントを与へようなどとしてゐないことが分る」「結局何を言はうとしてゐるのか分らない」「結局著者は考へる人といふより理論的な言葉をつかふ情念の人だといふ感じが深い」。――ほとんど全面批判であるが、小林の文章の内容だけではなく、河上と同じように「考へるヒント」という題名に強い違和感を抱いていたこともわかる。小林と同じ東大仏文科を、寺田は九年あと、村松は二十六年あとに卒業した経歴をもっていた。河上・中村といった長年の友人たちはとまどい、年下の文藝評論家からは批判される。そんな風に迎えられた本だったのである。

このように、文壇の関係者からの『考へるヒント』をめぐる評価は、少なくとも第一巻刊行時には決して高いものではなかった。だが、刊行の約一年後に河上が「思いがけずベスト・セラーを続け」と書いているとおり、本としては売れ続けたらしい。大岡昇平も『日本の文学43　小林秀雄』（中央公論社、一九六五年）に寄せた解説で「小林の本ではじめてのベストセラーとなった」と記している。インターネットで古書を検索すると、一九六四年七月に第四刷となり、翌年に第九刷まで刊行されたことが確認できる。確認できたもっとも新しい増刷は、一九八〇（昭和五十五）年の第三十一刷。一九七四年六月に文庫版が刊行されたのちにも、単行本が増刷され続けていたのである。A五判、布装のハードカヴァーで函入の立派な造本であるから、大きな判型の書籍で読みたいという小林愛読者も少なくなかったのであろう。文庫版も含め、ロングセラーと呼ぶのにふさわしい売れ方をしていたのである。

だが読書界の全体の動向を見るならば、『考へるヒント』の第一巻が刊行されたときに、注目を広く集めたかと言えば、そうではなかった。刊行後二か月で四刷というのは、当時にあっても文藝書としては売れた方なのだろうが、刊行書籍の全体のなかで見るなら、一九六四年のベストセラーの上位十点には入っていない（出版ニュース社編『出版データブック　改訂版　一九四五〜二〇〇〇』出版ニュース社、二〇〇二年による）。刊行直後の時期には大ヒットにまでは至っていなかった。河上徹太郎も小林秀雄自身も、やがて大学受験の必読書となり、それから六十年近くものあいだ、書店の棚に並び続けるとは予想していなかっただろう。

二　徳川思想史の試み

『文藝春秋』誌上の小林の連載で「考へるヒント」というシリーズ名がつけられた最初の作品は、一九五九年六月号の「常識」である。しかしその前号、五月号に載った「好き嫌ひ――愛する事と知る事と」がすでに同じような長さと誌面の構成になっているので、実際には「好き嫌ひ」を第一回と見なすべきだろう。

この「好き嫌ひ」は単行本の『考へるヒント』には収められないままになったが、徳川時代の儒者、伊藤仁斎の思想を主題とする作品であった。「考へるヒント」の連載は、先にふれたソ連・ヨーロッパ旅行による休載も挟んで、一九六四年六月号の「道徳」まで続く。この「道徳」もまた、やはり徳川儒学思想史の重要人物、荻生徂徠の思想を扱ったものであり、「好き嫌ひ」と同じように、単行本に入っていない。初出誌では「道徳」の末尾に「(つづく)」と記されているから、これを最終回にしようと考えて書いたわけではなく、連載は曖昧な形で終わったのだろう。

『考へるヒント』の単行本は第二巻(講演「常識について」も収録)が一九七四年十二月に刊行され、第三巻・第四巻は文庫版のみの出版で、文春文庫から一九七六(昭和五十一)年六月、一九八〇(昭和五十五)年九月にそれぞれ出ている。ただし第三巻は『常識について 小林秀雄講演集』(筑摩書房、一九六六年)から表題作を除き、「信ずることと知ること」「生と死」「美を求める心」「悲劇について」の四篇の講演を追加したもの。第四巻は「ランボオ・中原中也」という副題がついており、アルチュール・ランボー、中原中也に関する、主に戦前の文章と訳詩を収めた一冊であった。したがって連載「考へるヒント」に内容が対応するのは、第一巻の前半と第二巻のみである。

初回と最終回が伊藤仁斎・荻生徂徠をめぐる論考であったことに現われているように、連載「考へるヒント」の多くの回、とりわけ「忠臣蔵」（一九六一年一月号、単行本第二巻に収録したさい「忠臣蔵Ⅰ」と改題）からあとの連載は、徳川時代の思想、特に儒学について論じたものによってほとんど占められており、しかもそのうち二篇が単行本に収められなかった。一覧表を見ると、そのことがよくわかるだろう。

連載「考へるヒント」と並行して執筆し発表した、徳川思想史に関連する作品としては、『日本文化研究』第八巻（新潮社、一九六〇年七月）の一分冊として刊行した長い論考「本居宣長——「物のあはれ」の説について」があり、やはり小林の生前には単行本・全集に収められていない。「考へるヒント」でも、すでに「好き嫌ひ」「良心」「言葉」の三篇が、伊藤仁斎と本居宣長を論じた作品であったが、この『日本文化研究』の宣長論を発表したころから、執筆の関心も徳川思想史に集中していったことがわかる。しかもその時期から連載は毎月ではなく、飛び飛びの掲載に変わっている。改めて伊藤仁斎や荻生徂徠の著作に向かい、腰をすえて思想を論じようとした。そういう関心の深まりが、よく表われていると言える。

中村光夫の語るとおり、連載を始めたときは、ベルクソン論「感想」の執筆にしだいに疲れてきたので、そのあいまに手がける「気楽な姿勢で書いた雑談」のつもりで、『文藝春秋』への随筆の寄稿を引きうけたのだと思われる。しかし、『日本文化研究』に寄稿した「本居宣長」の準備と並行して、伊藤仁斎（「好き嫌ひ」）、本居宣長（「良心」）に関して連載でとりあげ、さらに

『文藝春秋』連載「考へるヒント」一覧

☆を付したものが徳川思想史（および福澤諭吉）に関連する論考。『考へるヒント』第一巻・第二巻の収録作品をⅠ、Ⅱと示した。

1959年5月号	好き嫌ひ——愛する事と知る事と☆	
6月号	常識	Ⅰ
7月号	プラトンの「国家」	Ⅰ
8月号	井伏君の「貸間あり」	Ⅰ
9月号	読者	Ⅰ
10月号	漫画	Ⅰ
11月号	良心☆	Ⅰ
12月号	歴史	
1960年1月号	見失はれた歴史（改題「歴史」）	Ⅰ
2月号	言葉☆	Ⅰ
3月号	役者	Ⅰ
4月号	或る教師の手記	
5月号	ヒットラアと悪魔	Ⅰ
7月号	平家物語	Ⅰ
11月号	歴史と人生（改題「「プルターク英雄伝」」）	Ⅰ
1961年1月号	忠臣蔵（改題「忠臣蔵Ⅰ」）☆	Ⅱ
3月号	武士道——忠臣蔵（2）（改題「忠臣蔵Ⅱ」）☆	Ⅱ
6月号	学問——忠臣蔵（3）（改題「学問」）☆	Ⅱ
8月号	徂徠——忠臣蔵（4）（改題「徂徠」）☆	Ⅱ
11月号	辨名☆	Ⅱ
1962年2月号	考へるといふ事☆	Ⅱ
4月号	ヒューマニズム☆	Ⅱ
6月号	福澤諭吉☆	Ⅰ
8月号	還暦	Ⅱ
11月号	天といふ言葉☆	Ⅱ
1963年1月号	哲学☆	Ⅱ
3月号	天命を知るとは☆	Ⅱ
5月号	歴史☆	Ⅱ
7月号	物☆	
1964年6月号	道徳☆	

「歴史」について語るうちに、徳川思想史の内部に深く入り込んでいった。そのような姿勢の変化が、「忠臣蔵」以降の連載の主題の選択と、執筆速度の鈍化をもたらしたのであろう。

それは、徳川思想史にとりくむ思想史家、小林秀雄の誕生と言ってもよいなりゆきであった。この変化がちょうど、一九六〇（昭和三十五）年の日米安全保障条約反対運動による政治の激動と、さらに政治論である「考へるヒント」の一篇、「ヒットラアと悪魔」（同年五月号）の発表とともに起きていることが興味ぶかい。戦後の日本社会が安定し成熟を迎えようとしたそのときに、激しい政治の動乱が起きたことは、「歴史」をどうとらえるかを考え直し、日本人の思想の基盤にあるものを改めて探ろうとする関心を、小林の内に呼び起こした。「忠臣蔵」（一九六一年一月号）の執筆の時期、一九六〇年の秋から始まる、徳川思想史への関心の強度の集中ぶりは、そうした背景を想像させる。

徳川時代の日本にかぎらず、儒学への関心ということで言えば、小林はこれ以前の時期にも一九五二（昭和二十七）年に発表した随筆「中庸」（『朝日新聞』同年一月三日）で、儒学の経書である『中庸』『論語』からの引用を素材としている。その執筆当時は、大東亜戦争における対戦国との講和をめぐる論争と、朝鮮戦争の進行を背景にして、左右勢力の激しい対立が日本の国内政治を覆っていた時代であった。この状況を意識しながら、政治勢力がおたがいを敵として排除しあい、一切の「日和見主義」を許さない現状に対して、「現代の政治が、ものの考へ方など、権力行為といふ獣を養ふ食糧位にしか考へてゐない」（十—154）という批判を展開する作品であった。こうした戦後の政治状況をにらみながら、小林は徳川時代の思想史への関心をゆっくりと育てていたのだろう。

そしておそらく、この「中庸」を書いたころにはすでに、伊藤仁斎への関心を抱いていたことと思われる。筑摩書房から刊行されていた『講座　現代倫理』の第一巻「モラルの根本問題」（一九五八年十一月）の巻末には、「人と作品――新しい視点」と題して、五つの古典に関する論考が収められている。そのうちの一つ、「「論語」」を寄稿したのが小林その人であった。おそらくは六年前に新聞紙上に発表された「中庸」の印象に基づいて、講座の編集委員が小林を執筆者に選んだのだろう。

雑誌『新潮』で長らく担当編集者だった坂本忠雄の回想によれば、小林がよく読んでいた『論語』の注釈書は、簡野道明《みちあき》『論語解義』だったという。明治書院から一九一六（大正五）年に刊行され、戦後に至るまで版を重ねていた分厚い一冊である。「漢唐注疏の学」（いわゆる古注）、「宋明性理の学」（いわゆる新注）、「清朝考証の学」の三者の解釈を比較対照し、徳川時代の伊藤仁斎による『論語古義』、荻生徂徠による『論語徴』の注釈も考察に含めながら、簡野自身の解釈を展開した書物であった。この本は早い時期から小林の手元にあったと思われるので、儒学の経書については、チャイナと日本の歴史のなかで、さまざまな解釈が展開されていたことを、すでに知っていただろう。早い例では講演「歴史の魂」（一九四二年）で『論語』と孔子を論じている。

だが、『講座　現代倫理』に発表した「「論語」」のなかで、『論語』の解釈者として小林が特にとりあげるのは伊藤仁斎にほかならない。伊藤仁斎の『論語古義』は、没後に息子の伊藤東涯がその草稿を整理し刊本にしあげたが、仁斎自身による稿本がその家塾に保存され、のち一九四〇年代にコレクション「古義堂文庫」の一部として天理図書館（現、天理大学附属天理図書館）に移譲されている。

『論語古義』の仁斎による自筆の稿本を天理図書館で見ると、巻頭の「論語」の表題の前に「最上至極宇宙第一」と書き加えようと思案しながら、書いては消すことを繰り返した跡がある。その事実について、倉石武四郎訳『口語訳　論語』（日光書院、一九四九年）の「はしがき」における紹介を通じて小林は知った。「「論語」」のなかでそう述べたあと、仁斎が『論語』を熟読することを通じて得た「異常な感動」について想像をめぐらしている。

彼は、自分の感動を、どういふ言葉で現していゝか解らなかつた。考へれば考へるほど、この書は立派なものに思へて来る。自分の実感を率直に言ふなら、最上至極宇宙第一の書と言ひたいところだが、そんなことを言つてみたところで、世人は、徒《いたずら》に大げさな言葉ととるであらう。仁斎は迷ひ、書いては消し、消しては書いた。そんな風に想像してみても、間違つてゐるとは思へない。恐らく、仁斎は、「論語」といふ書物の紙背に、孔子といふ人間を見たのである。（十一―552）

こうして小林は、古典のテクストをじっくりと解読し、その背後に働いている人間の「精神の働きを、その強さなり、力なりを共感によつて取戻すこと」（十一―555）を、仁斎を引きあいに出しながら提唱する。こうした論法は、すでに序章で見たように、かつて一九四一年に講演「歴史と文学」で述べたような、過去の人物の精神に対する共感としての「歴史感情」と共通するだろう。ここでは伊藤仁斎もまた、そうした「共感」や「回顧の情」を通じて、『論語』という古典の意味を「直覚」した先人としてとりあげられている。

だが同時に、仁斎の『論語古義』にふれることを通じて小林は、古典、そして歴史とむきあう態度に関して、新しい側面をつけ加えるようになった。「「論語」」のなかには、仁斎についてこんな評言が見える。「昔の教養人は、「論語」といふ空文を強制的に読まされて育つた。しかし、少数の敏感な人物は、自己の経験に照らして、空文のうちに実のあることを会得した」(十一-552)。

ここで重要なのは「自己の経験に照らして」という部分である。小林は「仁斎を論ずるのではない。私にはそんな力はない」(十一-553)と語り、この文章では仁斎の思想そのものに関する検討にはふみこんでいない。だが、仁斎が『論語古義』で展開した注釈の言葉には、仁斎その人の「経験」がその内側で生きていた。そうであるならば、現代における『論語古義』の読者は、言葉の表面上の意味を確認するだけにはとどまらず、その著者である仁斎の「経験」にねらいを定めて、自分自身の「経験」と照らし合わせながら読解を深める必要があるだろう。それはまた『論語』を「自己の経験に照らして」読みこむ作業を通じて、孔子の精神と共感しようとした仁斎の方法を追体験することでもある。

そのような方法を通じて、『論語古義』についての理解を深めていけば、解釈者である小林の心に浮かびあがってくるのは、伊藤仁斎という個人の内的な体験だけにはとどまらないだろう。仁斎の知的生活の背景をなし、当人の個性に深くからみあっている、十七世紀の京都の儒者が身を置いた言説の空間が見えてくるはずである。そうした思考の作業が、徳川時代の思想史という大きな背景への関心につながっていったと思われる。こののち小林は古典の筆者の精神状況を想像のなかで追体験するという「歴史感情」から離脱し、思想史の長い歴史へと踏み出してゆくのである。

そして、論文「本居宣長——「物のあはれ」の説について」にいったん結実する本居宣長についての研究にも、「「論語」」を書いたところに改めて着手していたと思われる。宣長論の発表の場となった全九巻の叢書『日本文化研究』は、「「論語」」が載った『講座　現代倫理』第一巻と同じ、一九五八年十一月から刊行が始まっている。日本の文化史をめぐる四万字ほどの長大な論考を一つ一つ分冊として、それを七冊（発刊時の予定では八冊であった）まとめて函に入れる形で一巻が構成されているという、昭和戦前期から岩波書店の『岩波講座』のシリーズがとっていたような体裁の書物であった。

各巻には月報が挟みこみの付録としてついており、第一巻付録の第一号には「内容一覧」として、全巻の内容が予告されている。小林の「本居宣長」は第八巻（一九六〇年七月）に掲載されることになるが、「内容一覧」にはすでにその題名が挙がっている。唐木順三「無用者の系譜」（第二巻）、福田恆存「伝統にたいする心構」（第八巻）、神島二郎「結婚観の変遷」（第九巻、のち著書『日本人の結婚観』になる）といった、それぞれの筆者の代表作になる論考が発表された場でもあった。ただし予告にあった伊藤整「近代知識人の発想の諸形式」、また題が「未定」となっている丸山眞男の論考は、掲載されずに終わっている。

　また、月報の第三号（一九五九年三月）には、叢書の刊行記念講演会（同年一月二十三日）における小林の講演「好きな道」（全集未収録）が掲載されている。内容としては日本文化史と直接の関係はないが、「「論語」」でとりあげたのと同じ孔子の言葉「吾未だ徳を好むこと色を好むが如くなる者を見ず」（『論語』子罕篇・衛霊公篇）に言及しており、関心の連続性を窺わせる。

　そして第五巻（一九五九年六月）には、文化史家・思想史家の石田一良による「伊藤仁斎」が掲載されている。伊藤仁斎に関する、戦後では早い時期に属する本格的な研究論文であった。月報の第二号には、「執筆者が一堂に会した打合せ会記録」からの発言が掲載されているから、「打合せ会」での石田との会話が、小林の仁斎に対する関心を刺戟し、改めて『論語古義』などの仁斎の著作を精読させるきっかけになったかもしれない。のちにも連載「考へるヒント」の一篇「学問」（『文藝春秋』一九六一年六月号）で、『論語古義』について「生活の脚註」（十二-253）と呼んでいるが、この表現は石田の著書『伊藤仁斎』（吉川弘文館・人物叢書、一九六〇年、一三五頁）の記述を承けたものである。そして小林の論考「本居宣長――「物のあはれ」の説について」は、一九五九年十一月にはすでに書き上がっていたことが、朝日新聞（東京版）のインタヴュー記事「生きてる以上　考える　小林秀雄氏の近ごろ」（同年十一月十六日朝刊、全集未収録）では語られている。

　この一九六〇年刊行の宣長論で小林がとりあげる内容は多岐にわたるが、和歌を詠むさいに、

「今日の偽りの心を、古《いにしえ》の真《まこと》の心に変へるといふやうな空想」を宣長が斥けたことを指摘するくだりが、ここでは興味ぶかい。「「今の心」を離れて、「万葉」の素朴な意を思ひ、「新古今」の精緻な意を思ふのは安易な空想に過ぎない。そこに宣長の真意がある。これは、経験を重んずる宣長の思想の根本である」（十二－194）。自分自身の同時代における「経験」に根ざした「今の心」を自覚し、それを基盤としながら「偽り」のない素直な歌を詠むこと。「自己の経験に照らして」『論語』を解釈する仁斎の方法と同じものを、小林は宣長に見ていたのであった。そしてその関心は、仁斎と宣長、その両者を含む徳川思想史を生きた思想家たちの「経験」の集合体へと、おそらく広がっていったのである。

小林は一九六三（昭和三十八）年十一月、文化功労者として顕彰された。その決定を報じる朝日新聞の記事で、小林はインタヴューに答えてこう語っている。「いま、徳川時代の儒教のことをやっているが、まとまるかどうか。むかしはこういうものを書きたいと思って書いたが、いまはどんなものになるかわからない、ということに興味をもつようになった。さきがわからない勝負をやっているようなもので、スポーツ選手や碁打ちと同じだ。わかっていることならしゃべればいいんで、ものに書く興味はない」（朝日新聞、同年十月二十三日朝刊）。徳川思想史の世界へふみいってゆく、新たな冒険。連載「考へるヒント」を書いていたとき、小林はその冒険のスリルに取り憑かれながら、伊藤仁斎や荻生徂徠の著作に没頭していたのであった。

三　低迷と復活

序章でふれたように、第二次の『小林秀雄全集』の刊行が終わったのは、一九五七（昭和三十二）年のことであった。続いて二年後に小林は日本藝術院会員に選出され、一九六三年には文化功労者として顕彰されている。かつて坂口安吾は「教祖の文学――小林秀雄論」（『新潮』一九四七年六月号）で、『無常といふ事』『モオツァルト』にふれながら、「小林秀雄も教祖になつた」と辛辣な揶揄の言葉を投げかけていた。一九六〇年前後の文壇において活躍中の批評家のなかでは、小林はすでに大家としてのゆるぎない地位を確立していた。

おそらくこうした状況を反映して、中村光夫は一九六一（昭和三十六）年六月、朝日新聞に「小林秀雄論の流行」という文章を寄稿している（六月十四日、十五日）。書き出しはこうである。「昭和十年代の文学と現代とのつながりが、新しく顧みられるとともに、その中心として小林秀雄を論じる文章が目立つてふえてきた、それについて何か書くやうにとのことですが」。実際にもすでに一九五〇年代から、高見順『昭和文学盛衰史』（単行本は一九五八年刊）、臼井吉見『近代文学論争』（一九五六年刊）、大岡昇平『朝の歌――中原中也伝』（一九五八年刊）といった、昭和戦前・戦中期の文学史をめぐる回想が、次々に発表もしくは書籍化されるようになっていた。平野謙『文学・昭和十年前後』（一九七二年刊）の連載も『文學界』一九六〇年三月号から始まっている。こうした回想のなかで、小林その人もまた主要な人物の一人としてとりあげられている。

この昭和文学史回顧の小ブームと、第二次全集の刊行が背景となって、「小林秀雄論の流行」と言われる状況が、一九六一年には到来していたのである。江藤淳『小林秀雄』（単行本は六一年十一月刊）は、すでに『聲』の前年一月号から連載中であった。そのほかにも、中堅・若手の筆者たちによる小林論が、この時期には続々と発表されている。丸山静「民族と文学——小林秀雄をめぐって」（『岩波講座日本文学史』第十五巻、一九五九年八月）、廣末保「小林秀雄の文学と古典」（『文学』同年十二月号）、橋川文三『日本浪曼派批判序説』第七章（未來社、一九六〇年二月）、秋山駿「小林秀雄論」（『群像』同年五月号）、村松剛「「花」と宿命——小林秀雄の一句をめぐって」（『文學界』同年六月号）など。こうした論考の続出もまた、批評の第一人者としての小林の像を、世間でいっそう確かなものとしたことだろう。

しかし、藝術院会員・文化功労者としての地位を手に入れ、小林秀雄をめぐる論考や回想が多く発表されるようになったからといって、その同じ時期に現役の批評家としての活動が、名声と見あうほどに充実しているとは限らない。全集が刊行され、小林秀雄論が次々に世に出るようになったのは、小林がすでに文学の世界の第一線を離れ、殿堂入りしていると文壇や出版社が思い始めた現われでもあるのではないか。先にふれたように、長篇批評の本格的な作品としては、一九五八年から「感想」を連載中であったが、その内容としてはベルクソンの哲学理論の解説をえんえんと続け、中断をくりかえしており、小林論の流行が指摘されるようになった一九六一年には、すでに四年めに入っていた。

当時の文壇における小林秀雄のそうした微妙な位置を、よく伝えている文章がある。読売新聞の一九六一年一月十七日の夕刊に載った「各界新地図　文壇5」と題された記事で、当時の「批評家」たちの最新動向について、評判記風に名前を挙げながら辛口の論評を繰り広げている。執筆者の名前は記されていないが、文章の調子から見て、記者による執筆ではなく、外部の筆者に寄稿を依頼したものと思われる。
この文章で最初に名前が挙がっているのは、七十歳の「長老」であるプロレタリア文学者、青野季吉《すえきち》であるが、わずか四十字ほどの短い言及にすぎない。そしてその次に、小林に関する辛辣な論評が続くのである。

五十八歳の小林秀雄はいよいよ教祖の資格十分、文学のお光さまとして骨とうの世界にあそぶ。かたわらベルグソンにたんねんにつきあっているがこのほうはあまり精彩はない。だいたい日本の文壇には小林の巨人伝説があって、どんなつまらぬものでも過大評価をする風習があるのではないか。

「教祖の資格十分」「巨人伝説」といった表現が、連載「感想」の混迷ぶりと批評家小林の名声とのあいだにある距離を、痛烈に言い表わしている。「教祖」の表現に続いて「文学のお光さま」という言葉が見えるが、これはのちに第五章でふれる、小林の大日本観音会（世界救世教）への入信の経歴を揶揄してそう書いた可能性がある。だがその経験について当時はまだ公表されていないから、おそらく筆者は小林と親交をもつ人物であり、楽屋落ちのユーモアのつもりで、周辺の人々には正体がわかるように書き入れたのだろう。
そしてこの文章は、小林の同世代の批評家として河上徹太郎・亀井勝一郎に言及したのち、より若手の人々の動向を展望してゆく。そこでは、佐古純一郎について「亀井のハンデー版」、串田孫一には「シスターボーイの人生派」——「シスターボーイ」は女装の青年を言い表わす当時の流行語である。おそらく串田の美男子ぶりに対する揶揄だろう——と手短に悪口を書き、そののちに四十歳代から五十代前半の四人の批評家について、より多くの字数を使って紹介する。

四人の顔ぶれは中村光夫・福田恆存・吉田健一・山本健吉。中村については果敢に論争に応じる「リンリンたる活力」を指摘し、文学と演劇の双方にまたがる福田の活躍をめぐっては「その多彩な活動は、びっくりするほどだ」と、揶揄をまじえながらも賞賛の言葉を記している。そして吉田に関する評言はこうである。「イギリスがえりの吉田健一(四十八歳)は、日本文壇の色めがねにそまらぬ〝裸の目〟で見ているのがいいのだ。ときどき意味不明の文章もあるが、それもひとつの魅力なのだろう」。

「意味不明の文章」という特徴づけは、吉田に関してよく言われていたから、それほどの悪口でもない。それよりも記事のなかでこの部分は、ほめ言葉がとりわけ生き生きとしている。文体のリズムからしても、この文章の筆者は吉田その人ではないだろうか。この直前に吉田は、同じ読売新聞に「イギリス文学この一年」(一九六〇年十二月二十七日夕刊)を寄稿し、さらに一九六一年三月から四年にわたって、夕刊に「大衆文学時評」を連載しているから、その可能性が高いように思われる。いずれにせよ当時の小林は、名声にもかかわらずその仕事は低迷するようになり、それに代わって中村光夫や福田恆存といった後続世代が批評の世界の主流を占めるようになりつつあった。そうした一九六一年の文壇地図を、この文章はくっきりと描いている。

時期は少し前になるが、こんな状況のもとで『文藝春秋』の一九五九年五月号から、「考へるヒント」の連載が始まった。序章で引用した坪内祐三の「正宗白鳥」には、この連載が「巻頭随筆」であったという回想が見える。中村光夫が小林の講演「ソヴェトの旅」について言及していたように、この当時、文藝春秋（文藝春秋新社）は毎年、春と秋に作家たちが地方を巡回する「文化講演会」を開催し、十一月には「愛読者大会」もしくは「文藝春秋祭り」を東京宝塚劇場で催して、「文士劇」とともに講演会を行なっていた。小林はその双方の講演者として常連だったから、会社にとって重要な文学者として扱われていたことは確かである。のちの司馬遼太郎（連載が『この国のかたち』としてまとめられる）、阿川弘之、立花隆と同じく、巻頭随筆の執筆を依頼されたとしても不思議はなかった。

しかし、「巻頭」という点は坪内の記憶違いである。連載第一回の「好き嫌ひ――愛する事と知る事と」が始まるのは掲載号の百三十二頁、雑誌の後半であった。のちに一九六〇年のほぼ一年間は前半に移るが掲載稿の冒頭を占めたわけでもなく、六一年以降はふたたび後半に戻っている。いずれにせよ、特別扱いで巻頭に据えられたわけではなかった。さらに当時の『文藝春秋』は半年に一度、掲載された論考に関する読者からの人気投票を募り、一位だった作品に「文藝春秋読者賞」を与えていた。ところが、そこで発表される上位七作もしくは十作の一覧表に、「考へるヒント」の随筆が載ったことは、ついになかった。

またそのころ『文藝春秋』では毎号、巻末の投書欄には、掲載された文章に対して読者が寄せた、好意的な感想が載るのが常だった。だが、「考へるヒント」については五年間の長い連載にもかかわらず、これに関連する投書が載ったのは、一九六二年七月号、一九六四年七月号の二回のみである。前者は第五章で詳しくとりあげるが、直前の号に載った「福澤諭吉」に対して苦言を呈するもの。後者は「重厚な味、小林氏の文章」という見出しがつけられた、仙台市の男性会社員による礼賛の投書である。だがこれは、同じ年の五月二十日に刊行された単行本（第一巻）を宣伝するために、編集部が選んで載せたのだろう。おそらくそれ以前から好意的な投書も寄せられていたのだろうが、そうした感想文を編集部が掲載することはなかったのである。

井上義和の研究によれば、「考へるヒント」が連載されていたころ、『文藝春秋』の一か月あたりの平均実売部数は五十万部を超えている。毎日新聞社の読書世論調査でも、その人気は一九六一年までは『家の光』に次ぐ二位、六二年からはずっと一位の座を占め続けた。同じ総合雑誌でも『中央公論』と『世界』の読者が大学卒業者に特化していたのに対して、『文藝春秋』は大学に進学していない読者層も多く含むようになっていた。官公庁や大会社の幹部が占める割合も高くなり、「社長室のインテリア」（斎藤美奈子の命名による）として見かける雑誌という印象も、この時代に確立していったと思われる（井上義和「『文藝春秋』——卒業しない国民雑誌」）。

こうした読者が雑誌を手にとる動機は、井上の表現を借りれば「高邁な理想や難解な文章からは自由に知的欲求を満たしたい」というものであった。この傾向に寄り添おうとする編集部にとっては、小林の連載はいかにも文藝雑誌風で、やや場違いである。第一回の「好き嫌ひ」が載った号が発売された一九五九年四月は、皇太子夫妻（現、上皇ご夫妻）の婚礼が世を賑わせている時であった。この号ではそれに合わせて福田恆存の「象徴を論ず」が巻頭に大きく掲載され、続いて皇太子妃の父親である正田英三郎のインタヴューが載っている。そして巻末には松本清張の『小説帝銀事件』の連載第一回。翌年からは同じく松本による『日本の黒い霧』の連載が始まり、このころは「文藝春秋読者賞」でも文藝春秋の出版広告における扱いでも、松本清張が一番人気である。

この松本や福田と比べてみると、小林の連載の扱いはいかにも小さい。単行本が一九六四年五月に刊行されたさいも、『文藝春秋』の六月号に載った出版広告では、三頁めに挙げられた三点のなかにようやく登場するという位置づけで、最高の注目商品は大宅壮一によるノンフィクション『炎は流れる——明治と昭和の谷間』の第二巻であった。出版部員が毎号の巻末に書く「出版だより」でも『考へるヒント』は言及されておらず、熱心に宣伝しようとする姿勢が見られない。

したがって、編集部の担当者が「考へるヒント」という題を小林の連載につけたのは、河上徹太郎が想像したとおり、地味な随筆にも読者の興味を惹こうとする苦肉の策だったのだろう。一九五〇年代に刊行された書籍で題名に「ヒント」の語を含むものを、国立国会図書館と全国の大学図書館の蔵書で検索すると、たとえば『英作文・英文法問題三〇〇選　略解およびヒント』各年版（共立出版）といった、大学入試や国家試験、就職試験の問題集がその多くを占めている。特に一九五五年以降は、ほとんどが大学受験・高校学習参考書である。

また『考へるヒント』第一巻の函には帯がついているが、そこに印刷された文句は「常識の中に叡知の源泉をさぐる　小林秀雄最新評論集」（ただし一九六四年の第四刷による）であった。「常識」は連載「考へるヒント」の第二回の題名ではあるが、これを帯の文句で引いているのは、大学受験や企業への採用に不可欠な「常識」を身につける実用書として売れることを期待しているようでもある。そもそも先にふれたように、主に「考へるヒント」「四季」の二つの連載をまとめた本であり、「最新」作を精選して作ったわけでもない。どうやら、書籍としてのたたずまいそのものが、最初から大学入試との関連を予想させるものだったのである。そうした印象は、一九七四年六月に文春文庫で文庫版が刊行され、読者が手軽に買えるようになると、ますます強まったことだろう。

この単行本および文庫版の『考へるヒント』には「第一巻」とは記されていない。文庫版に寄せられた江藤淳による解説は、連載「考へるヒント」のうちでも、伊藤仁斎や荻生徂徠について書いた「重要なエッセイ」をこの本が収めていないことを指摘し、「その理由は、これら未収録のエッセイが、近世儒学思想の考察として、おのずから一つの別の流れを形成しているからだろうと思われる」と記している。「近世儒学思想」に関する「考へるヒント」の連載回を収めた第二巻が刊行されたのは、第一巻の文庫版が出た半年後、一九七四年十二月であり、さらにその半年後、翌年六月に文春文庫版が出ている。当時としては珍しい早さでの文庫化であった。

おそらく小林は当初、連載「考へるヒント」のうち「近世儒学思想」に関する一連の随筆については、単行本『考へるヒント』とは別の本としてまとめるつもりだったのではないか。ところが、七四年の文庫版が予想をこえた売れゆきを示したので、版元は急遽、初めから文庫化する計画で『考へるヒント』第二巻（正確な表記は『考へるヒント2』）の刊行を企画する。そこで、仁斎論や徂徠論を収め、講演「常識について」（一九六四年）も再録する形で——第一巻を宣伝するさいに「常識」を売り文句にしたことと平仄があう——第二巻を構成した。そんな経緯があったのではないだろうか。別の面から見れば、連載が終わった一九六四年から十年のあいだ、小林は「近世儒学思想」論を内容とする一冊を再構成する計画を抱いたまま、その実行を引き延ばしていたが、一九七四年にはついにそれを諦め、『新潮』誌上での『本居宣長』の連載に集中することになったのである。

実は第一巻の文庫版は、一九七四年六月十日、文春文庫の創刊第一弾として発売された十点のうちの一つであった。同じ年の『文藝春秋』六月号に載った広告によれば、第一番の位置にあるのは五木寛之『青年は荒野をめざす』であり、北杜夫『怪盗ジバコ』、柴田翔『されど　われらが日々——』がそれに続く。いかにも当時の若者に売れることをねらった書目である。そのなかで『考へるヒント』(第一巻)は八番目。創刊十点のうちに入っているのだから、「売れ筋」商品の一つと見なされてはいたのだろうが、ベストセラーになるとは期待されていないような、微妙な位置である。

だが、それが意外にも部数を伸ばしたために、半年後に第二巻が刊行されることとなったのだろう。第二巻については『文藝春秋』の「出版だより」も、一九七五年一月号で「近世儒学思想への考察を中心に、事物の核心を射抜く鋭い観察が、的確かつ奥行の深い表現に裏打ちされた、含蓄に富む随想集」と紹介している。宣伝文としては内容に乏しく、この本をどう読むべきなのかについて、やはりとまどっている気配があるが、第一巻のさいとは異なって、本気で売ろうとする態度を見せている。坪内祐三がこの年の夏に、代々木ライブラリーで文庫版の『考へるヒント』を目撃したときは、まさしく第二巻の文庫版も出た直後で、いちばん勢いのある時期だったのである。

『考へるヒント』の単行本も文庫本も、予想をこえた売れ行きを見せ、ロングセラーになった。その人気を下支えしたのは、やはり大学入試と学校教育の動向だったと思われる。一九五五（昭和三十）年に刊行された高田瑞穂『現代文の学び方』（至文堂）に附載された、五〇年度から五四年度までの「東大、早大以下五十校」の現代文入試問題の「筆者・出典一覧」によれば、小林の文章は五三年度に二校で「無常といふ事」が出題されたのみにとどまり、五年間の総計では同列七位であったが、一位から四位までの筆者で存命なのは、二位・八校の阿部次郎（すでに病を得て引退）・土居光知、三位・七校の天野貞祐・志賀直哉の四名のみで、ほかは寺田寅彦・夏目漱石など、戦前に活躍を終えた人物が多くを占めていた。しかし十二年後に刊行された、塩田良平・鳥居正博『現代国語の傾向と対策　昭和43年版』（旺文社、一九六七年）には、「出典別分類統計表」として、入試問題に出題された数につき、問題文の著者ごとに分類した順位表が載っており、一九六〇年代の動向が具体的にわかる。

この表によれば、一九六三年度入試から六七年度までの五年間の通算で、もっとも多く出題された著者は「朝日新聞」。これは論説・社説からの出題である。そして第二位が小林秀雄（六十四校の出題）、第三位が夏目漱石（六十一校）、第四位が亀井勝一郎（五十九校）であった。年度ごとに見ると、朝日新聞を除いた個人では、すでに一九六四年度に小林が夏目漱石を抜いて一位になっていた。そして同じ年刊書籍の一九七五年度版（分銅惇作・鳥居正博『傾向と対策　現代国語

50年版』一九七四年)が紹介する、過去五年間の出題数でも、一位が夏目漱石、二位が朝日新聞、三位が小林であるが、四位の亀井勝一郎を大きく引き離している。現役で活躍中の文筆家のうちでは、大学入試の世界における小林の首位が、『考へるヒント』第一巻の刊行時にはすでに揺るがないものとなっていた。

また『傾向と対策』の一九七五年度版には、小林についてこんな記述が見える。「さしあたり文庫本で出ている「無常といふ事」「考へるヒント」などは必読書であろう。福田恆存とともにその鋭い逆説的表現には特徴があるから、習熟することが望ましい」(同書七一頁)。坪内祐三が文庫本を目撃したころには、すでに『考へるヒント』が大学受験生の「必読書」として推奨されていたのである。

実際に入試問題を少し調査したかぎりでも、第一巻の「四季」の収録作品から「青年と老年」(群馬大学、一九六六年度)、「批評」(専修大学文学部、七四年度)が出題されたことが確認できる。『傾向と対策』の一九六八年度版によれば、六七年度までの五年間で『考へるヒント』からの出題は五校にのぼっている。そのうち二校は六七年度の出題で、札幌大学外国語学部と長崎大学であった。それ以前から『無常といふ事』の収録作品の出題は、おそらく高校教科書での掲載と関連して多かったようであるが、『考へるヒント』第一巻も、それが刊行されたあとには頻出の出典になっていた。入試問題の作成者にとっては『ゴッホの手紙』や『近代絵画』とは異なって、『考へるヒント』が、問題に使いやすい久々の小林の著書だったのだろう。

また『考へるヒント』第一巻は、道徳教育の教材としても注目されることになった。文部省の教育課程審議会は、答申「学校における道徳教育の充実方策について」（一九六三年七月十一日）において、教育基本法に示された「普遍的原理の大綱」を教育の場に生かすために、「わが国の歴史」と「伝統」に基づいてその内容を「具体化」することを、小中学校の道徳教育の方針として掲げた。当時の政治史上の文脈に即して見れば、一九六〇年の日米安全保障条約反対運動に現れたような、若者の激しい政治運動の沈静化をねらって、「歴史」と「伝統」に基づいた道徳教育を提起したものと言えるだろう。

この方針に基づいて文部省が作成した冊子『中学校　道徳の指導資料　第三集（第三学年）』（一九六六年三月）は、第六章「日本の心」の資料として、『考へるヒント』第一巻の「四季」の一篇「お月見」をとりあげ、それを用いた道徳授業のマニュアル（「指導過程」）を例示している。その「終結」として掲載された文章はこうである。「日本の文化が、日本人のもつ自然のこまやかな感じ方を基礎にして育てられてきたことを確認させ、日本人として、そうした感情をだいじにしていくことにより、日本の文化的伝統を受け継ぎ、さらに、進んで、国民文化の創造に励もうとする意欲を高めるように導いていく」。こうした「日本の文化的伝統」を説いた本としての『考へるヒント』への注目は、大学入試とは別の場面で、この作品がどのように読まれたかを示している。日本の「文化」や「歴史」を知りたいという動機で、この本を手にとった読者も多かったのだろう。

大学入試での使用にしても、日本文化や「道徳」の書として読まれる場合にしても、いずれにせよ小林秀雄自身と文藝春秋の意図をこえる形で、『考へるヒント』は広く読まれ、長く増刷を続けることとなった。世間に与えた印象としては、「感想」の連載中断に見られるように低迷していた小林の文学者としての活動が、一九六〇年代後半に一気に復活したかのように感じられたのではないか。池内恵《さとし》による書評集の題名を借りて呼ぶならば、実に奇妙な「書物の運命」が展開したのである。

だが、第一巻の刊行ののちにたどることになる「書物の運命」について、「考へるヒント」を連載中だったころの小林秀雄はもちろん予想していない。そのときの小林は、「近世儒学思想」という未踏の領域に挑み、その歴史をみずからの言葉で語るために悪戦苦闘していたのである。

連載「考へるヒント」のうち十一篇は、単行本の刊行に先立って一九六二（昭和三十七）年十二月に、『日本現代文学全集　第六十八巻　青野季吉・小林秀雄集』（講談社）に収められて刊行されている。この本に寄せた作品解説で中村光夫は、「考へるヒント」について「徳川期の儒者についての考察を中心とした随想」と呼び、「近世儒学思想」に対する小林の取り組みの意味を、ベルクソン論「感想」と対比しながらこう指摘していた。

後者は、氏の現代に対する責任感が、より直接にでてゐますが、とくにその中心をなす、伊藤仁斎、荻生徂徠らにたいする考察は、現代批判として鋭く深いものを持つてゐるだけでなく、氏が日本文化の根柢にたいしていだく自信がはつきりした形で現はれてゐる点で、今後に大きな影響を及ぼす論文と思はれます。（「小林秀雄の作品」、引用は『中村光夫全集』第六巻による）

「現代批判として鋭く深いものを持つてゐる」「日本文化の根柢にたいしていだく自信」といった評言は、小林その人と親しく交際していた中村が、本人の意図を汲み取って記したものでもあろう。小林の徳川思想史へのとりくみは、それだけ真剣なものであった。『考へるヒント』第一巻に関する書評で中村が示したとまどいと曖昧さは、その一部については、「近世儒学思想」をめぐる論考が単行本に収められていないことに対する不満がもたらしたものであったかもしれない。

実際、小林の周辺の人々がそんな苦言を本人にぶつけていたようである。第一巻が刊行された一九六四年の十一月十三日、上野の日本藝術院で秋の総会が催され、会員であった小林と河上徹太郎・石川淳の三人は、その帰りに行きつけの赤坂の料亭「辻留」で酒食をともにした。そのさいの会話について河上が、第一巻の書評を寄せたのと同じ『週刊読書人』の連載随筆で記している。

　仕事の話になると、石川と私は小林にもっと徂徠を書け、と勧めた。彼が「考へるヒント」を雑誌に書いた頃、私には徂徠論が一番面白かったが、単行本では一切それを省いている。まだ準備が出来ていない、というのだ。彼は石川に古写本を探すことを頼りに頼んでいた。小林はそれよりも本居宣長が書きたいらしかった。彼には新潮社の『日本文化研究』の一巻として、数十頁の優れた宣長論があるのを、たしか単行本に入れていないので、案外読者は知らないいじゃないかしら。（「芸術院総会の一日」）

荻生徂徠については「まだ準備が出来ていない」と小林は語っている。探していた古写本とは、刊本として公刊されず写本でしか伝わっていない、『蘐園《けんえん》十筆』『太平策』といった徂徠の著作だろうか。いずれにせよ一九六四年のころはまだ、伊藤仁斎や荻生徂徠に関して正面からとりくもうとする努力を続けていたことがわかる。そして、早く本居宣長について改めて書きたいと考えていたことも。

結果として小林は、『本居宣長』の長い連載を終えたあと、「近世儒学思想」や「近世の学問」を総体として論じる著述を世に問うことはなかった。だが、その準備稿のようにして遺された「考へるヒント」の諸篇から、小林が構想していた思想史の姿を考えてみることは、小林のテクストをめぐる再検討としても、また戦後思想史の重要な一場面を発掘するためにも、大きな意味がありそうである。

第二章　科学から歴史へ

一　伊藤仁斎とエドガー・アラン・ポー

随筆「考へるヒント」の連載は前章で述べたとおり、『文藝春秋』の一九五九（昭和三十四）年五月号に載った「好き嫌ひ――愛する事と知る事と」から始まる。この作品はやがて、第三次『小林秀雄全集』第十二巻（新潮社、一九六八年五月）で、「考へるヒントⅡ」の題目のうちに分類して再録されているので、この連載のなかでも比較的に重要な作品として、小林は当初考えていたのだろう。「好き嫌ひ」の副題「愛する事と知る事と」を全集では削っているから、これは編集部がつけたものだったのかもしれない。

第三次全集第十二巻は、「考へるヒントⅠ」として、単行本第一巻に収めた連載「考へるヒント」の諸篇を主に並べ、「考へるヒントⅡ」に徳川思想史関連の諸篇を並べるという構成になっている。だが、伊藤仁斎・荻生徂徠を主題とする「好き嫌ひ」「物」「道徳」の三篇は、その後に刊行された『考へるヒント』の第二巻以降には収められずに終わり、単行本・文庫本でしか読んでいない読者にとって幻の作品となった。いずれにせよ、一九五〇年代後半から始まった小林の徳川思想史研究は、この「好き嫌ひ」において形をとって現われはじめたのである。

「考へるヒント」の連載が終わって四年後、一九六八年当時の小林の自己理解では、連載のうち徳川思想史をめぐる文章は「考へるヒントⅡ」としてまとめられるもので、それ以外は「Ⅰ」として区別されるべき作品だったのだろう。だが、連載を始めたころは、そのように二つの路線をはっきりと分ける意識はなかったと思われる。

たとえば連載の第一回「好き嫌ひ」では伊藤仁斎の主張を次のように紹介している。古典の言葉にふれるさいには、「形のない意味や義理」――この場合の「義理」は「世間の義理」と表現するような場合とは異なり、抽象的な正しい道理を意味する――ではなく、その言葉の動きそのものに生きている「文勢」を味読するべきだ。「今日言ふ実証的方法」(十二‐37)のような、言葉の表面上の意味をなぞる態度ではなく、テクストの内容が心に深く滲みこむようになるまで「愛読」しなくてはいけない。

伊藤仁斎は、十七世紀の当時には儒学の体系的な理論として、東アジア全域における標準となっていた朱子学――仁斎の言う「宋儒」――を徹底して批判し、独自の儒学思想を打ち出した儒者であった。その姿勢は、朱子学による注釈を排して、儒学の経書の言葉の本来の意味、すなわち「古義」に立ち戻って、新たに解釈し直すことを特徴とする。そこで「愛読」の対象としてもっとも重視した古典は、孔子の言葉が書き記された『論語』であった。あとで述べるように、この「好き嫌ひ」で小林が、仁斎の「愛読」の態度には本居宣長と共通するものがあると読み取っている点も重要である。

第一章で紹介したように、「『論語』」(一九五八年)において小林は倉石武四郎の著書を参照しながら、伊藤仁斎が「最上至極宇宙第一」という言葉を使って『論語』を絶賛したことに注目していた。「好き嫌ひ」でも冒頭でこの話題をとりあげながら議論を展開している。仁斎によれば、「学問の道」は、『論語』を「宇宙第一の書と信ぜざるを得なくなるまで愛読する事に尽きる」。そのことを指摘して、小林は説明を次のように続けている。

そして、彼の信ずるところによれば、「論語」は平易近情、意味親切なる書であつて、広大甚深の趣など全く見られぬ、それだからこそ宇宙第一の書なのである。〔中略〕義人秀才は、いくらでもゐるが、徳を好む事色を好むが如き人物は、未だ見ず、といふ。この有名な言葉は、「論語」に二度も出てくるし、已《やん》ぬるかな、と嘆息してゐる程だから、これは孔子の余程大事な思想だつたと考へて差支へあるまい。仁斎が、晩年、熟慮の末、「論語」を好む事色を好むが如きを最上とするに至つたと考へても差支へないであらう。惚れた女を、宇宙第一の女といふのに迷ひはなかつた筈はあるまい。（十二-35〜36）

『論語』の言葉が「平易」であり、内容も普通の人の「情」に近く、「意味親切」すなわち日常生活における感覚にしっくりくる意味を感得させるものであるからこそ、それは「宇宙第一」とまで呼べるほどに最高の古典なのだ。そうした議論は、たしかに伊藤仁斎の『童子問』上巻第六章に見える。「義人秀才は、いくらでもゐるが、徳を好む事色を好むが如き人物は、未だ見ず」と小林が紹介する議論の方については、典拠がさしあたり不明であるが、仁斎は儒学の重要な概念を説明した著書、『語孟字義』の「徳」の章で、やはり『論語』子罕篇・衛霊公篇に見える「吾未見好徳如好色者也」、仁斎の『論語古義』刊本の訓読によれば「吾未だ徳を好むこと色を好むが如くなる者を見ざるなり」という言葉を引いている。「色を好む」はこの場合、美しい女性を愛するという意味。「已矣乎（やんぬるかな）」は、衛霊公篇でこの言葉が二度めに登場するときに、冒頭に追加された嘆きの声である。

この『論語』の言葉を、先に見たように小林は「『論語』」でも講演「好きな道」でも繰り返しとりあげていたから、伊藤仁斎の著作にふれたときに、よほど強く印象に残ったのだろう。「色を好む」という表現は、そもそも儒学を学ぶ君子は男性であることを前提にしているが、さらに小林は仁斎の『論語』愛好について、「惚れた女を、宇宙第一の女といふのに迷ひはなかつた筈はあるまい」と説明を重ねる。現代の常識からすれば、男性の異性愛を「愛」の典型と見なす偏見がここにあると指摘できるだろうが、いかにも小林らしい比喩ではある。

『論語古義』に見える注釈で、伊藤仁斎はこの言葉について「学んで徳を好むに至れば、則ちその学已《すで》に実なり」（原漢文を読み下した。伊藤仁斎の著作については以下同様）と説明している。反対に言えば、人間の徳をめぐる学問を続けた効果として、心の底から徳を好むというくらいにまで、情熱が高まっていない限り、その人の学問は真正で中身のあるものとは言えないのである。それほどまでに強い心情で「徳」を追求した孔子と、その孔子の言葉に対して、「最上至極宇宙第一」と呼ぶまでに惚れ込んだ仁斎。そうした彼らの「好」の態度を、古典にむきあうためのまっとうな方法として、小林は読者に奨めている。

しかし、古典を「好」み、それを「愛読」すると言っても、それは内容もろくに理解せずに、その言葉を表面だけで崇拝するという態度とは異なる。「好き嫌ひ」で小林は、儒学の経書の一つである『春秋』の読み方について、仁斎が述べた内容を紹介することを通じて、読者に注意をうながしている。仁斎の理解によれば、『春秋』は魯の国の歴史記録官が遺した記録を、孔子が再編集してまとめた編年史である。『孟子』滕《とう》文公章句下篇には、編纂のさいに孔子が「我を知る者は、其れ惟《た》だ春秋か。我を罪する者は、其れ惟だ春秋か」(原漢文、仁斎『孟子古義』刊本の訓読による)、すなわち、人々はこの『春秋』の書によって私を知り、私を批判することになるだろうと語ったことを伝える孟子の言葉が記録されている。これは仁斎に限らず、徳川時代の儒者が広く共有していた理解である。

さらに仁斎は、孔子が『春秋』を編纂した意図をもっともよく理解し継承したのは孟子であり、『春秋』に対する解説である三伝、すなわち『左氏伝』『公羊《くよう》伝』『穀梁伝』のうちでは、孔子の同時代人である左丘明が著した『左氏伝』がそれに近いと説いた。その評価の理由について『語孟字義』の「春秋」の章では、『左氏伝』が「事実を記すの伝註」であって、過去の人物たちの言動について詳しく記述することを通じて、読者にその善悪をじっくりと考えさせ、深く戒めようとしているからだと説いている。これに対して、朱子学者に代表される後世の儒者たちは、正しい道理とは何かを抽象的に論じる「義理を解するの伝註」として、『左氏伝』よりも『公羊伝』『穀梁伝』を尊重するようになってしまった。そのように仁斎は、孟子からあとの儒学の諸流派の経書解釈の方法を批判したのである。

「好き嫌ひ」のなかで小林は、以上のような仁斎の主張について、こう説明している。「孟子が看破した様に、我れを知る者はたゞ「春秋」か、我れを罪する者はたゞ「春秋」か、と言つた作者自身の切実な気持ちが感知出来なければ、何にもならない。かういふ義理を説かず、含蓄して露はさぬ書は、学んで知る事は出来ぬ。思つて得るものだ」(十二―35)。古典の言葉を内側から動かしている「文勢」をじっくり味わい、「精読」をくりかえすうちに、その書物に惚れ込み、「作者自身の切実な気持ち」に共感できるまでになる。この作業を通じて、淡々とした事実の記述の奥底に働いている意味を了解する。そうした思考の営みこそが、小林の奨める「愛読」であり、その意味で孔子も孟子も、伊藤仁斎も本居宣長も、古典のすぐれた「愛読」者なのであった。「好きでなければ持つ事の出来ぬ忍耐力や注意力、透徹した認識力」。そうした営みが本居宣長の『古事記伝』に見えると指摘することで、「好き嫌ひ」は一篇を終えている。

そして第二回の「常識」（一九五九年六月号）は、一転して西洋文学と現代科学を話題にとりあげる。冒頭で十九世紀にアメリカで発表されたエドガー・アラン・ポーのエッセイ「メールツェルの将棋差し（Maelzel's Chess-Player）」（一八三六年）を引きあいに出し、議論を進めるのである。このエッセイは、ポーが若い詩人として貧窮に苦しみながら作家生活を始めた時期に、ヴァージニア州リッチモンドで雑誌『南部文藝通信』の編集者として雇われ、その雑誌に執筆した文章であった。やがてポーは短篇小説「モルグ街の殺人」（一八四一年）を書いて、後世の人々からミステリー小説の元祖と呼ばれることになるが、そうした創作活動へのつながりもうかがわせるような、精密な論理の展開を見せている作品である。

のちにふれる江戸川乱歩との対談で小林は、「全集を神田で買いまして読んでいたら」このエッセイを発見したと回想している。だがこの「全集」はおそらく、シャルル・ボードレールによるフランス語訳のポー作品集『グロテスクで真面目な物語集（*Histoires grotesques et sérieuses*）』（一八六四年）か、没後に刊行されたボードレール全集のことだろう。そしてこの作品をボードレール訳から重訳して、『新青年』一九三〇年二月増刊号に載せていた（『小林秀雄全翻訳』講談社、一九八一年に再録）。「常識」のなかでは、金に困っていた「学生時代」に翻訳して「探偵小説専門の雑誌に売つた事がある」と回想しているが、実際には大学卒業の二年後である。すでに「様々なる意匠」で文壇にデビューして半年が過ぎているが、批評家としてはまだ駆け出しの時期であった。エッセイを書いたころのポーの境遇と、みずからの貧困生活とを重ねあわせながら訳していたのかもしれない。

主題になっている「将棋差し」とは、一八三六年の当時にアメリカを巡回していたバイエルン出身の発明家、ヨハン・メルツェルが公開していた人形で、「トルコ人（ターク）」と呼ばれていた。「トルコ人」はもともと一七七〇年に別の技術者によって作られたものである。ウィーンの宮廷において、皇后マリア・テレジアの前で最初に公開され、人間を相手にチェスの勝負を行うオートマトン（自動人形）として広く知られていた。その人形をメルツェルが買い取り、十九世紀に入ってからも欧米諸国を巡業していたのである。ポーはリッチモンドでの興行を観て、詳細に推理をめぐらせ、人間が「トルコ人」の中に入って操作しているとしか考えられないと論証する。その推理を述べたエッセイが「メールツェルの将棋差し」である。

『世界推理小説全集1　ボウ町の怪事件　他』（東京創元社、一九五六年）に再録された、「メールツェルの将棋差し」の小林による訳文（全集未収録）――小林自身が原文に加えた文言も散見される――に従って引用するなら、ポーの立論の前提をなしているのは、以下のような判断である。機械というものは、どんなに不思議な働きを見せるとしても、「その内部に伏在しているはずの、たった一つの原理を発見しさえすれば、それによって容易に不可思議を解決し得るはずなのである」。メルツェルの言うとおりに「トルコ人」の人形が「純然たる機械」であるならば、その動作はいつも「一つの既知数から発展した必然の結果」をはずれることがない。

ところが、人間が差すチェスの試合は「その一手一手がけっして必然的なものでない」にもかかわらず、「トルコ人」は相手の一手に応じて柔軟な動きを見せ、勝ったり負けたりして、勝ったときには得意気にまわりを見回している。もしも、人形の発明者が発見したチェスの「原理」に基づいて作動する機械だというなら、その原理の「拡張」の結果として、全戦全勝も可能なはずではないか。そうした前提のもとに、ポーは「トルコ人」の動きと舞台装置を緻密に観察し、推理を細かく働かせて、それが人間によって操られていると結論づけたのである。

「常識」でポーのこの議論を小林が引いている理由の一つは、「機械」のみごとな働きに対して、人間が強い「好奇心」を抱く結果として、その働きの正確さを過信してしまう現代人の傾向を、すでに指摘しているからである。「トルコ人」の動作に感嘆して、それが精巧な機械の作動と信じて疑わなかった十九世紀の欧米人。その人々と同じように、二十世紀の現代人は、「何かと言へば専門家風を吹かしたがる」科学の専門家たちの言説を信じこみ、「専門的知識に、おどかされ通しで、気が弱くなつてゐる」（十二—42）。その結果として、「電子計算機」すなわちコンピューターがやがて「人工頭脳」へと発達するという予測を示されると、「私達の常識は、直ぐ揺ぐ」。二十一世紀の現代風に言い直せば、ＡＩが人間になりかわり、社会を支配するのではないかという不安にとりつかれるようなことであろう。

小林は続けて、「機械の利用享楽がすつかり身についた御蔭で、機械をモデルにして物を考へるといふ詰らぬ習慣も、すつかり身についた。御蔭で、これは現代の堂々たる風潮となつた」（十二－44～45）と指摘する。「機械」の性能に対する過信。能率しか念頭に置かない「合理性」の追求。「物的な対象」を「計量的方法」によって分析する「数学的言語」への固執。そうした「近代科学」の思考方法が、現代人の思想を支配している動向に対する批判は、その後も連載「考へるヒント」のうち、「良心」（『文藝春秋』一九五九年十一月号）、「辨名」（一九六一年十一月号）、「歴史」（一九六三年五月号）といった諸篇で繰り返されることになる。「常識」の回は、小林がそうした「近代科学」批判を繰り広げてゆく端緒の一篇ともなっていた。

実際、一九五九年の当時は、コンピューターの開発が進み、人間と同じように思考する「人工頭脳」への発展の可能性が、すでに論じられる時代に入っていた。チェスをめぐっても、アメリカのクロード・シャノンが一九四九年の論文で、コンピューターにチェスの対戦を行わせるためのプログラミングを構想している。それに基づいて七年後、ロスアラモス国立研究所の研究者集団は、実際のチェスよりも簡略化した盤面とルールを設定した上で、人間と対戦させることに成功したのである。

だが「常識」で小林は、コンピューターにとって可能なのは「反覆運動」としての計算にすぎないから、「計算のうちに、ほんの少しでも、あれかこれかを判断し選択しなければならぬ要素が介入して来れば、機械は為すところを知るまい」と指摘する。チェスや将棋の試合において、その一手一手を動かしているのは、法則性とは対極にある「熟慮断行といふ全く人間的な活動の純粋な型」である。それは、「計算すること」とは異なる、個別の状況に対応しながら「考へること」の領域に属するものであり、二つの領域を区別して使い分けるのが、人間の普通の「常識」にほかならない（十二-44）。

コンピューターがデータを処理する速度と、自己学習能力とが飛躍的に進歩した二十一世紀の人間から見ると、将棋を例にとって「人工頭脳」の限界を説く小林の議論は、いかにも古めかしい。すでに現在では、チェスや将棋のように、ルールが厳密に定まり、勝ち負けの基準が明確なゲームに関しては、人工知能が勝つことが明らかになっている。だが、情報科学の専門家が声高に唱える「電子計算機」の「人工頭脳」への発展に関して、期待とともに危惧を抱いて動揺する「科学軽信家」に対する小林の批判は、ＡＩの将来をめぐる現代人の議論に対してもあてはまるようである。

そして、科学の思考が法則性によってきびしく縛られていることに対して、人間の「常識」が直面する物事の一回性・多様性を強調する議論は、小林が「好き嫌ひ」で提示した、「形のない意味や義理」ばかりを追究する態度に対する批判を、古典の「文勢」の読解という場面から、人間行動の理解へと転用したものとも言えるだろう。「熟慮」という言葉は「好き嫌ひ」においても、伊藤仁斎その人の思考の営みを表現するさいに、小林が用いたものであった。これと同じ発想が、第三回の「プラトンの「国家」」（一九五九年七月号）では、イデオロギーに基づいて一つの「正義」を絶対視する「現代のソフィスト達」（十二-52）と、言葉を吟味しながら、そうした「正義」の押しつけを徹底して疑ったソクラテスとの対比へとつながってゆく。

内容としての抽象的な「理」に対しては、それを表現する言葉そのものの豊かな響きを。法則性を重視する科学に対しては、偶然性・多様性にむきあう人間の「常識」を。政治勢力による一つの理念を掲げた統合に対しては、それに対する深い懐疑を、小林はそれぞれ提示する。「考へるヒント」ののちの回においても繰り返し登場する論点が、すでに冒頭の三回で示されているのである。しかも、伊藤仁斎やプラトンの著わした古典を再読することと、現代の諸問題をめぐる検討とを往復しながら考える。そうした思考の営みを文章のなかで展開するのが、連載「考へるヒント」の特色だった。「常識」の末尾で小林は次のように語っている。

　併し、その常識の働きが利く範囲なり世界なりが、現代ではどういふ事になつてゐるかを考へてみるがよい。常識の働きが貴いのは、刻々に新たに、微妙に動く対象に即してまるで行動するやうに考へてゐるところにある。さういふ形の考へ方のとゞく射程は、ほんの私達の私生活の私事を出ないやうに思はれる。事が公になつて、一とたび、社会を批判し、政治を論じ、文化を語るとなると、同じ人間の人相が一変し、忽ち、計算機に酷似してくるのは、どうした事であらうか。(十二-45)

多様な局面やさまざまな他者に向きあいながら、「熟慮断行」を繰り返し、「物を判断する」思考能力としての「常識」。それとはおよそ対極にある思考方法が、現代の社会に蔓延し、両者の均整を崩していることを小林は批判する。その見るところでは、二十世紀の同時代に社会や政治や文化を論じる者たちが、一定のイデオロギーや、硬直した「科学的」な論理に固執したまま、論敵を否定し排除する動向は、まさしく「計算機」を思わせるふるまいなのであった。

二　原子力の影

連載「考へるヒント」の初期の論考には、一九五九年当時の時代状況を色濃く反映した箇所が散見される。「常識」で小林は、ポーのエッセイの紹介に続いて、「電子計算機」をめぐる将来の可能性について言及するが、そこで、新設された「核破壊装置」すなわちサイクロトロン（粒子加速装置）を見学に行ったときの経験を語っている。「東大の原子核研究所が出来た時、所長の菊池正士《せいし》博士が知人だつたので、友達と見物に出掛けた事がある」（十二-39）。

このサイクロトロン見学と、「メールツェルの将棋差し」という作品とは、小林にとって独特の結びつきをもっていた。「常識」を発表する二年前に、小林と江戸川乱歩との対談「ヴァン・ダインは一流か五流か」（全集未収録）が、乱歩が編集長を務めていたミステリー雑誌『宝石』の一九五七年九月号に載っている。この雑誌は宝石社から刊行されていたが、売れ行きが不振で経営が悪化したため、乱歩は私財を投じてその立て直しを図り、同年八月号から自身が編集長となっていた。小林との対談を載せたのは、文壇の大物を誌面に登場させることで、新たな読者を得ようとねらった企画だったのだろう。

対談に乱歩が寄せた「前記」によれば、「ある座談会の席」で向かい合わせに座った小林と

「探偵小説談」を交わしたことがあり、それをきっかけにして親交が続いていたという。そして小林訳の「メールツェルの将棋差し」を再録した『世界推理小説全集』全八十巻は、乱歩が監修者の一人であり、版元は東京創元社で、取締役だった小林もまた「大いに推進」した企画であった。『新青年』での掲載時には匿名だった訳稿が小林によるものであることを、乱歩は本人から聞いていたために、この全集の第一巻に再録する運びとなったのである。

この対談のなかでも、小林は原子核研究所を話題にしている。「私の友だち」である所長の菊池から、小林と東大仏文科の同級生だった今日出海《こんひでみ》との二人に見学の誘いがあった。今は戦前にパリに滞在した経験があり、欧米の事情に通じていたので、アメリカでのコンピューター開発をめぐる報道にふれたのだろう。原子核研究所にコンピューターがあることに注目して、ぜひ「将棋」の勝負をしたいと今は考え、小林のほかに将棋が得意な大岡昇平も加えて一緒に見学に行った。しかし訪れてみると所長の菊池から「そんなものある筈はないじゃありませんか」と言われ、一笑に付されてしまう。

同じ経緯は「常識」でも述べられているが、「将棋」を差せるコンピューターがどこかで完成したという情報を今から聞かされて、小林は「メールツェルの将棋差し」を「思い出した」と対談では語っている。『世界推理小説全集』に乱歩がこれを再録したきっかけも、研究所の見学のさいに、かつての訳業を小林が回想したことにあったのかもしれない。いずれにせよ、見学の主な関心はサイクロトロンよりも「電子計算機」に向いていたのである。

東京大学原子核研究所（現、原子核科学研究センター）は、一九五五（昭和三十）年七月、東京都田無町（現、西東京市）に、初めての全国大学共同利用の研究施設として発足した。初代所長に就いた菊池正士は、かつて日本の原子核物理学研究の草分けの一人として、一九三四年に大阪帝国大学教授に就任し、サイクロトロンの建設をいったん果たしていた人物である。戦前に日本で開発されたサイクロトロンは、大阪帝大のほか、理化学研究所と京都帝大にすでにあったが、終戦直後に占領軍（連合国軍最高司令官総司令部、ＧＨＱ）がそのすべてを破壊し、「原子エネルギー分野」に関する研究をいっさい禁止していた。だが、占領が終わる直前の一九五一年になってサイクロトロン再建の許可がおり、研究再開の悲願が実現をみた。

実は菊池正士は、序章でふれた戦時中の座談会「近代の超克」（『文學界』一九四二年九月～十月号）の参加者だったが、そこでの口数は小林よりもさらに少ない。「近代」の哲学や音楽と自然科学との間に関連性を見いだし、そうした諸領域に共通する「時代精神」を一挙に刷新しようと説くほかの出席者たちにむかって、「科学には、近代も古代も無い――と思つてゐるのですけれども ね」とぎこちなく答えるのみであった。ただし菊池その人は自分の専門分野にしか関心をもたないような人物ではない。数学者であり東京帝国大学総長・文部大臣を歴任した父、菊池大麓のほか、理系・文系の多くの学者を親戚にもち、ピアノの名手でもあるという、幅ひろい教養をもった学者であった。

この発言に対して小林は、「例へばケプレルが日記に言つてゐる様な神様が自分だけに明して呉れた宇宙の秘密だといふやうな、何か非常に美しい、宗教的なコスミックなイメージといふもの、あゝいふやうなものを廿世紀になつて物理学が専門的に分化して来る様になつて来ても、科学者はやっぱし感じることができますかな」と問いかけている。おそらく小林の意図は、現代の専門化した物理学の研究者の思考において、十七世紀にヨハネス・ケプラーが夢想した美しい宇宙像、「コスミックなイメージ」が、もはや失なわれていると指摘することにあったのだろう。助け船を出して座談会の対話を先に進めたとも、実証科学の専門知にとじこもる菊池を揶揄したともとれる発言であるが、こののち、二人の交流は続いていたのである。

戦後になって原子核研究が再開されたのは、おそらく国際政治の動向と密接に関わっていた。一九五一年に占領軍がサイクロトロンの建設を許可したことにも、すでにソ連との冷戦のなかで、日本をアメリカの勢力下にとどめ、その研究成果を共有しようとする意図が働いていたのではないか。菊池は一九五〇（昭和二十五）年にコーネル大学から招聘され、アメリカで二年間の在外研究を行なっていたが、帰国の直後に短い文章「原子力研究に進め」を、雑誌『科学』の一九五二（昭和二十七）年九月号に「話題」として寄稿している。それは、日本でも原子核に関する基礎研究に加えて、「実験的原子炉の完成」を三か年計画で進め、そののちに五か年計画で「原子力発電の完成」「原子力船舶の完成」を実現させたいと論じるものであった。

関係の有無は明らかでないが、菊池の提言はアメリカ政府がのちに表明した方針とも共通する。一九五三（昭和二十八）年十二月にドワイト・アイゼンハワー大統領は国際連合の総会で演説を行ない、原子力の平和利用のために、共同研究や原子力発電所の建設に関して、諸外国と協力すると宣言した。これに基づいて日本では、研究者のあいだでの激しい論争をへたのち、一九五五（昭和三十）年六月に日米原子力協定の仮調印が実現する。その結果、ウランと原子炉の設計情報との提供を受けるという対米依存の体制のもとで、翌年に日本原子力研究所が発足し、原子力の平和利用が始まった。小林が「常識」を発表した直後、一九五九（昭和三十四）年九月に、菊池正士は日本原子力研究所の理事長に就任し、茨城県の東海研究所の所長も兼任して、増殖型動力炉の自主開発にむけた努力と、核融合の研究を進めることになる。

一九五〇年代、冷戦の対立状況が深まるなかで、日本における原子力技術の開発が進展していった。小林が見学した原子核研究所はあくまでも原子に関する基礎研究のための施設だったが、所長であった菊池の動向まで含めて見るならば、原子力の平和利用をめぐる広い動きと関連するものではあった。他面で、一九五四（昭和二十九）年、ビキニ環礁での水爆実験による第五福竜丸の被曝事故が起きたことから、原水爆禁止の署名運動がいったん日本各地でもりあがる。原子核研究所が設立されるさいにも、放射性物質による被害を心配した周辺住民から反対運動が起こり、菊池はその説得に苦労していた。

そうした論争や反対運動があったとはいえ、原子力の平和利用に関しては、核兵器の問題と切り離して、むしろ日本が原爆を経験したからこそ取り組むに値する事業として歓迎する声が、当時の日本では多数派である。小林もまた「常識」のなかで、「テレビを享楽しようと、ミサイルを呪はうと、私達は、機械を利用する事を止めるわけにはいかない」（十二‐44）と、「ミサイル」の例示に核兵器の影をうっすらと示しながら語っている。自然科学とテクノロジーの進歩が人間の生活を便利にすること自体は、小林は否定しないのである。

小林が連載「感想」において論じていたアンリ・ベルクソンの哲学もまた、科学そのものを拒否するのではなく、近代科学の「干からびた合理主義」、すなわち数学を基礎として、反覆されるもの、計算可能なものだけを物質界からとりだし、極限まで分解して調べつくす方法を批判していた（ベルクソン『思考と動き（*La Pensée et le mouvant*）』「序論（第二部）問題の提起について」一九三四年）。ベルクソンも小林も、近代科学が立脚する分析的方法と数理の「形而上学」が、思考のすべてを支配することを斥けたのであり、決して反科学の論者ではなかった。

彼らが問題と見なしたのは、「近代科学」の思考が人間をめぐる学問にまで滲透し、「熟慮」のような人間の心の生きた働きを、視野から除外してしまうことであった。小林の場合は特に、科学の抱える問題性よりも、物質の運動と区別された人間の営みの意義を、いかにして説得的に語るかという課題の方に関心が向いていたと言える。それは青年期のランボーへの耽溺や、「様々なる意匠」でマルクス主義の文学論の「科学」志向を批判したときから、一貫して続いてきた問題意識でもあった。

だが、一九五九年の「常識」のころから、小林が科学批判を繰り返し口にするようになったことは注目に値するだろう。その点で興味ぶかいのは、同じ連載「考へるヒント」のなかで「歴史」（『文藝春秋』一九六三年五月号）に、やはり「核物理学」が登場することである。それは、アイザック・ニュートンが説いた力学法則に根拠を置いて、「世界は力学の原理に従つて運動してゐる」とみなす「近代自然科学」の「世界像」が、二十世紀に至ってさらに支配領域を広げていると指摘する例としてであった。

自然を構成する究極の単元の説明にかゝづらふ今日の核物理学は、あらゆる素粒子はエネルギイから作られるし、又、エネルギイとなつて消滅もする事を明らかにしてゐる。この自然の一元性に関する行くところまで行つた理論は、歴史について、私達に、何を明かすのだらうか。これは、もし歴史といふものを、出来る限り基本的に、客観的に規定しようとすれば、粒子の無秩序な状態即ちエントロピイ増大といふ決定的な時間の矢になる事を語つてゐる。

（十二—435）

小林の議論はこれに続いて、いつどの時代にも一定の法則が世界に働いていると見なす科学の「世界像」と、過去にあった事実や事件の「個性」をよりどころとする「歴史意識」との違いを説いてゆくことになるが、その点については次章でふれることにする。ここで注目したいのは、小林が説いている「今日の核物理学」の内容である。

ベルクソン論「感想」は、先にふれたように『新潮』の一九六三年六月号、連載の第五十六回を発表したところで中断したままになったが、その最終部に近い第四十九回から第五十四回まで、六回分は量子力学と相対性理論の紹介にあてられている。一九二〇年代にニールス・ボーア、ヴェルナー・ハイゼンベルクらが確立した量子力学の理論は、アインシュタインの特殊相対性理論と並びつつ、まったく別の方向から、古典物理学の厳密な因果性に基づく決定論の世界観に対して、重大な批判を行なっていた。そのことは日本でもすでに一九三〇年代には、たとえば三木清ほか編『現代哲学辞典』（日本評論社、一九三六年）の項目「物理学」（雨宮綾夫執筆）で紹介され、知識人に広く知られている。大岡昇平によれば、そのころ小林もまた現代物理学の書物を熱心に読んでいた（「小林秀雄の世代」）。

きわめてミクロな原子の領域においては、観測の過程が対象を攪乱するので、粒子の客観的な実在が確定できず、その運動も予測できないため、確率分布によって位置を推測することしかできない。これを小林は、「考へるヒント」の一九六三年の「歴史」の一か月前に発表した「感想」第五十四回（同年四月号）で、ハイゼンベルクが英国で公刊した著書『現代物理学の思想』（*Physics and Philosophy : The Revolution in Modern Science*、原著一九五八年、邦訳一九五九年）を参照しながら説明していた。「古典物理学の使用する概念」によっては、自然界のミクロな領域で展開する量子の運動を記述することができない。そうした困難をハイゼンベルクがこの本で論じていることを小林は指摘し、「これは大変ベルグソン風な問題である」とまとめたのち、物質と知覚をめぐるベルクソンの理論の分析に進んでいる。

だが他面で『現代物理学の思想』の第四章は、質量とエネルギーとが本質的には同一であるとするアインシュタインの特殊相対性理論を引いて、現代物理学においてはあらゆる粒子がエネルギーによって作られると考えられており、やがて素粒子に関する「永遠の運動方程式」が発見されるだろうと指摘している。一九五〇年代のハイゼンベルクは、この着想を発展させ、相対性理論と量子力学を統合した「統一場の理論」を作る作業を進めていた。そして一九五八年の二月二十五日、ゲッティンゲン大学で「素粒子論における進歩」と題する講演を行ない、自然界のすべての物理法則を説明できる方程式を構想していると明らかにしたのである。村上陽一郎の解説によれば、その試みは次のようなものであった。「粒子的原子の背後に原物質〔Urmaterie〕を想定し、それがアインシュタインのエネルギーと質量の等価性によってエネルギーと読み替えることができ、しかも、それがつねに「保存」されるということを「対称性」によって規定しようとする、言わば、全世界を一挙に表現し得るような基礎方程式の存在に賭けた計算を続けていた」（『ハイゼンベルク——二十世紀の物理学革命』二四七頁。原語を補った）。

当時、湯川秀樹門下の物理学者である山崎和夫（京都大学基礎物理学研究所助手）が、ゲッティンゲンのマックス・プランク物理学研究所の所長であったハイゼンベルクのもとで研究員となり、その研究を助けていた。そのせいもあって、ハイゼンベルクの新たな構想は「物質構造の基本式」「統一場の理論を完成か」といった見出しで、日本の新聞の社会面でも複数回にわたって大きく報じられている（朝日新聞東京版、同年二月二十七日、三月七日、四月二十六日、四月三十日の各朝刊）。素粒子が「エネルギイから作られるし、又、エネルギイとなつて消滅もする」という小林の説明は、この統一場の理論のことを指しているのだろう。報道にふれたときに、一元的な法則が支配する近代科学の世界観が、量子力学の領域をも呑みこんだように思ったのではないか。

ただし小林が「歴史」で紹介する、宇宙の歴史がエントロピーの増大という一方向の過程によって支配されているという見解は、英国の物理学者・数学者であった、アーサー・エディントンの著書『物的世界の本質』（*The Nature of the Physical World*, 1928. 寮佐吉訳、岩波書店、一九三一年）から学んだものと思われる。邦訳書への言及が小林の「手帖Ⅰ」（一九三二年）に見える（二一291）が、この本の第四章でエディントンは熱力学の第二法則を根拠として、宇宙が乱雑さを増して不規則になってゆく、不可逆的なエントロピー増大の「時間の矢」（time's arrow）を指摘していた。大岡昇平によれば、小林はこの本を読んだあと、内容について周囲に熱心に語っていたという（「小林秀雄の世代」）。エントロピー増大に対して抱いていた危機感は、評論「現代文学の不安」（一九三二年）でも示されており、戦後にも湯川秀樹との対談「人間の進歩について」（一九四八年）で話題にとりあげている。統一場の理論についても、こうしたエントロピー増大の世界観と混同しながら理解していたのだろう。

他面で、ハイゼンベルクの当時の活動もまた、冷戦期のドイツの政治と無関係ではなかった。日本と同じくドイツの物理学者にとっても、戦後に発足したドイツ連邦共和国（西ドイツ）の体制のもとでの原子力研究の再開は悲願であった。科学振興のためのアカデミーとしてドイツ学術振興協会が発足し、そこに設置された原子物理学委員会の委員長にハイゼンベルクは任命され、原子炉の運転の許可をめぐってアメリカ政府との交渉に赴いている。

そして一九五五年、パリ協定の発効によって西ドイツの占領が終わり主権が回復すると、首相コンラート・アデナウアーは、原子力省と原子力委員会を設置して、ハイゼンベルクを委員に迎えたのである。この時アデナウアーは、核武装の可能性も含みながら再軍備を進める姿勢を見せており、核兵器開発に反対する物理学者たちは激しく反発した。だが、この期間にアデナウアーと個人的な信頼関係を築いていたハイゼンベルクは、原子兵器の製造・実験・使用に協力しないという共同声明（ゲッティンゲン宣言、一九五七年）に表むきは賛同しつつ、微妙な態度をとり続けたのである。

また「歴史」やベルクソン論「感想」で小林が言及しているわけではないが、アメリカの若い物理学者、デイヴィッド・ボームが、ボーア、ハイゼンベルクらによる量子力学の確率論的解釈に対して、因果論的解釈を打ち出していたことも、この領域への一元的法則の持ち込みととらえられたかもしれない。一九五二年の論文「「隠れた」変数による量子論の解釈提案」("A Suggested Interpretation of the Quantum Theory in Terms of 'Hidden' Variables", *Physical Review* 85) でボームは、量子力学の新たな解釈を提唱し始めた。それは、フランスの物理学者、ルイ＝ヴィクトル・ド・ブロイの「物質波」の理論――「感想」第五十回でも「電子波」「確率波」として言及されている――を洗練することを通じて、電子などの粒子は、周囲に働くある種の波動によって配置状態が決まるという形で実在すると説明する。そしてその波動はエルヴィン・シュレーディンガーが導出した方程式に従うと説くことで、量子力学と因果論との両立を図ったのである。

ただしボームの解釈においても、粒子の軌跡そのものは観測者にとって隠れており、測定ができないとされるので、日常的な方法で観察できる因果関係とは異なる抽象的な次元で、因果性が働いているという意味になる。この点につきハイゼンベルクは『現代物理学の思想』の第八章で、ボームは確率論的解釈と同じ内容を、別の言葉でくりかえしているだけだと批判してもいる。

両者の論争に関する理解はどうあれ、ボームの論文が発表された経緯も、冷戦の状況と深く関わっていた。ボームは第二次世界大戦中に九か月だけ、アメリカ共産党に入党した経歴をもっていた。そのため、戦後にマッカーシズムの反共産主義運動がアメリカの政治と社会を席巻するようになると、原子爆弾開発の情報をソ連に漏らそうとする危険人物として疑われ、一九四八年に上院非米活動委員会で取り調べを受け、いったん逮捕されてしまう。そのせいでプリンストン大学の准教授の職を解雇され、一九五一年に事実上の亡命先としてブラジルのサンパウロ大学に移っていた。その時期に発表したのが一九五二年の論文にほかならない。ボームの身柄をめぐる騒動の時期は、菊池正士がコーネル大学にいた期間と重なっているが、菊池とその周辺の物理学者の回想には、管見のかぎりこの事件をめぐる言及が見られない。

「機械」を支えている数学的・物理的な法則が、自然界をめぐる科学の知を覆い尽くし、いまや社会や人間心理に関する学問にまで、その支配の手を広げようとしている。そうした二十世紀の科学の状況に対する批判を、小林は連載「考へるヒント」の「常識」「良心」「辨名」「歴史」で展開した。一九五八年から始まったベルクソン論「感想」の連載もまた、同じ問題意識を一つの背景にしていたと言えるだろう。そして「ミサイル」に関する言及に現われているように、またドイツ・アメリカ・日本の物理学者たちを巻きこんだ運命に見られるように、そうしたテクノロジーの発展は、冷戦時代における米ソの軍事力・科学力の競争と密接に関連していた。「プラトンの「国家」」などの文章で、この頃の小林がイデオロギーによる政治の支配をきびしく批判したこともまた、現代科学批判と同じ、同時代をめぐる危機意識から発している。

そして、「常識」で小林がテレビとコンピューターに言及していることが示すとおり、当時の日本は経済復興から高度成長期への移行をはたしていた。テクノロジーの発展に対する期待が叫ばれ、日常生活が家庭用電気器具や自動車など、さまざまな機械にあふれるようになった時代。その状況に抗うように、小林は科学批判と歴史の再考察へと向かったのである。

三　大衆社会と「伝統」

「考へるヒント」の連載が始まった一九五九年の社会状況について、本多秋五がこう述べている。日本文藝家協会による編集で毎年二回刊行されていた『創作代表選集』第二十五号〈昭和三十四年後期〉（一九六〇年刊）に寄稿した「まえがき」（のち『文芸年鑑』昭和三十五年版への再録にさいして「一九五九年文学界の動向」と改題）の一節である。

ある種の統計観察によれば、戦前にくらべて現在は、中産階級は減ったが中間階級は増えた、といわれる。中間階級増大の実質は、大企業の従業員と官公庁の職員が、それぞれ約三倍に増加（昭和五年と三〇年の比較）し、これに医療関係者、教員、芸術家などを加えた新中間階級が増加したということであり、他方に農民の収入増加と労働者の待遇向上があり、国民全体の消費水準が平均して三〇パーセントも上昇した状態にあって、この新中間階級の意識がマス・コミの波に乗って国民の各階層に浸透し、そこに中間層ムードを形成しているといわれる。いわゆる大衆社会状況の成立である。（「一九五九年文学界の動向」）

まるで『経済白書』のような記述であるが、現代日本文学の動向紹介にこうした説明が入るほどに、そのころの日本社会の変化は激しいものとして受けとめられていたのである。上層と下層との間で貧富の格差があったとはいえ、高度経済成長によって、豊かな社会が都市と農村の双方で実現しつつあった。「いわゆる」大衆社会状況と書いているのは、雑誌『思想』の一九五六（昭和三十一）年十一月号が小特集「大衆社会論」を組み、それ以後この概念をめぐる論争が、政治学者や社会学者によって繰り広げられていることを意識したのだろう。先にふれたように連載「考へるヒント」は、皇太子成婚のテレビ報道に国民が熱中する「ミッチー・ブーム」のさなか、五十万部の売り上げを誇る「マス・コミ」にほかならない『文藝春秋』で掲載が始まったのである。

「マス・コミ」の発達と都市における「大衆」の登場が、新しい種類の読者を大量に生み出した。そうした読者の感覚に誠実によりそうことも、現代に生きる作家にとっては重要な美質にほかならない。それは小林が戦前から主張してきたことでもあった。「菊池寛論」（一九三七年）では、「作者は読者に面白く読ませようと努力してゐるが、読者を決して軽蔑はしてゐない。女子供でも軽蔑してはゐない」（五－48）と、「大衆」の人気を得た菊池寛の新聞小説を擁護したのである。そうした姿勢は戦後の文章においても、たとえばジャン＝ポール・サルトル原作の映画についての感想文である「「賭はなされた」を見て」（一九五二年）によく現われている。

私は、ひそかに考へてゐるのだが、大戦争が、わが文学界に齎《もたら》した一番大きなものは、所謂《いわゆる》戦後派の文学などではない。それは文壇といふものの崩壊であり、文壇小説といふものの敗北である。往年の純文学作家が、こぞつて新聞小説を書き、所謂中間小説（妙な名称だが、正確な名称でもある）を書く様になつた。さういふ抗し難い時の勢ひのうちに文学者達は置かれる様になつた。その事実はそのまゝ受け納れるべきであつて、これが良い事か悪い事かといふ様な論議は、間抜けであるし、果《はて》がないのである。作家が出来るだけ多数の読者に読まれたいと希《ねが》ふのは正当な事であるが、一方、作家の良心は自己の信ずる真実なものを読者と分たうとして、読者との妥協を許すまい。この矛盾が、今日こそ作家達の心の中心部に据ゑられなくてはならぬ時であらう。（十―158）

戦後におけるジャーナリズムの発展のなかで、作家の創作活動もその波に呑み込まれ、純文学を理想とする明治末期以来の「文壇」のモラルは崩壊した。そう指摘する文章としては、十返肇《とがえり》による「「文壇」の崩壊」（『中央公論』一九五六年十二月号）が有名であるが、小林はその四年前にすでに、同じような内容で「文壇といふものの崩壊」を語っていたのである。「往年の純文学作家」による新聞小説・中間小説――純文学と大衆文学の間にある小説という意味で久米正雄がそう命名した――としては、終戦直後に連載された石坂洋次郎『青い山脈』（朝日新聞）、石川達三『望みなきに非ず』（読売新聞）、舟橋聖一『雪夫人絵図』（小説新潮）といった作品群を指しているのだろう。

小林は、作家が純文学の少数の読者を相手にするのではなく、広く大衆に読まれる作品を書こうとすることを「抗し難い時の勢ひ」として認める。だが同時に、読者の要求にまったく順応してしまうことを避け、「自己の信ずる真実なもの」を読者に伝えようとする緊張感を保つべきだと説くのである。自分自身の仕事としても、幅ひろい読者が読む『文藝春秋』に連載する「考へるヒント」は、『新潮』に載せた『近代絵画』やベルクソン論「感想」とは異なって、新聞小説・中間小説と似たような位置にあると考えていたのだろう。

「考へるヒント」の連載第五回は、まさしくこうした問題を主題とする「読者」（一九五九年九月号）である。冒頭が、やはりサルトルの文章（『シチュアシオンII　文学とは何か』*Situations II: Qu'est-ce que la littérature?* 1947に収録。加藤周一・白井健三郎による日本語訳が『サルトル全集』第九巻として、一九五二年に人文書院から刊行されている）に関する話題から始まっているのも、当時の読書界におけるサルトルの人気作家ぶりを連想させる。大衆社会において厖大な「読者」の群れが示してくる嗜好の変化に対して、作家はどのように向きあうべきか。この回のそういった主題にふさわしい書き出しになっている。

実際、サルトルの文章に続いて小林がとりあげるのは、「週刊誌ブーム」についてどう思うか、当の週刊誌の一つからコメントを求められたさいの、記者と小林との会話の食い違いである。一九五六年に創刊された『週刊新潮』が、新聞社が発行しないかぎり週刊誌は成功しないという定説を破り、成功を収めていた。それに引き続いて一九五八年、五九年は週刊誌の創刊ラッシュを迎え、ひと月の間の発行部数の合計が月刊誌を超えるまでになった。さらに小林は、五九年四月に永井荷風が急死した事件をめぐり、「明らさまな、多量な報道」がなされたと言及しているが、これもまた、従来の文壇の崩壊と、新たな大衆向けジャーナリズムの報道の過熱ぶりを代表するようである。

好景気に恵まれ、大衆の購買力も上昇するなかで、出版界も活気づいてくる。小林自身についても、新潮社による全八巻の第二次全集の刊行を一九五七年に終えたところであったが、筑摩書房は大型企画として、『現代日本文学全集』全九十七巻・別巻二巻を一九五三（昭和二十八）年から刊行していた。第四十二巻（一九五六年）は『小林秀雄集』で、批評家としてはただ一人、一巻をあてる扱いになっている。文学全集で小林一人のみの巻が編集されたのも、これが初めての例であった。批評の世界の第一人者という名声が、このころに確立したのをよく表わしているが、小林をそうした地位に押しあげる力として、戦後の経済成長と出版界の盛況が大きく働いていたとも言える。「読者」のなかで「私の著作は、ベスト・セラーになつた事はないが」（十二―69）と書いているのも、そうした状況を意識しているがゆえの発言であろう。

筑摩書房によるこの文学全集は一九五九年にいったん完結し、別巻一として中村光夫・臼井吉見・平野謙による『現代日本文学史』がこの年に出ている。のち一九六三（昭和三十八）年に筑摩叢書から、中村『明治文学史』、臼井『大正文学史』、平野『昭和文学史』として分冊で再刊されることになる、本格的な通史である。特に平野による「昭和」篇は、戦後まで含めた昭和文学史としては、早い時期に属する仕事であり、戦前・戦中の小林の活躍についても詳しく言及している。自分が「文学史」の書物の登場人物になったことも、このころの小林にとっては、「歴史」について改めて深く考えるきっかけとして働いたことだろう。

中村光夫による「明治」の篇（『明治文学史』）の序章では、「明治以来の文学の流れ」が、ほぼ十年ごとに「大きな屈曲」を迎えるという形で、「慌だしすぎる変化」を繰り返していることが指摘される。それは近代のフランス文学史に比べると三倍の速度であり、そのことが文学者たちから、自分が養分を受けてきた古い時代の文学と、外国から入ってくる新しい潮流との異同を意識させる余裕を奪っている。その結果、新しい「刺戟や影響」は表面的なものにとどまり、生み出される文学を「底の浅いものにして」いる。

「読者」の末尾で小林は、中村のこの辛辣な評言を紹介した上で、明治・大正・昭和の文学者たちの心境について、こう語る。「もし、この目まぐるしい頭脳の変遷の大部分が、空想的なものでなかつたならば、どうして人々はこれに堪へ得たか。併し、不平は、何処に持つて行きやうもない。外部からの改良も革新も、この文学者の苦痛を鎮めやしない。それはいつも隠された流れだからだ」（十二―71）。

ここで小林がなぜ「隠された流れ」という言い方をしているのかについては、「読者」のテクストを読んだだけではわかりにくい。それはおそらく、中村光夫が「明治」の篇で文学史の「慌だしすぎる変化」を指摘した箇所の議論と関連している。

文学が――すべての文化と同じやうに――過去に支へられて生きる以上、伝統や外国の古い時代から養分をとり影響をうけるのは当然であり、必要でもあります。
しかし我国ではそれが多くの場合は意識されなかつたため、知らぬ間に作家にとりついた過去の亡霊は、彼が意識的には「新しさ」を求めてもがいてゐるだけに、彼の文学を底の浅いものにしてゐます。

これは他の面から見ると、彼等の「新しさ」はたんなる粧ひであり外国から僕等がたえずうけてきた刺戟や影響は、目まぐるしいだけに表面的に止まつたといふことにもなります。バイロンやディケンズの影響がさうであつたやうに、サルトルやカミュも通り一遍にうけとられて、やがて飽きられようとしてゐるのは、僕等が眼前に見る通りです。
（中村光夫『明治文学史』序章。引用は『中村光夫全集』第十一巻による）

ここで、同時代の戦後日本における流行の変遷と結びつけて、近代文学史の特徴を語っていることが重要である。ジャーナリズムと文藝出版の発達は、文学作品をめぐる読者の嗜好の変化を、きわめて急速なものにした。そのただなかから歴史をふりかえると、明治以来の変化の目まぐるしさが、改めて見えてくるのである。

しかもそれは、単に新たな思潮が入ってきて、前の時代のものと入れ替わるということには尽きない。日本の「伝統」や前時代に輸入された「外国の古い時代」の文学から影響された要素が、作家の心理の底には残り続けており、しかもその併存状況が当人には「意識」されていない。したがって、同時代の海外の新しい文学に学ぼうとしても、その受容は「表面的」なものにとどまってしまう。小林の言い方では、どの時代においても文学者にとって、自分の内部における伝統と現代の併存は、意識しにくい「隠された流れ」であり、「不平は、何処に持つて行きやうもない」ということになる。

この部分に注目すると、「読者」で小林が語ったのは、大衆社会における文化の変化の急速さと、それにいかに対応するかという作家の問題だけにはとどまっていないことがわかる。歴史上のさまざまな時代の変化によって蓄積された「伝統」の厚みが、近代文学史の「隠された流れ」として深い底に沈んでいる。その状態が百年近く続いたいま、現代人にとってはこの「隠された流れ」を意識すること自体が難しくなった。

そして小林は、「隠された流れ」の指摘に続けて、「晩年の鷗外が、歴史物を書いてゐた時に、ひそかに想ひ描いてゐた理想的読者を想像してみる事は、やさしくはない」と語っている。森鷗外が晩年に発表した、『澁江抽斎』をはじめとする一連の歴史小説について、小林はかつて、一九四二（昭和十七）年に発表した随筆「無常といふ事」と講演「歴史の魂」において絶賛していた。後者の講演ではこう語っている。「歴史の本当の魂は、僕らの解釈だとか、批判だとかさういふやうなものを拒絶するところにある。さういふ風にあの人（＝鷗外）は考へたに違ひない。吾々の解釈、批判を拒絶して動じないものが美なのだ」（七-373）。「歴史を記憶し整理する事はやさしいが、歴史を鮮やかに思ひ出すといふ事は難かしい、これには詩人の直覚が要るのであります」（七-375）。

歴史学者が駆使するような、「因果の鎖」「合理的な発展」といった理論や法則に過去のさまざまな出来事をあてはめて、「解釈」や「批判」を展開する方法が、そこでは拒絶されていた。すでに序章でも講演「歴史と文学」（一九四一年）に関して言及したように、当時の小林の「歴史」に関する考えは、次のようなものである。現代人みずからの「主観」による「解釈」「批判」をいったん脇に置いて、史料のテクストを厳密に読み込み、そこから浮かびあがる過去の人物の姿を、想像のうちに再現することに努める。その上で「詩人の直覚」を通じて、歴史上の人物、もしくは古典の作者の心境を「鮮やかに思ひ出す」くらいになるほどに、その人物に対する共感を全身に行き渡らせるのである。「歴史の魂」では、そうした「真の歴史家の精神」すなわち「真の詩人の心」を基盤にしてこそ、文学における「新しい創造の道」が開かれると語っていた。当時は大東亜戦争のさなか、日本的な「自然」や「伝統」を抽象的な理念として掲げる「スローガン」が宣伝され、世に流布していた。そうした戦時下の現実への批判である。

だが、小林が「読者」で語っているのは、たとえば『澁江抽斎』を『東京日日新聞』『大阪毎日新聞』に連載していた一九一六（大正五）年に、鷗外がいかなる「理想的読者」を念頭においていたのか、すなわち新聞読者の需要と作者自身の「理想」との折り合いをどのように意識していたのか、それが四十年後の読者にとっては「想像」しにくいものになっているという事態である。文学の基盤となる社会の変化が目まぐるしいことに加えて、鷗外にとっては親しかった徳川時代の学問・思想の「伝統」が、現代人にはすでに解りにくいものと化している。そうした意識は、程度の差はあれ、鷗外自身も徳川時代の学者・文人たちのテクストにふれるさいに痛感していたものであったかもしれない。

大衆社会化の進展によって急速に変わってゆく社会。テクノロジーの発展と人間生活への浸透。学問や政治における理論とイデオロギーの支配。「伝統」と最新文化との雑居状態という「隠された流れ」。そうした状況に向きあいながら、一九五九年の小林秀雄は、歴史について、また日本の文化について、新たに考えようとしていたのである。

同じ鎌倉に住んで小林と身近に交際していた中村光夫は、そうした思考の営みの観察者でもあった。のちに『考へるヒント』第一巻の一年後に刊行された、『現代文学大系　第四十二巻　小林秀雄集』（筑摩書房、一九六五年）に「人と文学」と題する長い解説を執筆しているが、その末尾には次のような記述が見える。

近頃の〔小林〕氏の関心の中心を占めてゐるのは、近代の常識にたいする疑惑です。合理主義的な世界観、平等と自由のドグマ、進歩への軽信などがその主要な側面です。

そこから、近代の出発点である十七世紀に氏の眼がむいたのは当然です。ヴァレリイへの傾倒がやがてデカルトにうつり、思想の上で日本の近世をつくりあげた伊藤仁斎、荻生徂徠などに氏の思索が集中されたのはこの関心の現はれです。

この日本と西洋の十七世紀は現在までのところその差異が強調されてゐるやうです。仁斎や徂徠は結局復古の框《わく》をでなかつたが、デカルトは近代の新しい思索の道をひらいたといふ風に云はれてゐます。

しかし小林氏はこの双方に古人の心を生きた形で読んだ新しい人間を見出してゐます。デカルトの新しさでなく、むしろ古さに注意することと、仁斎、徂徠の新しさに着眼することは氏にとつて同じことなのです。〔中略〕

「感想」とほぼ並行して別の雑誌に断続して連載された「考へるヒント」は、氏の新たな散歩といつてよいでせう。しかし「様々なる意匠」や「近代絵画」とちがつて、散歩の範囲が限定されず、日本の文化自体がその区域になつてゐるのが注目されます。ここで氏はかつての正宗〔白鳥〕氏のやうに「雑談」をこころみてゐますが、そのなかで注目されるのは前にのべたやうに、仁斎、徂徠など、徳川時代の儒者に関する考察です。氏のなかに久しく並立してきた古代と近代、東洋と西洋が或る合致点を見出す気配が、これらの論文に予感されます。最近刊行された単行本「考へるヒント」にそれらが収められなかつたのは、更に書きたしてまとめる意図が氏にあるためのやうです。

（中村光夫「人と文学」。引用は『中村光夫全集』第六巻による）

そもそも小林の文壇デビュー作「様々なる意匠」が、初出ではルネ・デカルトの文章──『方法序説（*Discours de la méthode*, 1637）』と思われるが出典箇所は不明──の引用で終わっていた（千葉俊二・坪内祐三編『日本近代文学評論選　昭和篇』岩波書店・岩波文庫、二〇〇四年に再録）。支那事変期に発表した「デカルト選集」「「テスト氏」の方法」（一九三九年）においてもルネ・デカルトに言及している。青年時代に耽読し影響を受けたヴァレリーから、「近代の常識にたいする疑惑」を媒介にしてデカルトの哲学にさかのぼり、さらに連載「考へるヒント」で伊藤仁斎・荻生徂徠との比較に向かった。中村は小林のたどった道をそう整理する。

ここからわかるように、『考へるヒント』の第一巻が出たころの小林は、徳川時代の儒学思想史について、別の本としてまとめる構想を抱いていた。やがて関心が本居宣長に移り、一九七四年には『考へるヒント』の第二巻が、徳川思想史論としては不完全な形でまとめられたために、見えにくくなっているが、伊藤仁斎や荻生徂徠をめぐる考察は、一九六〇年前後に「近代の常識」を改めて批判的にとらえ直そうとした小林にとって、それ自体として独立した意義をもつ重要な仕事だったのである。

第三章　徳川思想史の方へ

一　モオツァルトはお好き

科学の思考に対する崇拝が、人の精神を覆ってしまう「近代の常識」。それに対する批判が、連載「考へるヒント」では繰り返し展開されている。前章で見たように、その一篇「常識」においては、科学が前提とする法則性に対して、個別の状況に即した「熟慮断行」の必要性を小林は説いていた。ある原因が与えられれば、それに対応する一定の結果が生じる。そうした法則性は、人が物を考え、選択する営みには通用しない。「将棋」の一手を差すときの棋士の判断を例にとって、小林はそのことを示そうとした。

さらに「良心」（『文藝春秋』一九五九年十一月号）では、人の心の内部における動きをいかにして理解するかという問題に即して、同じ話題を取り扱っている。発表された一九五九年の三月五日に、京都地方裁判所福知山支部が刑事裁判で、警察によるポリグラフ（嘘発見機）の検査書を証拠の一つとして採用し、有罪の判決を下した。ポリグラフはアメリカから輸入され、裁判の三年前から全国の警察本部に普及し始めたばかりである。

「私は、「朝日ジャーナル」誌上に、さういふ記事を読んだ」と記しているが、読んだ雑誌の名前を挙げている例は、戦後の小林の文章では少ない。『朝日ジャーナル』は、当時の週刊誌ブームのなかで、この年の三月に創刊されたばかりであった。表紙に「報道　解説　評論」と謳っており、創刊号（三月十五日号）には林䧺《たかし》（木々高太郎）と宮沢俊義が寄稿し、三笠宮崇仁が書評を載せている。十年後の学園紛争の時代には大学生の愛読誌となるが、初期の誌面には高級な評論雑誌の趣きがあった。小林が紹介する記事は、第三号（三月二十九日号）に載った「ウソ発見機と黙秘権――京都地裁福知山支部の判決から」と題するもの。誌面には、ポリグラフの結果を証拠に採用した「世界最初の判決の一つかも知れない」とある。その記述と「良心」の本文とを比べると、小林による紹介が詳しく正確であることがわかる。おそらく雑誌そのものか切り抜きを手元に保存していて、書き写したのだろう。それだけ強く、小林の関心を惹きつけた事件だったのである。

ポリグラフの利用について小林は「かうなると、もう、ばかばかしい話とも言へぬ」と言い切って、きびしい批判を展開している。この機械は、「嘘をついてゐるといふ自覚」を被疑者がもっていて、それを隠そうとしたとき、心の動揺が心拍の数と振幅にそのまま反映することを単純に前提としている。だが、もしも被疑者が「平気で嘘をつける人間」ならば機械は反応しないだろう。また反対に、真実を答えるのが嬉しいと思って興奮している場合にも、機械の目盛りがプラスを指してしまうはずである。

小林の考えでは、「嘘をつくつかぬといふ事は、良心の複雑な働きの中のほんの一つの働きに過ぎない」。良心の働きは、「個人的なもの、主観的なもの、曖昧なもの、敢へて言へば何やら全く得体の知れぬもの」であるから、「現代の合理主義的風潮」によって、一定の「正義」で裁断しようとしても、「考へれば考へるほどわからなくなる」ということになるのが落ちである。「良心とは、はつきりと命令もしないし、強制もしまい」と小林は指摘する。良心の働きは、当人の感情の内にしかないのであり、「組織化され、社会化された力となる事が出来ない」。それは「社会の通念の力と結び、男らしい正義面など出来ない」（十二―84〜85）のである。

この随筆で小林は、「思想の高邁を是認するものは思想であり、行為の卑劣残酷に堪へないものは感情である」と説く。「高邁」で「正義」に則った思想は、その必要に応じて「卑劣残酷」なふるまいを正当化してしまう場合もあるだろう。そこで「私達は皆ひそかにひとり悩むのだ」というところに「良心」の働きがあり、それが「生きるといふ根柢的な理由」とつながっている。そのことを小林は、「良心」という漢字熟語の出典である『孟子』（告子章句上篇）や、本居宣長の言う「はかなく、女々《めめ》しき」ものとしての「実情」、さらに「物のあはれを知る心」を引き合いに出して指摘している。

「良心の問題は、人間各自謎を秘めて生きねばならぬといふ絶対的な条件に、固く結ばれてゐる」（十二―83）と小林が語るように、この「良心」という感情の働きは、何ともとらえがたい。当人でない人間が外から「合理的」かつ「能率的」に分析して、普遍的な理論を用いて説明するならば、「良心」の働きと「命の敬虔」とのつながりが断ち切られてしまう。小林はそう説くのだが、この曖昧であるが豊かな可能性をもった心の動きに関するさらに詳しい説明は、随筆「良心」では展開していない。

行動科学による心理の分析や、高邁だが抽象的な正義の理論によってはとらえ尽くせない、人間の心の繊細で豊かな働き。それを小林が、テクノロジーが生み出した機械の機能性と対比させながら、もっとも雄弁に語っているのは、音楽をめぐる議論においてである。「良心」の八年後に雑誌『ステレオサウンド』（一九六七年五月号）で、五味康祐《やすすけ》と行なった対談「音楽談義」が、それをよく伝えている。五味は『柳生武芸帳』（一九五六～一九五九年刊）などの剣豪小説で知られる小説家であったが、同時に西洋古典音楽、さらにそれよりもオーディオ（音響再生装置）の愛好家として知られ、晩年には『五味オーディオ教室』（一九七六年）、『五味康祐オーディオ巡礼』（一九八〇年）といったオーディオ評論の著書も出している。

『ステレオサウンド』は二〇二三年現在でも刊行が続いていて、世界で唯一の高級オーディオ専門雑誌と謳われている。対談が載ったときにはまだ創刊の翌年という若い雑誌であった。小林も『モオツァルト』（一九四六年）において、「蓄音機」で西洋古典音楽をふだん愛聴していることを明らかにしている。流行作家と批評の大家とを組み合わせた対談は、誌面を華やかに飾る企画のはずだった。そこで五味はオーディオ愛好家として、アンプやスピーカーの性能に対するこだわりを語り、再生音が音楽演奏の「ナマ」の音にどれだけ近づけるかについて、持論を開陳する。

ところが小林は、「ステレオのメカニズム」が、「ナマ」に近い音を再生できるということに、まったく重きを置かない。録音の現場で空間に響いていた音と、LPレコード盤に記録され、スピーカーから流れる再生音とが似ているかどうかは、本質的な問題ではない。そういった、にべもない答を五味に返すのである。

物理学的な振動がどんな風に空間を伝わると説明したって、それで聴覚を説明する事は無理だろう。ある程度は耳というものは物理的な構造をもっているから、それに従うよりほかはないけれども、それから先のもう少し微妙な感受性ということになれば、ぜんぜん精神のもんだもの。常にぼくらの精神が創作しているもんだもの。だから少し気分が悪ければ、音が違って聴こえる。そういうことをただ主観的と片づけるわけにもいくまい。それはどうしようもない現実的なことだ。感受性の上で、精神が創作しているということは、極く自然な現象だ。自分の聴覚的空間を、創作し、つくっているからね。それに従って聴くより、しょうがないだろう。(十三―276)

小林の持論では、美しい音楽を聴いていると感じるとき、それは「客観的に測定した音」を受容しているのではない。外界に響いているように聞こえる音は、実は自分の内面において、精神が「創作」している。「例えば音楽会にいってこれから音楽がはじまるという期待をもっている、ある一つの雰囲気のなかの、ぼくらの全体の肉体の一つの態度よ。それがぼくの耳を、聴覚をきめてしまうのよ。それがナマの音さ」。そのとき、外から伝わってくる空気の振動としての音と、耳のなかの響きと、精神の感動とが一体となって、音楽を創りあげている。したがって、スピーカーが発する音が、録音のさいの「ナマ」の演奏にどれほど近いかという、波長に関して機械で測定できる数値の異同は、本質的な事柄ではない。

しかしそういう立場をとるなら、そもそもオーディオ機器の性能について、専門雑誌で論評することと自体が無意味になってしまう。「聴こえてくる音というものに、あんまり神経質になれば、音楽が逃げるという事があるでしょう」「ステレオさえよければ、快い音を与えてくれる、音楽をそういう音として扱っているとしたら、こんな傲慢無礼なことはないよ」と発言もしくは放言する小林と、五味との対話は、ひたすら平行線をたどるのである。対談としては、明らかに失敗であった。

のちに小林は、江藤淳との対談「「本居宣長」をめぐつて」（一九七七年）で、「私は若いころから、ベルグソンの影響を大変受けて来た」（十四-540）と語り、『物質と記憶』（*Matière et mémoire*）の第七版序文（一九一一年）の内容を紹介した上で、「常識人」は「観念論や実在論が、存在と現象とを分離する以前の事物を見ている」と述べている。早い時期から小林の思考においては、客観的な外界と自己の内面との境界を想定しない条件で、自己の知覚する世界のうちに対象が立ち現われるという認識の過程が前提となっており、対象の姿に輪郭を与える精神の「創作」の働きこそが重要だった。

知覚のあり方をめぐるこうした考察は、音楽や美術に関する小林の批評の方法と結びつく。『哲学講座』第五巻（筑摩書房、一九五〇年）に掲載した一九四七（昭和二十二）年七月の講演「表現について」では、音楽の鑑賞についてこう語っている。

耳を澄ますとは、音楽の暗示する空想の雲をくゞつて、音楽の明示する音を、絶対的な正確さで捕へるといふ事だ。私達のうちに、一種の無心が生じ、そのなかを秩序整然たる音の運動が充たします。空想の余地はない。音は耳になり耳は精神になる。さういふ純粋な音楽の表現を捕へて了へば、音楽に表題がなくても少しも構はない、又、あつても差支へはない。音楽の美しさに驚嘆するとは、自分の耳の能力に驚嘆する事だ、そしてそれは自分の精神の力に今更の様に驚く事だ。空想的な、不安な、偶然な日常の自我が捨てられ、音楽の必然性に応ずるもう一つの自我を信ずる様に、私達は誘はれるのです。これは音楽家が表現しようとする意志を或は行為を模倣する事である。音楽を聞いて踊る子供は、音楽の凡庸な解説者より遥かに正しいのであります。（九-276）

「驚嘆」は初期の小林の文章にもよく出てくる言葉である。小林は、音楽の「暗示力に酔ふ」態度や「音楽について、利巧に語る事」を拒否する。「音は耳になり耳は精神になる」という境地のうちに、「音楽の必然性に応ずるもう一つの自我」が生まれ、音楽家その人の意志を模倣するかのように、言葉を語りだしてゆくこと。そうすることで、外から理論や知識を感想にあてはめただけの「凡庸な解説者」とは異なる批評が生まれてくる。

音楽をめぐる批評の方法についてここまではっきりと説明できたのは、すでに『モオツァルト』を完成させた後だったからだろう。第五次『小林秀雄全集』の「年譜」と吉田凞生《ひろお》の研究によれば、戦時中、「大東亜文学者大会計画のため」一九四三（昭和十八）年十二月から翌年六月まで中華民国を訪れていたあいだに、南京で第一稿を書き始めたが、それを破棄したのち、戦後になって新たに書き直した作品である。『創元』第一輯（一九四六年十二月）に掲載されたさいには末尾に「七月十日」の日付記載があり、冒頭には「母上の霊に捧ぐ」という献辞が添えられていた。小林の母、精子《せいこ》が亡くなったのは、同じ一九四六年の五月二十七日のことである。

『モオツァルト』は、その第二章に掲げられた、「乱脈な放浪時代」の冬の夜に大阪の道頓堀を歩いていたら、ヴォルフガング・アマデウス・モーツァルトの交響曲第四十番の第四楽章の主題が、突然に「頭の中で鳴つた」という回想が、読者に強烈な印象を残す。そのため、音楽そのものではなく、モーツァルトをめぐる小林の物思いを叙情的に語る作品と誤解されがちであるが、先にみたように音楽の「暗示力に酔ふ」、ロマンティックな態度で文章を綴ることを、小林は拒否していた。

むしろ『モオツァルト』の全篇を通して働いているのは、音楽そのものについて明晰に語り尽くす、小林の文章の躍動である。それは第十章で変ホ長調の交響曲第三十九番に続き、ディヴェルティメントの作品群——おそらくは、K（ケッヒェル番号）百三十六番から百三十八番までの、弦楽四重奏による三つの作品——について語っている箇所に、よく表われている。

> 例へば divertimento などによく聞かれる様に、幾つかの短い主題が、矢継早やに現れて来る、耳が一つのものを、しつかり捕へ切らぬうちに、新しいものが鳴る、又、新しいものが現れる、と思ふ間には僕等の心は、はやこの運動に捕へられ、何処へとも知らず、空とか海とか何んの手懸りもない所を横切つて攫《さら》はれて行く。僕等は、もはや自分等の魂の他何一つ持つてはゐない。あの tristesse が現れる。——（八-80）

“tristesse”はスタンダールが最初の著書『ハイドン、モーツァルト、メタスタージオの生涯』(Stendhal, *Vies de Haydn, de Mozart et de Métastase*, 1814) に収めた「ハイドンについての手紙」第二十番で、「喜びの日々には、あなたはチマローザを選ぶでしょう。悲しみ（tristesse）の時こそ、モーツァルトが勝つでしょう」と、イタリアの作曲家、ドメニコ・チマローザと対比して述べた言葉を受けた表現である。『モオツァルト』第九章でト短調の弦楽五重奏曲第四番（K五百十六番）の第一楽章について語るさいに小林は、これを「かなしさ」と訳して紹介していた。

だがスタンダールがモーツァルトの音楽の特質として指摘したのは、イタリア風の「激情（fureur）」とは対極にある「あらゆる力の欠如」、すなわち聴く者の心をもの悲しくさせる「憂愁（mélancolie）」であった（『ロッシーニ伝』（*Vie de Rossini*）導入部第五節「モーツァルトの楽風」、一八二三年）。これに対して小林の指摘する「かなしさ」としての tristesse は、音楽を聴くと悲嘆の思いが心にあふれるというものではない。第九章の同じ箇所で、小林は「tristesse を味ふ為に涙を流す必要がある人々には、モオツァルトの tristesse は縁がない様である」と、誤解を防ぐために釘を刺している。そこで生まれる思いは「悲しさ」「哀しさ」のみとは限らないと示すために、ひらがなで「かなしさ」と表わしたのであろう。第二章でモーツァルトの肖像画に関して語る「悲しさ」とは、表記を分けている。

小林はさらに続けて、「モオツァルトのかなしさは疾走する。涙は追ひつけない。涙の裡《うち》に玩弄するには美しすぎる。空の青さや海の匂ひの様に、「万葉」の歌人が、その使用法をよく知つてゐた「かなし」といふ言葉の様にかなしい」と言葉を重ねる。『万葉集』では「かなし」について、「悲」「哀」「愛」といった漢字ではなく、「可奈之」もしくは「可奈思」と万葉仮名で表記している。チャイナ由来の漢字では意味を十分に表わせない和語として表現されていたことがわかる。

古語における「かなし（愛し・悲し）」の意味について『古語大鑑』第二巻（築島裕編集委員会代表、東京大学出版会、二〇一六年）は、総説として「親しみを感じる対象から、強い感情が心に引き起こされる状態を表す」と掲げた上で、六つの語義のうち第一、第二を「心の底からいとおしく思われるさま」「対象に対して強く心が惹かれるさま」と説明し、どちらについても『万葉集』から用例を挙げている。現代語の「悲しい」と通ずる「悲痛に思われるさま」という語義は四番目に挙げられており、これにも『万葉集』の用例がある。感情の方向はさまざまでありうるが、快活なアレグロで流れてゆく音の進行が、聴く人の心に強く沁みこませる感慨。小林はそれを広くとらえて「かなしさ」と表現している。

また、「モオツァルトのかなしさは疾走する」と述べる直前に、小林はフランスの作家、アンリ・ゲオンの著書『モーツァルトとの散歩』（Henri Ghéon, *Promenades avec Mozart, l'homme, l'œuvre, le pays*, 1932）の第五章第二節に見える"tristesse allante"という表現を引用している。やはりト短調の弦楽五重奏曲の第一楽章について語ったものであり、元気はつらつな悲しさという、矛盾をわざと含ませた説明である。この点についてゲオンは、同じ本の第九章第二節で詳しく説明を展開するが、そこで強調するのは、この曲を創っていた一七八七年の五月に、ヴォルフガングの父親であった作曲家、レオポルト・モーツァルトが病の床にあり、完成の十二日後に亡くなった事実と、ヴォルフガング自身のカトリックの信仰であった。ゲオンによれば、現世における生を諦めなくてはいけない嘆きと、信仰者として天国に近づく歓びという、死をめぐる相反する要素が統一体となったものが、この第一楽章のアレグロの旋律にほかならない。

小林自身も『モオツァルト』第九章では、一七七七年、演奏旅行をともにする途上で母親が亡くなったことを、友人と父親に伝えるヴォルフガングの手紙を紹介したのちに、スタンダールとゲオンの見解の紹介へと筆を進めている。完成稿の段階では母、精子の死をめぐるみずからの経験と重ねながら執筆していたことは確かであろう。おそらく、モーツァルトのカトリック信仰を強調するゲオンの筆致——第一次世界大戦をきっかけにして、カトリックに回帰した経歴をもつ作家であった——と、亡くなった母の魂のゆくえを尋ねようとする小林の思いとが響きあって、「かなしさは疾走する」という謎めいた表現が生まれた。それは、愛する者を失なったときにまず感じる悲嘆や淋しさよりも、いっそう深いところにある心の動きを示している。ゲオンが想像するモーツァルトの場合であれば、それは神に対する信仰と、来世における救いの確信であった。

したがって小林によれば、この「かなしさ」は短調の旋律がかきたてる哀感といったものではない。ゲオンは、モーツァルトの短調の作品を念頭において"tristesse"と書いているが、小林がとりあげるディヴェルティメントはすべて長調の明るい曲調をもった作品であり、ト短調の弦楽五重奏曲についても「空の青さや海の匂ひの様に」と形容して明澄さを強調する。軽快に流れてゆく音楽が心に刻みつける、透明な印象。それがまず心に強く沁みこんできた状態を「かなしさ」と表現しているのだろう。その場でどういう種類の感情が湧いてくるかは、二の次の事柄である。たとえば心が躍動し浮き立つ場合も、悲哀のうちに沈む場合もありうる。

のちに『本居宣長』の冒頭で小林は、戦争中に折口信夫の自宅を訪ね、話をした思い出を書いている。また、國學院大學文学部が戦後に創刊した季刊誌『本流』の第一号（一九五〇年二月号）に、折口との対談「古典をめぐりて」を載せていた。その折口の慶應義塾大学通信教材『国語学』（一九五二年）には、「かなし」という語の意味の歴史に関する考察が述べられている。この言葉は本来は「漠然とした意味しかなく、それに附く叙述語によつて、色々意味が変つてゐた」と推測される。しかしやがて「小さいものに対する心持ち」という意味を帯びるようになり、『万葉集』においては「大切にする、寵愛する」と「普通の悲し、悲観する」との二つの意味が使い分けられているという。

「小さいもの」という印象は、たとえば『万葉集』第十四巻の「多摩川にさらす手作りさらさらになにそこの児のここだかなしき」（三千三百七十三番）から来ているのだろう。この歌について折口は「東歌疏《あずまうた》」（一九三六年）と『日本古代抒情詩集』（一九五三年）で、「意中の娘」が「ひどく可愛い」という思いについて、どこまで言っても（「さらさらに」）言い足りないと男性が語る、のどかな恋愛歌と解している。「かなし」の語義の起源に関する折口のこうした理解を、『モオツァルト』の執筆のさいに小林が知っていたかどうかはわからない。だが、たとえば弦楽四重奏による三曲のディヴェルティメントで聞かれるような、軽快ですっきりした音の流れは、「小さいもの」という表現にうまくあてはまるようでもある。

道頓堀での思い出をめぐる記述や、「かなしさ」という表現が読者の心に強く迫ってくるせいで、小林の『モオツァルト』は、感情過多の印象批評のように読まれ、きびしい批判にもさらされてきた。そのなかで極北と言えるのが、現代音楽の作曲家・演奏家である高橋悠治が書いた

「小林秀雄「モオツァルト」読書ノート」(『ユリイカ』一九七四年十月号)だろう。「この本は、つまらないゴシップにいやらしい文章で袖を引き、わかりきった通説のもったいぶった説教のあげくに、予想通り、反近代に改造されたモーツァルト像をあらわす」といった手きびしい言葉が続く一篇である。

だがいま読み直すと、高橋の批判の焦点は『モオツァルト』という作品そのものよりも、右に指摘した感情過多に見える箇所と、そうした言葉の断片に感動する小林の愛読者や追随者にあたっているように思われる。また、高橋が山口昌男の名前をあげて「秩序のかく乱者」としてのモーツァルト像を対置しているところに、小林が批判するような、知識人による「利巧に語る」音楽論の姿勢が表れているとも見える。

『モオツァルト』という作品の意義を、同時代に的確に指摘していたのは、小林の中学時代からの友人で、西洋古典音楽の同好者でもある河上徹太郎であった。河上は、すでに一九三〇年代に「モツアルトの憂鬱」(『文學界』一九三九年十二月号)を発表し、モーツァルトを高く位置づけるパウル・ベッカー『西洋音楽史』(Paul Bekker, *Musikgeschichte als Geschichte der musikalischen Formwandlungen*, 1926)の邦訳書(創元社、一九四一年)も手がけており、モーツァルト人気を日本でも盛りたてる動向に先鞭をつけていた。

河上は『モオツァルト』の刊行時に、「私の感心したことは、文章の力を純粋に働かせて、それでもつて音の流れを捉へることがこれほどまで可能なのかといふ発見にある」という賛辞を『読書新聞』(一九四七年三月十九日号)に寄せており、さらに角川文庫版の『モオツァルト』(一九五九年）の「解説」でこう述べている。

　彼はその上でこの文章も亦モオツァルトのポリフォニーのやうに鳴らして見たかつたのだ。そこで彼は体験的回想だの、文献的渉猟でこの天才の逸話だの、音楽史の論述だの、古典精神と浪漫精神の対立だのいふ幾多のテーマを並置し、転回し、転調し、展開して、そのハーモニーを愉しんでゐるかに見える。

小林自身の言葉で言うならば、この「ポリフォニー」（多声性）は「モオツァルトの純粋な音楽が触発する驚くほど多様な感情や観念」（『モオツァルト』第十一章、八-88）ということになる。河上は道頓堀にも「かなしさ」にも言及しない。むしろ、モーツァルトの作品に内在するポリフォニーを、そのまま文章で再現した作品として、『モオツァルト』という著作の全体構造を読み解いている。

　実際に『モオツァルト』の第十章でディヴェルティメントがもたらしてくる“tristesse”の状態についてふれたあと、第十一章で小林が指摘するのは、ゲルマンとラテンの二つの文化、また音楽に関する新旧の二つの時代の「真中に生きた」、モーツァルトの音楽が含む「多様性」であった。「音楽から非音楽的要素を出来るだけ剝《は》ぎとつて純粋たらんと努める現代の純粋音楽家達は、モオツァルトの純粋な音楽が触発する驚くほど多様な感情や観念を、どう扱つたらよいか」（八-88）。情感をそぎ落とした音の組み合わせによって構成される、二十世紀の「純粋」な現代音楽とは異なり、モーツァルトの音楽の「純粋」さは、さまざまな「感情や観念」を大らかに包含する。「かなしさ」に代わって、この第十一章で小林が強調しているのは、音楽の進行の必然性と格闘しつつ作曲する過程で働く、モーツァルトの「精神の自由自在な運動」であった。

むしろ小林の考えでは、モーツァルトの精神の「自由」な働きが、その作品に豊かな「多様性」をもたらしているからこそ、聴く人の心に「かなしさ」をもたらし、さまざまな方向の感情を触発するのだろう。そうした趣旨を河上は読み取って、「ポリフォニー」と形容したのではないか。高橋悠治が言及する山口昌男の見解は、「モーツァルトと「第三世界」」(『中央公論』一九七〇年九月号初出、のち『本の神話学』中央公論社、一九七一年に再録)で述べられたものと思われるが、そこで山口は主に歌劇の作品を念頭において、「遊戯性に満ち満ちた祝祭空間」をモーツァルトの音楽が生み出すと説いていた。この「遊戯性」が小林のモーツァルト論には確かに乏しいが、「多様」な要素の自由な共存という点で両者は重なるところがある。小林が叙述のさいに、さまざまな角度からの検討を交錯させ、その「ハーモニーを愉しんでゐる」と河上は指摘していたが、その「愉」しみの姿勢は案外、四半世紀ののちに発表された山口のモーツァルト論にも近いのかもしれない。

いずれにせよ、楽譜に記された音の連なりを理論的に分析するのではなく、その音が意識にもたらした印象を言葉で言い表わし、それについて思考をめぐらす。それが小林の『モオツァルト』を貫ぬいている姿勢であった。先にとりあげたディヴェルティメントについて語るくだりは、文学や美術を論じる場合にも展開される、小林の批評の方法が豊かに示された一節である。これを書いているとき、小林の意識のうちにモーツァルトの音楽が鳴り響いていたことは、言葉の流れから確かに伝わってくる。

二　丸山眞男との対決

音楽を言葉で表現し、論じることに小林は長けていた。それは別の論者がモーツァルトについて語った文章と比べると、明確にわかる。次に挙げるのは政治思想史家、丸山眞男が戦後のある時期に手記『春曙帖』に記した考察である。丸山は小林と同じ東京府立第一中学校に、小林の十一年あとに入学し、やはり同じ旧制第一高等学校（一高）をへて、小林が東京帝大文学部を卒業した九年後に法学部を卒業している。

　モーツァルトの世界は極端にせまく小さいと同時に、そのゆえに全宇宙に等しい。極端にせまく小さいから、その完璧な表現はほとんど不可能にちかい。これこそモーツァルトそのものだというような演奏があるだろうか。モーツァルトの容易に近づきがたいきびしさがそこにある。しかし他面、モーツァルトほど万人の接近をゆるす音楽はない。また、どんなにへたくそな演奏でも、それなりにたのしめる——とくに演奏している本人がたのしめる——点でモーツァルトに比べられる音楽はないだろう。いわんや美事なテクニックで演奏されれば、それで十分なのだ。バッハやベートーヴェンであれほど精神のまずしさを露呈するヘルベルト・フォン・カラヤン氏も、そのモーツァルトでは、えんれいさに於てわれわれを魅惑してやまない。
（『自己内対話──3冊のノートから』一六三～一六四頁。傍点原文）

小林の『モオツァルト』とは異なって、これは公表を予定していない覚え書きであるから、比較の対象としてとりあげるのは丸山にとって酷な扱いかもしれない。だが、二人の姿勢の違いがはっきりと表われた好例である。モーツァルトの音楽そのものを言葉で表現しようと試みる小林に対して、丸山の語りは、音の動きから遠く離れ、モーツァルトの作品が鑑賞者に印象づける「世界」が「極端にせまく小さい」「万人の接近をゆるす」という性格規定に筆を移してしまう。先に引いた表現を借りれば「存在と現象とを分離する以前」の、内面と外界とが融合した意識の経験を言葉で表わそうとする小林に対して、丸山はそうした意識の経験から距離を置き、作品を客体として眺める視点から特徴を指摘する。

　そして作品それ自体よりも、さまざまな指揮者や演奏家による演奏の録音レコードを聞き比べ、演奏の細かい異同に関心を向けるのである。指揮者ヘルベルト・フォン・カラヤンについて、「美事なテクニック」の裏面にある「精神のまずしさ」を指摘して罵倒するのは、ひと昔前まで、日本の西洋古典音楽愛好者によく見られた傾向であった。「万人の接近をゆるす音楽」というモーツァルトに関する論評も、カラヤンの演奏がもたらす印象に引きずられ、辛口で語っている部分があるだろう。いずれにせよ、音楽そのものを楽しむ前に、まず演奏について重箱の隅をつつくような品定めに入る気配がある。

この丸山眞男は論文「日本の思想」（『岩波講座　現代思想』第十一巻、一九五七年）で、マルクス主義派の社会科学に見られる「理論信仰」と、自然主義に代表される文学における「「実感」信仰」とを、近代日本の思想を両極端に分離させる傾向として指摘した。その時に小林秀雄の文章に言及している。小林は小説「Xへの手紙」（『中央公論』一九三二年九月号）において、「2＋2＝4とは清潔な抽象である」「人間世界では、どんなに正確な論理的表現も、厳密に言へば畢竟文体の問題に過ぎない、修辞学の問題に過ぎないのだ。簡単な言葉で言へば、科学を除いてすべての人間の思想は文学に過ぎぬ」（二一278〜279）と述べていた。これは後年の近代科学批判とも共通する要素を含んでいるが、そこで語っていたのは、数式ほどには純粋ではない「多少とも不潔な抽象」を現実認識の土台としながら、錯乱し矛盾した「現実的な経験」をありのままに表現しようとする、引き裂かれた批評意識から来る苦悩である。

おそらく、「理論信仰」と「「実感」信仰」とを両極とする思想の見取り図を丸山が発想したさいには、小林の初期作品からも示唆を得ていたのだろう。「日本の思想」では「Xへの手紙」を引用しながら、「狭い日常的感覚の世界」に閉じこもる「わが国の文学者」と、「絶対的な自我が時空を超えて、瞬間的にきらめく真実の光を「自由」な直観で摑む」ことで「文学的実感」を得ようとする小林とを区別してとりあげている。自然主義文学や私小説に対する小林の批判を、丸山流に受けとめた評価である。だが、個人の「日常的感覚の世界」と、人間をとりかこむ宇宙を広く見わたす「自然科学の領域」との間にあるはずの、「「社会」という世界」を明確にとらえることに失敗した。それが自然主義の文学者たちと小林の双方に対する丸山の批判であった。

さらに丸山は、「近代日本の思想と文学――一つのケース・スタディとして」（『岩波講座　日本文学史』第十五巻、一九五九年）において、支那事変・大東亜戦争期における小林の議論に、きびしい批判を加えた。この論文でも丸山はまず、マルクス主義による「科学的な批評方法」の導入が日本の文学者にもたらした衝撃を的確に指摘した点、さらに「思想の抽象性」を「自我を鍛錬するもの」として評価した点に着目して、小林を高く位置づけている。だが、「文学＝思想」と「現実＝政治」との間をつなぐ回路をもたないまま、小林は社会や歴史をめぐる抽象的な「理論」を排除しようとする。その結果として現実批判のための立脚点を見失ない、「事実の絶対性」に対する随順へと傾き、戦争という現実と「決断主義」に対する容認にむかってしまった。丸山はそうした批判を展開したのちに、「絶体絶命の決断を原理化した時、彼はカール・シュミットにではなくて、「葉隠《はがくれ》」と宮本武蔵の世界に行きついたのであった」という一文で、論文の第三章を終えている。

カール・シュミットの名前を出しているのは、『政治神学――主権論四章』（Carl Schmitt, *Politische Theologie*, 1922）でシュミットが、非常事態において「決断する」（entscheiden）者として国家の主権者を定義したことに基づいている。山本常朝『葉隠』への言及は、一九四〇年六月に「文藝銃後運動」の催しとして甲信越地方を巡回して行なった小林の講演「事変の新しさ」（『文學界』同年八月号）に見えるが、宮本武蔵をめぐる議論は、戦後、一九四八年に行なった講演『私の人生観』（単行本は一九四九年刊）を、丸山は念頭に置いていたと思われる。どちらの作品についても、『葉隠』や宮本武蔵に言及することで「絶体絶命の決断を原理化した」という理解は誤読に近い。いずれにせよ、単行本『文学2』（一九四〇年）、『歴史と文学』（一九四一年）、『無常といふ事』（一九四六年）、『私の人生観』に収められた小林の仕事に関しては、全体として高く評価していなかったことがうかがえる。

これに対して、小林の初期作品に対する丸山の評価は高い。「日本の思想」「近代日本の思想と文学」の二論文を岩波新書の『日本の思想』（一九六一年）に再録したさいの「あとがき」で丸山は、日本の自然主義文学に見られる「狭い日常的現実にとじこもる実感主義」と小林とを、「日本の思想」では区別して論じていることに読者の注意をうながし、「小林氏は思想の抽象性ということの意味を文学者の立場で理解した数少い一人」という評価を述べて、誤解を防ぐことに努めている。

小林の晩年、一九八〇（昭和五十五）年に、岩波文庫から中村光夫の解説つきで『小林秀雄初期文芸論集』が刊行された。そのころ岩波書店の社長を務めていた緑川亨《とおる》の回想によれば、「小林秀雄を岩波文庫に収める件」について、丸山の意見を尋ねたところ、「熟考された上で、「昭和十年までのものにしたら……」と言われ、この示唆は現実に生かされた」という（『丸山眞男書簡集 3 一九八〇―一九八六』に収められた、一九八〇年五月十五日の緑川宛葉書に付した追記による）。昭和十年代、すなわち支那事変期から、現実の政治指導に対する小林の追随が始まったために、それ以降の文章は評価できないと丸山は考えていたのだろう。

戦争をめぐる小林の発言に関する丸山の評価は、終戦直後に本多秋五が「小林秀雄論」「小林秀雄論補足」（『近代文学』第一巻三号・四号、一九四六年四月、六月。後者はのちに「小林秀雄再論」と改題）で展開した批判を継承したものと思われる。小林は批評家として出発した当初から、「人にはそれぞれ心の秘密がある」という前提に基づいて「法則ぎらい、公式ぎらい、指導原理ぎらい」を唱えていたが、同時にその思想には「個人的経験の範囲を超えたものの存在を、それは一指をも染めえぬという、まさにその理由によって絶対化するものがある」。そして社会の現実を論じるさいには、小林にとって「現実とはしばしば民衆の異名であり、現実の絶対化はそのまま民衆の絶対化に通じている」（傍点原文）ということになり、いまある政治情勢の正当化につながってしまった。本多はそう論じている。

政治を「個人的経験」の外にあるものとして遠ざけ、イデオロギーの「公式」によって現実を裁断することを拒否した結果として、小林は戦争が進行する現実を対象として全体的にとらえ、批判する観点を失なってしまった。その結果、支那事変期に発表した評論では、「民衆」が戦争に向かってゆく動向に追随し、指導者の「決断」を正当化することになった。――のちに「戦争について」に関して見るように、これは不適切な理解であるが、そういう趣旨を丸山は、本多秋五による小林批判を承けながら、「近代日本の思想と文学」における記述にこめたのである。

丸山の「日本の思想」における「「実感」信仰」批判は、文学者からの激しい反発を引き起こした。高見順は、丸山が夏の避暑生活を送っていた、長野県の発哺《ほっぽ》温泉の同じ宿の常連――小林もまた丸山が通うようになる前、一九二〇年代に発哺に逗留している――であり、親しく交際していた。その高見が「社会科学者への提言――「科学」読みの「科学」知らず」（『中央公論』一九五八年五月号）を発表して、丸山の「日本の思想」をとりあげて、「実感や直感を目の敵にする」社会科学者の思考方法を批判したのである。丸山は「理論信仰」が当時の日本の社会科学においては「「伝統的」思考形態」になっているのに対して、文学においては「「実感」信仰」が「それ以上伝統的」であると書いていた。高見はその箇所に関して、「実感信仰」こそが「文学的思考方法」であるとして全面的に否定する主張であるかのように、微妙に読み違えてしまう。おそらく、「実感にこだわる」文学の方法を、丸山から完全に否定されたと感じて怒りを覚えたことが、誤読の原因だろう。そのため論争としてはすれ違いに終わった。

だが小林から見ても、「存在と現象とを分離する以前の事物」の分厚い不透明な領域に対して、丸山の議論は、理性と感情との二分法を性急にあてはめ、「実感」を粗野な感情や欲望に矮小化してとらえるものと感じられたことと思われる。小林・丸山・高見の議論の応酬に関しては、のちに国文学者、西郷信綱が「学問のあり方についての反省」(『展望』一九六九年二月号)において論評を試みている。

西郷によれば「自然法によって保証されていたヒューマニズム、あるいは人間を理性的動物と規定する古典的命題をはみ出し、それからこぼれおちる曖昧さや不透明さが一つの充実として経験されるようになった事態」が、たとえばジェイムズ・ジョイスの小説に見られるように、十九世紀末以降の「芸術意識」の特質であった。しかし丸山の「日本の思想」には、また高見の丸山批判にも、そうした「日常の経験世界」がもっている固有の意味をめぐる洞察が乏しい。両者とも「直接経験の世界」を、単なる「感覚的混沌」にすぎないものとしてとらえ、抽象的な「理論」が基礎づける秩序の対極に置いてしまう。

そのことによって丸山は、「私たちの身体と精神との関係が曖昧であり、そこに無名の困難が蔵されていることを暗示する」という、モーリス・メルロ＝ポンティの哲学が考察したような問題の領域を、あっさりと切り捨てているのではないか。未開社会にも近代社会とは異なった形での「独自に合理的な社会・文化構造」があるように、言語や習俗によって支えられた曖昧な秩序が、日常の「直接経験の世界」における人々の実践のうちに働いているはずである。そう西郷は指摘した。

この西郷と同じような違和感を、小林も丸山に対して抱いたことだろう。大岡昇平との対談「現代文学とは何か」（『文學界』一九五一年九月号）では、アルベール・カミュ『異邦人』（*L'Étranger*, 1942）についての紹介を聞いて、「二十世紀の小説ってものはね、一種の現象学なんだよ。現象的な記述だよ。プルーストを通過しているからねえ。意識の流れがそのまま存在論的構造に化けちまってるからな」（十―61）と発言していた。理性によって支えられた確固とした自我が、みずからの感覚による偏向を除去しながら、世界を対象化してとらえ、認識のための客観的な理論を構築できる。そうした前提を疑い、「直接経験の世界」のなかに身を浸して思考する地点から、小林を含む二十世紀の文学者と哲学者は出発していたのであった。

三　物のあはれを「知る」こと

第一章ですでにふれたように、小林が論文「本居宣長――「物のあはれ」の説について」（一九六〇年七月）を発表した、新潮社の『日本文化研究』全九巻には、企画のはじめの段階では丸山も執筆する予定であったが、寄稿せずに終わっている。おそらく、日米安全保障条約反対運動への参加や、丸山にとって初めての「政治学」（政治原論）講義（一九六〇年度）の準備に追われて、書けなかったのだろうと思われるが、執筆者が集まった会合で小林と顔を合わせるくらいのことはあったかもしれない。

小林の論文「本居宣長」は、宣長の著作のうち、主に『排蘆小船《あしわけおぶね》』『石上私淑言《いそのかみささめごと》』『紫文要領』といった、初期の歌論・『源氏物語』論を題材として、「物のあはれ」や「実情」をめぐる議論について、考察を展開したものである。先にふれた、「生きてる以上　考える　小林秀雄氏の近ごろ」という見出しの朝日新聞のインタヴュー記事（一九五九年十一月十六日、東京版朝刊）には、宣長論を「『日本文化研究』（新潮社）に書いたが」という記述があるので、第一稿は一九五九年の秋にしあがっていたのだろう。小林の書斎のようすについて、記者が「書だなには、金の背文字の宣長全集がズラリと並んでいる」と書いているのは、本居清造編『増補本居宣長全集』全十巻（吉川弘文館、初版一九二六年～一九二七年）のことだろうか。

この論文「本居宣長」には、「「実感」信仰」をめぐる丸山の近代日本文学批判が、実は影を落としているように思われる。論文の第三章で、「歌は情よりいづるものなれば、欲とは別也」（『排蘆小船』）という宣長の主張を紹介するさいに、小林は「宣長の感情主義或は人情主義といふ言ひ方は誤解を生み易い」と語っている。おそらくは、村岡典嗣《つねつぐ》『本居宣長』（警醒社、一九一一年）と丸山眞男『日本政治思想史研究』（東京大学出版会、一九五二年）に見られる宣長理解を念頭において、彼らに対する批判として述べたものである。

村岡の著書について小林は『本居宣長』の第二章で、丸山の本については「考へるヒント」の一篇「哲学」（『文藝春秋』一九六三年一月号）で、具体的に名前を挙げて言及している。徳川思想史の先行研究について小林が書名を挙げたのは、上記の二書と佐佐木信綱・笹月清美の宣長研究を除けば、津田左右吉《そうきち》『神代史の新しい研究』（一九一三年）をとりあげた例（『本居宣長』第二十九章）と、村岡典嗣『宣長と篤胤　日本思想史研究第Ⅲ巻』（創文社、一九五七年）に対する言及（同、第二十六章）がある。前者は、『古事記』の序文に関する津田の理解を、宣長のそれと対置する趣旨でふれたもの。後者は平田篤胤が本居宣長に「歿後入門」したとする通説に対する批判説として小林はとりあげているから、どちらも先の二書への批判に比べると、論点としての重要性はやや低い。一般に小林が文章のなかで、自分が準備のために読んだ本の名前を明示することは珍しい。徳川思想史の先行研究としては、村岡『本居宣長』と丸山『日本政治思想史研究』の二つを重視して読み、両書と対話するようにしながら、小林はみずからの徳川思想史像を構想していたということなのだろう。

村岡典嗣の『本居宣長』は、宣長の思想に批判的な現代の思想史家からも「国学についての古典的研究書としての価値を現在でも失わない名著」（子安宣邦「村岡典嗣」、『日本思想史辞典』ぺりかん社、二〇〇一年、所収）と評される、体系的な研究書である。一九二八（昭和三）年に岩波書店から増訂版が刊行され、宣長研究の定番として戦後に至るまで長らく版を重ねていた。一九七四（昭和四十九）年に第十刷、一九八二（昭和五十七）年に第十一刷が出ているから、一九七七

（昭和五十二）年刊行の小林秀雄『本居宣長』と一緒に書店の棚に並んでいた時期も、しばらく続いていたはずである。

小林は『本居宣長』第二章で、村岡の本について「私は、これから多くの教示を受けたし、今日でも、最も優れた宣長研究だと思つてゐる」と高い評価を述べる（十四-39）。だがそれは、ほかの「宣長研究者達」と同じく、「宣長の著作の在りのまゝの姿」から離れてしまい、「一般観念」に頼って「宣長の思想構造といふ抽象的怪物」を作りあげ、その「不備や混乱」を指摘する態度に陥ってしまった。論文「本居宣長」で小林が「感情主義或は人情主義といふ言ひ方」を批判するのは、そうした村岡の方法の問題性が表われた一例だという指摘なのだろう。

物語や和歌が作られる「意義、目的」（村岡の表現による）は、人に教訓を学ばせたり、勧善懲悪の効果をもたらしたりするところにはない。それは「物のあはれ」にあると指摘したところが宣長の創見であった。それは儒学に代表される「漢意《からごころ》」という心のあり方、すなわちチャイナの文化に由来する、理窟をめぐらして善悪の区別をきびしく言い立てる態度とはまったく異なる。村岡典嗣は『本居宣長』の第二編第三章で、この「もの、あはれ」主義」について、「漢意」の「偽善虚飾」を排して、「人情の自然」を重視する「人情主義」と呼んだ。同じく第七章では宣長の師、堀景山の思想について「主情主義」と表現している。そしてこの理解を継承して、丸山眞男はそのデビュー作の論文「近世儒教の発展における徂徠学の特質並にその国学との関連」（一九四〇年初出、のち『日本政治思想史研究』に第一章として再録）の第四節で宣長の思想を論じたさいに、「主情主義」と名づけている。

「物のあはれ」をめぐる宣長の議論を「人情主義」「主情主義」と規定するさいに、村岡と丸山がともに引用しているのは、誰でもその心の内部で働いている自然な動き、「実《まこと》の情《こころ》」は、男女を問わず一般に女性的なものだと説く宣長の主張にほかならない。村岡は『石上私淑言』、丸山は『紫文要領』からそれぞれ引いているが、後者の議論は以下のようなものである。

「大方《おおかた》人の実の情といふものは、女童《おんなわらわ》のごとく未練に愚かなるものなり」。それに対して「唐《もろこし》の書《ふみ》」は、たとえば「武士《もののふ》の戦場におきていさぎよく討死《うちじに》したること」を書く場合、いかにも立派な勇者のようにほめ讃えるが、「その時の実《まこと》の心のうちを、つくろはずありのままに書く」ならば、父母や妻子を恋しいと思っているだろうし、命も惜しいだろう。「ありのままの情」を包み隠すそうした偽善を排したところに、「人の情の自然の実」が現れるのであり、それを細やかに書き表わした歌や物語を読んで、「人の実の情を知る」ことを、「物の哀れを知る」と呼ぶ（『紫文要領』巻下、『新潮日本古典集成　本居宣長集』二〇三～二〇五頁）。

道徳も正義もプライドも忘れ、ひたすら何かを思い、喜怒哀楽の感情に溺れてゆく心。それが一般に人の「情」のありのままのありようであり、女性や子供には特にそれが率直に現われる。宣長のそうした人間観を、小林もまた論文「本居宣長」の第六章、末尾近くで『排蘆小船』からの引用をもとにしてとりあげている。「人情と云ものは、はかなく児女子のやうなるかたなるもの也、すべて男らしく正しくきつとしたることは、みな人情のうちにはなきもの也」（十二―197）。「かたなり（片生り）」は未熟なようすを意味する形容動詞である。

実は『排蘆小船』の原文ではこの言及の直後に、丸山が引いた『紫文要領』の議論と同じ主張が見える。そこには日本の武士のモラルをめぐる言及も加わっている。「近世武士の気象、唐人議論のかたぎ」は、「本情」を隠してつくろい、「国のため君のために、いさぎよく死する」ことを礼賛するが、それは「みなつたなくしどけなきもの」としての「人情」に、まったく反する態度にほかならない（『排蘆小船・石上私淑言』岩波文庫、六三〜六五頁）。宣長における、武士とは異なる被治者の視点を示した議論として興味ぶかい箇所でもあるが、小林が丸山の宣長論を意識しながら、それとは異なる方向でみずからの解釈を組み立てた跡と言えるかもしれない。こうした箇所への注目をそのまま継承したならば、小林もまた「人情主義」「主情主義」という理解のもとに、宣長論を展開したことだろう。

しかし小林の「本居宣長」は、宣長が『紫文要領』において、物のあはれを「知る」とくり返して述べていることに注目する。宣長の「「あはれ」論」は、「感情論であるよりも一種の認識論である」（十二―173）と読み解くところが、小林の宣長理解の特徴であり、その姿勢は『本居宣長』に至るまで一貫している。

『源氏物語』の帚木《ははきぎ》巻には、主人公の光源氏と友人たちが会話で女性論を繰り広げる長い一節があり、「雨夜の品定め」と呼ばれて広く知られている。このくだりについて『紫文要領』の巻上で宣長が展開した解釈を、小林は論文「本居宣長」の第三章で紹介する。「品定め」の会話のなかで、登場人物の左馬頭《ひだりのうまのかみ》はこう述べる。正妻としてふさわしい女性を選ぶさいには、「あまり情《なさけ》に引きこめられて、とりなせばあだめく」、すなわち恋心に夢中になっていて、男性がそれに調子を合わせると、すぐに色っぽく誘うような振る舞いをしてくる女性は、「これを初めの難とすべし」。伴侶にするにはまず避けるべき欠点だというのだろう。

『源氏物語』の原文では、この言葉に続くくだりの左馬頭の発言に「物の哀れ知り過ぐし」という表現が見える。これは通常の解釈では、夫の世話をするとき、事にふれての情趣を過剰にうけとめて、不必要なまでに和歌を詠んだりするような女性はいけないという意味に解されている（柳井滋ほか校注『源氏物語』第一巻、岩波文庫）。ところが宣長『紫文要領』はこの箇所について、女性が「家内の世話」についてよく心得た上で、さらに折々の季節の「風流の物の哀れ」に対応して家のなかを飾ることと解し、むしろ肯定的な意味に読み取っている。

さらに、この言葉に先行する「とりなせばあだめく」女性をめぐる左馬頭の発言においても、「物の哀れを知る」ことが、よい女性と評価されるための前提となっていたと宣長は読んだ。「物の哀れ」を知っている女性であっても、「あだなる」すなわち浮気っぽい行動をとるような者は、妻とするのにふさわしくない。そういう趣旨の発言として、「あだめく」女性への批判を理解するのである（『新潮日本古典集成　本居宣長集』一〇四〜一〇五頁）。恋する男性のことを思う場面でも、また家の運営に心を働かせる場面でも、人間生活の全体において、しかるべき機会に出会ったときに深く感情を動かすこと。そう概念化した上で宣長は「物のあはれを知る」を、『源氏物語』の作品内の世界を支える価値であるとともに、みずからの人間観の基礎にすえることになった。

これは『源氏物語』のテクストの理解としては、明らかに強引で過剰である。小林はのちに『本居宣長』で、折口信夫がこの宣長の「「もの、あはれ」の論」を批判していることにつき、第十五章・第四十六章と二度にわたって言及している。折口は慶應義塾大学通信教育部教材『国文学』（一九四八〜一九五二年）の第二部「日本文学の戸籍」の第三章「源氏物語」で、この左馬頭の発言をめぐる解釈を念頭において「所謂「もの、あはれ知りすぐして」など言ふ様な意味は、却つて少いのではないかと思ふ」と指摘した。「もののあはれ」という言葉は『源氏物語』に確かに見えるが、「もつと範囲が狭い様に思ふ」。宣長が「自分の考へを、「もの、あはれ」と言ふ語にはち切れる程に押しこんで、示されたものだと思ふ」と折口は断言する。

しかし小林からすれば、宣長が「もののあはれ」の言わば拡大解釈を行なったところに、重大な意義がある。『本居宣長』第十五章で述べる理解によれば、宣長は「あはれ」を「単なる一種の情趣と受取る通念から逃れようとして」、歌語である「あはれ」が「「あはれ」といふ日常語に向つて開放される姿」を、『源氏物語』の文章に見いだした（十四-151）。生活のあらゆる場面で人間は、さまざまな人や出来事にふれ、心を豊かに複雑に動かしている。そうした「分裂を知らない直観」を宣長は「情《こころ》」と呼んだ。「この直観は、曖昧な印象でも、その中に溺れてゐればすむ感情でもなく、眼前に、明瞭に捕へる事が出来る、歌や物語の具体的な姿であり、その意味の解読を迫る、自足した表現の統一性であつた」（十四-152）。

宣長は、「もののあはれ」という言葉の意味を、一種の人間学の中心概念に拡張した。その営みを否定的にとらえる折口に対する小林の疑問が、すでに論文「本居宣長」の前提になっていたと思われる。さらに「物のあはれを知る」人であれば、感動が高まって「物のあはれに堪へぬ時」、その思いを美しい言葉に載せて、他人にも伝えたいと自然に思うはずである（『石上私淑言』上巻、論文「本居宣長」第五章に引く)。宣長は歌の発生についてもそう説いている。宣長は強引な解釈も用いながら、「物の哀れを知る」という人間の理想像が、『源氏物語』の全体を貫いていると論じ、物語論・歌論から、さらに人間観の中心概念に引きあげた。「あはれ」の意味を「単なる一種の情趣」に限定しようとする折口とは対照的に、小林はむしろ宣長による拡大解釈に、意義を見いだしたのである。

小林の『本居宣長』の冒頭、第一章には、小林が「戦争中」に大森にあった折口信夫の自宅を訪ね、宣長の『古事記伝』などについて対話する機会をもったさいの逸話が述べられている。帰り際に折口は大森駅まで小林と同行して見送り、別れぎわに「小林さん、本居さんはね、やはり源氏ですよ、では、さよなら」と告げた。謎めいた言葉としてよく論じられる箇所であるが、実は先にふれた慶應義塾大学通信教育部教材『国文学』において、宣長の「「もの、あはれ」の論」を批判したくだりの前段で、折口はすでにその謎の答を語っていた。

折口はそこでこう述べている。「宣長先生」は「あれだけ古事記が解つてゐながら、源氏物語の理会の方が、もつと深かつた気がする。先生の知識も、語感も、組織も、皆源氏的であると言ひたい位だ。その古事記に対する理会の深さも、源氏の理会から来てゐるものが多いのではないかと言ふ気がする位だ」。この文章は一九五五(昭和三十)年に刊行された『折口信夫全集』第十四巻(中央公論社)で一般むけに公刊されているから、小林が論文「本居宣長」を書いたときにも、すでに読んでいたことだろう。「物の哀れ知り過ぐし」という左馬頭の言葉に注目したのも、折口の『国文学』の短い記述から、これが宣長が「もののあはれ」の意味を拡大するさいに、手がかりとした箇所であることに気づいたからではないか。

さらに小林は、宣長が「もののあはれ」について、もののあはれを「知る」という認識論の次元で問題にしていることを、『紫文要領』から読み取った。そうした作業を通じ、『源氏物語』論の基礎の上に、その後の宣長の『古事記』論もできあがっているという折口の理解について、批判的な再読解を試みたのである。宣長が『源氏物語』から読み取って再構成した、「もののあはれを知る」という認識論は、『古事記』から日本古来の「道」を探った『古事記伝』の営みにも、人間や文化を考えるための一般理論として深く働いている。そういう見通しを、会見と著作を通じて折口と対話し、その記憶をたどりながら宣長のテクストを読むことを通じて、小林は得た。『本居宣長』の第一章には、大森での対話のさい「私は、話を聞き乍ら、一向に言葉に成つてくれぬ、自分の「古事記伝」の読後感を、もどかしく思つた」（十四-25）と記されている。これはむしろ、折口の話に違和感を覚えながら探っていた構想を、これから連載で明らかにしようとする意欲がこめられた回想なのだろう。『本居宣長』第十五章で小林は、『紫文要領』における「もののの哀れ」（宣長の表現による）の拡大解釈について、宣長の説明は「うまくはいかないが、決してごまかしてはゐないのである」（十四-151）と弁護している。折口が『国文学』で述べた宣長批判に対する反論である。そしてそれは、自分が、折口による理解を批判的に検討し、「ごまかし」抜きの宣長論を書き進めようとする宣言でもあったと思われる。

小林にとって、宣長が展開した「もののあはれ」をめぐる考察は、人間・言葉・文化・歴史をめぐるみずからの思想を、明確に語るために重要な手がかりだった。個々の場面でいかなる対象にむけて、いかなる種類の気持ちを抱いているかという次元からさらに奥にある、一層深い次元に属する心の動きとして、「もののあはれ」がある。そうした二層の構造の深層において「物の心、事の心をしる」（『紫文要領』）、すなわち他者やさまざまな出来事に接したさい、深くその意味や内面の思いを理解して共感する、すなわち「知る」態度が重要なのである。したがって小林の見解では、「あはれは、欲を離れた情であるが、情に溺れる事は、あはれをしる事ではない」（十二―174）ということになる。情に溺れてしまえば、それは単なる「欲」であり、外からの働きかけに対して、ただ瞬間的に反応するだけの浅い心の動きになってしまう。村岡典嗣や丸山眞男の「人情主義」「主情主義」という規定は、宣長の言う「情《こころ》」の活動を、「欲」のみに縮小して理解しているのである。

「欲」と「情」の区別を論じるさいに小林の論文「本居宣長」は、『排蘆小船』において宣長が、歌を詠むさいの「欲と情とのわかち」を論じ、「たゞねがひもとむる心」としての「欲」と、「ものに感じて慨嘆する」動きとしての「情」とを区別した箇所も援用している。表面的な感情の動き、すなわち「欲」よりも、さらに深層にある「情」の運動としての「物のあはれを知る」働き。このように、人間の心の働きのうちに二重構造があると明確に整理するところに、小林のとらえた宣長像の特徴があった。論文「本居宣長」の以下の箇所は、その洞察をよく示している。

こゝに明らかな様に、宣長の考へでは、「あはれをしる」と「事の心、物の心をしる」とは同じ事だ。単に、あはれと見、聞き、思ふ事でもなければ、普通の意味で事や物を見、聞き、思ふ事でもない。さういふ心の働きの他に、事や物と共感するといふ働き、事にあたり、物にふれて、これらのあるがまゝの姿を、言はば内部から直観するといふ働きがあるとしてゐるのだ。事物の直観的な理解といふものがあるのだが、これには、時にふれ、所に従ひ、その道々によつて変る事物の味を、そのまゝ共感によつて肯定する全的な態度を要する。従つて、この直観が感動を孕《はら》むのは、当然な事であり、宣長が、事の心、物の心をしるといふ事を、情の動きの純化から説かうとするのも当然なのである。（十二－173）

「あはれをしる」「事の心、物の心をしる」という心の働きに関する、この説明に見える「内部から直観する」「事物の直観的な理解」「事物の味を、そのまゝ共感によつて肯定する全的な態度」といった言葉づかいは、ベルクソンの哲学を連想させる。実際に、『新潮』に連載していた「感想」は、小林が論文「本居宣長」の第一稿を完成させたと思われる一九五九年の秋に、十月号（連載第十七回）からベルクソンの著書『物質と記憶』をめぐる考察へと進んでいた。そして第十九回では、意識の前に見えてくるさまざまなイマージュ（像）と、意識による“perception”および“affection”という二つの働きとの関係をめぐる、『物質と記憶』第一章の議論を、こう紹介している。

知覚は、私の身体外に在り、感情は、私の身体内にある。私は、外部の対象を、その在る場所で、私の内にではなく、対象のうちに知覚するやうに、私の感情的状態は、それが発生するところ即ち私の身体の一定点で感じられる。〔中略〕私達が物は私達の外部にあるといふ時、それは私達の身体の外にあるといふ意味だし、私達が感覚を或る内的状態として語るのは、それが私達の身体内に発生するといふ意味だ。（別巻一―157）

「直観的な理解」によって自分の意識の内にある動きを純粋にとらえるならば、主観的な心のなかの思いと、外界にあるとされる客観的な世界との区別は取り払われ、そこにさまざまなイマージュが、「像」という漢語表現では覆い尽くせない、生々しい実在性を帯びて立ち現われる。そのとき、意識の外部にあるものとしてイマージュを認識する作用を perception、外部からの働きかけを受けて身体の内部に生じる諸感覚を affection とベルクソンは呼んでいた。したがって affection は、杉山直樹による『物質と記憶』訳注によれば、怒りや悲しみのような内にこもった感情（sentiment）とは異なって、身体全体にかかわる感覚を指している。これを「感受」と訳した日本語訳（熊野純彦による）もある。

先の引用において小林は perception を「知覚」、affection を「感情」もしくは「感覚」とそれぞれ訳している。同じ「感想」第十九回においては、「アフェクシオン」とフランス語のままで説明してもいるので、心の内でものを思うときの「感情」のみには限らない、affection の意味の広がりには気づいていたのだろう。だが、「情」もしくは「感情」という訳語を使う場合がもっとも多く、原語つきで最初に言及した箇所では「情（affection）」と、日本語の「情」に対応することを示している。

明らかに本居宣長の思想における「情《こころ》」に近づけて、小林はベルクソンの議論を理解しているのである。「情《こころ》」のありのままの動きを「内部から直観」するならば、身体の内と外の境界を超えて、他者や事物との交わりと「共感」が生き生きと働いていることがわかる。そこで感じとる領域のことを、やがて『本居宣長』の第二十四章では「直接経験の世界」「生活経験の世界」と呼ぶことになる。この章の初出は『新潮』一九六九年五月号。三か月前に発表された西郷信綱の「学問のあり方についての反省」から、小林は「直接経験の世界」という名称をとりいれている。

誰にとつても、生きるとは、物事を正確に知ることではないだらう。そんな格別な事を行ふより先きに、物事が生きられるといふ極く普通な事が行はれてゐるだらう。そして極く普通の意味で、見たり、感じたりしてゐる、私達の直接経験の世界に現れて来る物は、皆私達の喜怒哀楽の情に染められてゐて、其処には、無色の物が這入つて来る余地などないであらう。それは、悲しいとか楽しいとか、まるで人間の表情をしてゐるやうな物にしか出会へぬ世界だ、と言つても過言ではあるまい。それが、生きた経験、凡そ経験といふものの一番基本的で、尋常な姿だと言つてよからう。合法則的な客観的事実の世界が、この曖昧な、主観的な生活経験の世界に、鋭く対立するやうになつた事を、私達は、教養の上でよく承知してゐるが、この基本的経験の「ありやう」が、変へられるやうになつたわけではない。（十四-257～258）

「ありやう」という表現は、宣長の『源氏物語玉の小櫛』が、『源氏物語』について「大かた人の情《ココロ》のあるやうを書るさまは」と論じた箇所（『本居宣長』第十三章に引く）を受けたものである。心が細やかで豊かに働いている「生活経験の世界」。その分厚い領域を見すえ、そこで得た「経験」や「直観」や「共感」を言葉にすることが、現代の文学者の仕事だと小林は考えていた。『本居宣長』第十五章の表現によれば「全く実用を離れた、純粋な情《ココロ》の感《ウゴ》き」（十四－155）。モーツァルトの音楽に「かなしさ」を感じ取ることも、他者と交流するさいの「良心」の働きも、チェスの一手を選ぶさいの「熟慮断行」もみな、この曖昧でありながら生命に満ちた領域から生まれてくる。

これに比べると、「日本の思想」で丸山眞男が問題にした文学者の「「実感」信仰」とは、この「生活経験の世界」の広がりからその一部を、「狭い日常的感覚の世界」という貧弱な図式によって切り取って概念化した言葉にすぎない。また、戦中の小林の文章に対する本多秋五や丸山の批判は、平和主義の理想という高みに立って、その是非を裁断するものであり、「生活経験の世界」のなかから生み出された言葉への深い「共感」を欠いている。本書の序章でふれた座談会「コメディ・リテレール」において、本多や平野謙に対して小林が、「僕は無智だから反省なぞしない。利巧な奴はたんと反省してみるがいいじゃないか」（八－32）と啖呵を切ったこと——ただし埴谷雄高によれば、座談会の席上で発した言葉ではなく、後日に速記に書き入れたものだという（『二つの同時代史』）——の裏側には、そうした思いがあったことだろう。

先の引用箇所には、「合法則的な客観的事実の世界」を想定してそれを分析する態度に対する小林の批判も見える。一九五八年から連載が始まった「感想」、そしてその翌年から発表した

「考へるヒント」において、科学がすべてを支配する「近代の常識」に対する批判を小林が繰り返すことになったのも、丸山の「日本の思想」に対する応答という側面があるのではないか。

第二章でとりあげた連載「考へるヒント」の第一回、「好き嫌ひ」は伊藤仁斎と本居宣長を論じた、小林の徳川思想史研究の第一作であるが、おそらく論文「本居宣長」の副産物でもあったのだろう。そこでは、仁斎の「書簡」に見える言葉からの紹介として、以下のような内容を記し、「本居宣長より百年も前に生れた学者が、宣長の様な事を言つてゐるのも面白い」と付言している。「当節の学者達は、人の耳目を驚かす様な事ばかりやつてゐるが、そんな事では、いよいよ人情に遠ざかり、時俗に背き、世間の人は、学問といふものは、日本を漢様《からよう》に仕替へるものかと考へる様にならう」（十二─33～34）。

ところが、仁斎の文集である『古学先生文集』の刊本の巻之一に収められた「書類」には、この内容に該当する書簡が存在しない。天理大学附属天理図書館古義堂文庫に収められた稿本を小林が見た可能性もあるが、同時代の儒者たちに関して「日本を漢様に仕替へるものか」と「世間の人」が批判するかもしれないという危惧は、仁斎の思想にはそぐわないように思える。これに対して仁斎の第二子、伊藤梅宇の著書『見聞談叢』（元文三・一七三八年序）の序文が「本朝の漢土より勝れたる所以」と題されている。冒頭で、日本では「神武帝」から千四百年もの間、「一姓」で「宝祚《あまつひつぎ》」が継承されていることについて、仁斎が生前によく「神武帝の聖徳」の「余慶」によるものであろうと語っていたことを伝え、「漢土」よりも日本の方が「風俗」が優れていると論じて、「学文者」の「漢土」崇拝を批判した文章である。梅宇による日本とチャイナの比較論を、仁斎自身の主張と小林は誤読したのではないか。

おそらく、伊藤仁斎から本居宣長へと至る徳川思想史の系譜を、自分の研究によってたどりたいという意欲が、小林のなかに芽生えていたがゆえの誤読だったのだろう。「好き嫌ひ」では、「当時の学者の見解に反対した仁斎の宇宙論などを、今日読んでも何も面白いことはないのだ」と述べた上で、第二章でふれたように、『論語』を「愛読」する仁斎の態度へと議論を進めている。これもまた、丸山の「近世儒教の発展における徂徠学の特質並にその国学との関連」に対する批判であろう。この論文の第二節で丸山は仁斎を論じ、理と気との二つの概念で宇宙の運動をとらえる朱子学を批判して「天地の間は一元気のみ」と説いた『語孟字義』の議論について、「仁斎の宇宙論は宋儒の静態的理性的自然観に対してすこぶるヴィタリスティッシュな色彩を帯びる」と指摘していた。

「ヴィタリスティッシュ」というドイツ語の形容詞の元になっているVitalismusは、通常は「生気論」と訳される。生命現象には物理・化学には還元されない独自の原理や力が働いていると考え、機械論を批判する立場のことであり、ベルクソンもまたその立場をとる哲学者と位置づけられていた。丸山の仁斎評価における形容詞が、ベルクソンを連想させるものであったことも、対抗して徳川思想史の研究にみずから挑もうとする小林の意欲を、強く刺戟したのだろう。

科学中心主義の「近代の常識」に対する批判、『日本文化研究』執筆陣への参加、丸山眞男「日本の思想」への応答、仁斎・宣長の思想に関する再検討。一九五〇年代後半の小林秀雄は、そうしたさまざまなきっかけを通じて、徳川思想史の研究へと進んでいったのである。

第四章　歴史は甦る

一　文藝科小林教授

小林秀雄は一九五九（昭和三十四）年に、NHKラジオ第二放送の番組「文壇よもやま話」にゲストとして出演している。文藝春秋新社編集局長であった池島信平と、中央公論社社長の嶋中鵬二の二人がホストを務め、月一回、文学者を招いて鼎談を行なう番組であった。小林の回は十一月三十日に放送されたあと、日本放送協会編『文壇よもやま話』上巻（青蛙房、一九六一年）に記録が収められている（全集未収録）。

旧制中学に通っていたころ、小説家になろうと思っていたことや、支那事変中の一九三八（昭和十三）年、『文藝春秋』の特派員として中華民国から送った現地報告の文章「蘇州」（同年六月号）が、軍の慰安所にふれていたために、内務省の検閲により一部削除を求められた（第五次全集の「年譜」による）という逸話など——ただし池島信平は「蘇州」を前の月の寄稿文「杭州」（同年五月号）と取り違えている——、興味ぶかい話題が続く鼎談である。

そのなかで小林は、「様々なる意匠」で文壇にデビューしたあとも、文学で「食える」とは思っていなかったと回想し、一九三二（昭和七）年四月に明治大学の文科専門部（戦後の文学部の前身）が設立されたさい、文藝科と史学科のうち前者の講師に就任した経験を語っている。さらに六年後に教授に昇任し、終戦直後、一九四六（昭和二十一）年八月に辞任するまで務めていた。その後も一九四八（昭和二十三）年四月に創元社（一九五四年からは東京創元社）の取締役に就任してから月給を受け続けているので、「僕はずうッと、文学だけの金で生活してないな」と、鼎談では述懐する（ただし、のち一九六一年十月に取締役を辞任）。筆一本で自立する批評家ではなかった。少なくとも本人はそう考えていたのである。

このラジオ鼎談は、小林が「考へるヒント」の連載を始めて約半年ののちに行なわれている。そしてこの鼎談の前後から「考へるヒント」にも、明治大学で講義した「日本文化史」に関する回想が、三回にわたって顔を出すことになる。一九三五（昭和十）年に文藝科に入学した作家、藤川能《ちから》の回想（『わが巨匠たち』緑地社、一九八一年）によれば、在学時代に受講した小林の担当科目は「倫理」「作家研究（ストリンドベリ、ドストエフスキー）」「評論研究」「日本文化史」であったという。ほかの卒業生が語るところでは、のちにフランス語も教えている。

藤川は「綿密な準備、計算づくの授業なのだが、何も見ずに話す」と記しており、小林自身も晩年に行なった卒業生たちとの座談会で「僕は大学は怠けたことないよ。十五分遅れると、夜学の学生は怒っちゃうから、遅れることできませんよ」と語っている（「小林秀雄先生に聞く」、明治大学文学部五十年史編纂準備委員会編『文芸科時代　1932―1951』Ⅱ、一九八一年、所収。全集未収録）。奔放で狷介な文学者という、世間に流布した小林の像とは異なって、きわめて真面目で親切な大学教員だったのである。なお、この座談会が収められた『文芸科時代』全二冊も藤川能の著書も、緑地社が製作・発行を手がけているが、その社主の氏名も小林秀雄。小林の随筆「同姓同名」（『時事新報』一九四九年五月）にも創元社の編集者として登場する人物で、明大文藝科の六期卒業生であった。創元社が一九五四（昭和二十九）年にいったん倒産し、東京創元社として再出発したさいに、独立して緑地社を創業している。

小林が明治大学の教員になったのは、文藝科創設のさいに中心人物の一人だった岸田国士《くにお》が、今日出海と小林の二人に声をかけたことによる。そして「日本文化史」を講義することになった経緯については、すでに随筆「歴史の活眼」（『公論』一九三九年十一月号）で詳しく語っていた。「三年ほど前から日本歴史を教えている」とあるから、一九三六年ごろから「日本文化史」の授業を始めたのだろう。それは小林自身が、当時の文科専門部の部局長を務めていた法制史家、尾佐竹猛《たけき》に対して講義の新設を申し出たものだった。「歴史の活眼」では「自分の知つてゐる事を教へてゐるのが、たまらなく退屈になつたので、今度は知らぬ事を教へさせて貰い度い」と告げ、許可を得たと記していた（六―563）。卒業生たちとの座談会では、文藝科と名乗るなら「日本の歴史をまず教えなきゃ」と尾佐竹に言ったところ、「そんなこと言うなら、君が教えたらどうだ」と答が返ってきたので、自分が引き受けたと回想する。

だが実際には、小林自身の真剣な関心も、講義を始めた背景にあったのだろう。講義を始めておそらく二年目の七月、支那事変が始まることになる。この戦争をめぐって、小林が長く論じた文章として最初のものは「戦争について」（『改造』一九三七年十一月号）である。そこでは「僕には戦争に対する文学者の覚悟といふ様な特別な覚悟を考へる事が出来ない。銃をとらねばならぬ時が来たら、喜んで国の為に死ぬであらう」（五―250）、「日本の国に生を享《う》けてゐる限り、戦争が始つた以上、自分で自分の生死を自由に取扱ふ事は出来ない、たとへ人類の名に於いても」（五―251）と語っている。

さらにこの文章では、「歴史的弁証法」を説く論者が、「歴史的必然」によって現在の「歴史的段階」はやがてのりこえられ、「将来の歴史的段階」が到来するのだから、将来に予想される到達点から見れば、戦争に巻きこまれた「今の生活」も「泡沫」にすぎないと説くのを批判している（五―253〜254）。対象として念頭においているのは、いまの帝国主義戦争の時代をすぎれば、各国でプロレタリア革命が勃発し、やがて全世界の人民が手を結ぶ平和な状態が到来すると考えるマルクス主義の歴史理論であろう。そうした論者は「口ばかり達者」になって、「歴史的必然」に基づいた「将来」の「予見」をふりかざすばかりで、「現在の事件」に粛々と対処している人々に対して、意味のある指針を示すことがない。実際に小林の「戦争について」が発表されたのちに、三木清、船山信一、三枝博音《さいぐさひろと》といった、マルクス主義の影響を受けた哲学者たちが、当時の近衛文麿首相のブレーン組織であった昭和研究会に加わり、支那事変の「世界史的意義」を唱える活動を始めることになる（酒井三郎『昭和研究会――ある知識人集団の軌跡』）。小林にとっては、それも「歴史的弁証法」を用いた空疎なレトリックとしか思えなかっただろう。

ただ先の引用に見えるように、ここで小林はあくまでも成人男性の「国民」の一人である自分が、「兵の身分で戦ふ」ことになった場合の覚悟を語っている。「文学者」として戦争に協力しようとする姿勢を打ち出したわけではない。「戦争について」の末尾ではむしろ、「平和の為の戦争を声明してゐる当局が、戦争の不可避について覚悟してゐる国民を前にして平和論といふものを無暗《むやみ》に警戒してゐるのは、国民に対する侮辱であるばかりではない、自分自身を侮辱してゐる事だ」と、「当局」に対する批判を明言している。そして、「文学者たる限り文学者は徹底した平和論者である他はない。従つて戦争といふ形で政治の理論が誇示された時に矛盾を感ずるのは当り前な事だ」と指摘するのである（五―254～255）。

この言及は、「僕はこの矛盾を頭のなかで片附けようとは思はない」「同胞の為に死なねばならぬ時が来たら潔く死ぬだらう」と続く。したがって「国民」としての行動選択に関しては、「国民全体」の「試練」を「身に受けるのが正しい」と小林は記しているが、あくまでも自分ひとりの出処進退として論じている。一般論としては「文学者」が「平和論」の立場をとることも認めるのである。これは、一九三七年の七月に刊行された、京都帝国大学文学部教授である哲学者、天野貞祐の著書『道理の感覚』（岩波書店）が軍部や国粋主義団体から攻撃を受けていたことを、念頭に置いた記述ではないだろうか。その前年、一九三六（昭和十一）年の二・二六事件ののちは、軍部や右翼の社会運動の存在感が大きかったとはいえ、クーデターを起こした陸軍に対する批判の声が高まり、リベラルな主張がいっとき盛り返す状態になっていた。この年の四月三十日に行なわれた第二十回総選挙では、民政党・政友会の二大政党が議席を伸ばし、社会民主主義政党（無産政党）である社会大衆党も三十七の議席を得て躍進したのである。

そうした情勢を背景にして、岩波書店の雑誌『思想』は十月号で「ヒューマニズム」の特集を組んだ。そこに寄稿された作品の一つが、天野による「ヒューマニズムに就いて」であった。この論文は、「人類性の自覚主張たるヒューマニズム」の、「現下のわが国情における使命」は、「人文主義の伝統に従つて教養主義としての作用を営むこと」にほかならないと高らかに唱え、「偏狭なる国家主義思想」との「抗争」を呼びかける。この「国家主義」はナショナリズムの訳語である。一九三六年秋の空気のなかでは、軍部の政治的な擡頭に危機感を抱く知識人の共感を集めたことだろう。

しかし翌年の七月十日、この論文を収めた『道理の感覚』が刊行されたときは、すでに三日前に支那事変が始まっている。近衛文麿内閣が大陸への大規模な軍事介入を宣言し、国民精神総動員を唱える状況であった。収められた論文「徳育について」(『教育』一九三七年三月号初出)で職業軍人の教育や大学における軍事教練を批判していることが、軍人から問題視され、蓑田胸喜《むねき》などの国粋主義の活動家、さらに京都帝大の教授の内からも攻撃の声があがって、刊行の一年後に絶版へ追い込まれることになる。

天野の示す「人類性」の主張は、「国民」としての覚悟を抱き、その意義を信じる小林にとって違和感を覚えるものだったかもしれない。しかし「文学者」として活動する者は、一般の人々とは異なって、展開しつつある戦争の現実を相対化し批判できる視点を保つべきだと述べたのである。『道理の感覚』は刊行ののち半年で四刷をへて、一万二千部が売れていたという。国粋主義者や軍人からの批判の声が上がるなかで、小林は天野に対する援護射撃の記述を、「戦争について」の末尾に忍びこませたのではないか。

「戦争について」はまた、「歴史」について小林が書き始めるきっかけになった作品でもあった。そこでは歴史を一直線の進歩の過程と見なし「歴史的必然」「歴史的段階」を説く傾向に対する批判として、「〔過去の〕その時代の人々が、いかにその時代のたつた今を生き抜いたかに対する尊敬の念を忘れては駄目である」と述べている。さらに一九三八(昭和十三)年に発表した「歴史について」(『文學界』同年十月号。のち『ドストエフスキイの生活』の「序」の冒頭部分に改稿)では、

「歴史は神話である。史料の物質性によつて多かれ少かれ限定を受けざるを得ない神話だ」と断言した上で、史料による限定を受けながら「想像力」を自由に働かせ、たとえば「僕等は織田信長の友人だつたらと想像する」（六−106〜107）ようにしながら、「言葉」としての「歴史」（歴史叙述）を構成する営みについて語ることになる。

そして「歴史」に対する関心は、やはり支那事変下の社会状況に関する考察とからみあってい た。朝鮮・満洲国・華北を旅行したさいの感想を語った随筆「満洲の印象」（『改造』一九三九年一月号）では、「この事変に日本国民は黙つて処したのである」――先にとりあげた終戦直後の座談会「コメディ・リテレール」で、この表現は繰り返されることになる――と指摘する。そしてこの「国民の一致団結」は、政治家や軍人や学者が説くような「日本民族の血の無意識な団結」「日本人の美質」に由来するのではなく、「明治以後の急激な西洋文化の影響」の下に隠れた、「複雑な伝統」に基づく「智慧」の現われだと説いている（六−16〜17）。明治大学で「日本文化史」の講義を始めたのは支那事変が始まる前のことであった。だが一九三〇年代、満洲事変による日本帝国の事実上の拡大と、それを支える世論の熱狂、さらに学界・言論界における「日本精神」論の流行といった状況のもとで講義を構想したさいに、「満洲の印象」でふれるような「智慧」の伝統に対する関心を、すでに抱いていたことが想像できる。

連載「考へるヒント」においては、「歴史」（『文藝春秋』一九五九年十二月号）、「平家物語」（一九六〇年七月号）、「忠臣蔵」（のち「忠臣蔵Ⅰ」に改題、一九六一年一月号）と、三回にわたって明治大学における「日本文化史」講義に言及している。ただし「平家物語」で述べているのは「私は戦争中、「平家物語」を愛読してゐた」（十二―157）という思い出であるが、『無常といふ事』（一九四六年）に収められた随筆「平家物語」（『文學界』一九四二年七月号）が、ほかの収録作品と同じく「日本文化史」講義の副産物と考えられるので、授業をめぐる回想と受け取ってもいいだろう。「忠臣蔵」には、「戦争中、或る学校で」『仮名手本忠臣蔵』の元になった史実をめぐって話をしたという記述が見える（十二―217）。

一九五九年十二月号に載った「歴史」は、のちに旧仮名に改めた（小林の原稿どおりにした）テクストが『日本現代文学全集　第六十八巻　青野季吉・小林秀雄集』（講談社、一九六二年）に再録されているが、単行本『考へるヒント』（第一巻）からははずされ、その冒頭の箇所のみを次回の「見失はれた歴史」（一九六〇年一月号）と統合したテクストが、「歴史」という題で収められている。事実上は小林の単行本・全集に未収録の作品である（本書の巻末に全文を再録した）。この五九年十二月号の「歴史」では、吉田東伍による日本通史の書物『倒叙日本史』全十一冊（早稲田大学出版部、一九一三年〜一九一四年）について、「私は昔愛読したが」と記している。先にとりあげた明治大学の卒業生との座談会には、小林が講義のなかでこの書物を「通史として推薦されていました」という、もと学生の回想が見える。これもやはり、「日本文化史」講義に関連する言及だったのである。

なぜ、一九五九年になって小林は、「日本文化史」講義について回想するようになったのか。第一章でふれたように、昭和初期の文学界に関する回想や通史の試みが続々と登場し、小林自身もその登場人物として扱われたことが刺戟となって、みずからも過去を振り返り始めたという事情もあっただろう。さらにもう一つの背景として考えられるのは、いわゆる「戦後歴史学」の中心をなしたマルクス主義歴史学による日本近代史の理解に対して、異論を投げかける試みが、一九五〇年代後半に文学者たちによって展開されていたことである。

終戦から十年をへた一九五五（昭和三十）年に、ドイツ文学者、竹山道雄は、雑誌『心』に「十年の後に――あれは何だったのだろう?」を連載し、この作品は翌年に『昭和の精神史』（新潮社、一九五六年）として単行本化されることになる。小林が取締役を務めていた創元社は、一九五〇（昭和二十五）年から全十二巻の予定で『ニイチェ全集』を刊行し、四年後まで九冊を出したところで中絶していた。翻訳者には氷上《ひかみ》英廣、原佑《たすく》と、旧制第一高等学校・東京大学教養学部で竹山と同僚だった文学者・哲学者が加わっているから、竹山も企画に関する相談相手として小林と接触をもっていたかもしれない。また、新潮社の『日本文化研究』に竹山は「文化の形態と接触」（第一巻、一九五八年）と「明治精神の変化」（第八巻、一九六〇年）を寄稿しているので、その準備会合で顔を合わせていただろう。旧制一高に小林の前年に入学しており、一九五〇年代に住んでいた場所も、小林は雪ノ下、竹山は材木座という違いはあるが、同じ鎌倉である。

竹山の『昭和の精神史』が連載されていた間に、「戦後歴史学」の立場をとる歴史学者たちによる著作、遠山茂樹・今井清一・藤原彰『昭和史』（岩波新書、一九五五年十一月）が刊行され、ベストセラーになった。「天皇制」国家の体制に根ざしながら、独占資本が後押しして軍部・官僚が主導する「ファシズム」として、戦前・戦中の政治史を描いた本である。竹山の作品は、こうした抑圧体制としての「天皇制」国家という描像によって塗り固められた現代史像に、根本からの批判を投げかけるものであった。竹山は一九四〇年代に、ドイツでナチズム政権が国民の「自由」を封殺することにも、日本における軍部の専横に対しても、批判的な目をむけながら、旧制一高の教授として学園の自由を守ることに苦心していた。竹山の見るところ、「聖戦」の遂行に対する大衆と知識人の付和雷同ぶりこそが問題だったのであり、戦後にはその体質が共産主義礼賛へと方向を変えた形で、左翼勢力にそのまま引き継がれている。

さらに亀井勝一郎が、「現代歴史家への疑問」（『文藝春秋』一九五六年三月号）を発表して『昭和史』にきびしい批判を加え、遠山ら左派の歴史家との間での「昭和史論争」を始めることになる。論争の過程で発表された亀井の文章は、のちに単行本『現代史の課題』（中央公論社、一九五七年）に収められることになった。

「現代歴史家への疑問」で亀井は、『昭和史』に対して「この歴史には人間がゐない」と指摘する。この「人間」とは、戦争に熱狂した普通の「国民」や、「日本を心から愛して死んだまじめな軍人」のことである。彼らの抱えていた複雑な感情に対する「共感」や「追体験」の姿勢が、真の歴史家には求められるのではないか。――亀井その人は日本の再軍備に反対し、一九五一年のサンフランシスコ講和会議にさいしては、共産主義国も含む全面講和を支持すると表明していた。その点で遠山らと同じく、大陸への侵略戦争を深く反省する立場をとっていたが、唯物史観の型どおりに「支配階級」の責任ばかりを指摘する、「人間不在」の歴史叙述には耐えられなかったのである。

亀井は文藝評論家として、一九三〇年代から小林について論じてきた五歳下の論者である。創元社版の第一次『小林秀雄全集』の第六巻（一九五〇年十二月）は、「事変の新しさ」「満洲の印象」などの支那事変期の時評文や、「歴史の活眼」「歴史と文学」といった歴史論を収めているが、この巻の解説を担当したのは亀井である。小林の一九四二年の「平家物語」を収めた『現代随想全集　第九巻　正宗白鳥・小林秀雄集』（創元社、一九五三年七月）の付録月報にも、亀井は「正宗白鳥と小林秀雄」という短文を寄稿していた。そして「現代歴史家への疑問」で、「無念の思ひを抱いて倒れて行つた」過去の人々に対する「共感能力」が、歴史家には必要だと説くときに亀井がふれるのも『平家物語』なのである。「古い例では、たとへば『平家物語』を読むと、作者は人間の死際とか死者の声に対しては実に敏感である」。

『平家物語』をフィクションと見なして鑑賞するのではなく、過去の人々の生の記録として読む。そして彼ら彼女らが行動する姿を想像し、追体験する営みを通じて、その感情に共感する。それはまさしく、一九四二年の「平家物語」で小林が説いたところであった。「「平家」の人々はよく笑ひ、よく泣く。僕等は、彼等自然児達の強靱な声帯を感ずる様に、彼等の涙がどんなに塩辛いかも理解する」（七—363）。亀井はこれを戦後に再読することを通じ、昭和史についてどのような姿勢で語るべきかについて、思考を深めていった。さらにそうした亀井の文章を一九五六年に読んだ小林もまた、「日本文化史」講義にとりくんでいたころの自分の仕事と、時代の変化との関わりについて、改めて振り返ることになったのではないだろうか。「日本精神」を賛美する軍部や知識人の空虚な声に対する違和感もまた、亀井や竹山の文章にふれることで、まざまざと思い出したことだろう。

二　一九四〇年の本居宣長

小林が新潮社の『日本文化研究』に論文「本居宣長」（一九六〇年）を執筆することを考え始めたのも、おそらくこの時期、一九五六年ごろのことであったと思われる。第三章でふれたように、小林は「戦争中」のある日に折口信夫のもとを訪ね、『古事記伝』の理解について会話を交わしている。明治大学での「日本文化史」講義に関する回想を戦後に初めて語ったのも、折口との対談「古典をめぐりて」においてである（九‐218～219）。実際に、大東亜戦争の時期に講義から生まれた作品と思われる随筆「無常といふ事」（『文學界』一九四二年六月号）、講演「歴史の魂」（『新指導者』同年七月号）の両者に、『古事記伝』に関する言及がある（七‐359、374～375）。

やはり第一章、第三章で紹介した一九五九年の朝日新聞のインタヴュー記事「生きてる以上考える　小林秀雄氏の近ごろ」によれば、論文「本居宣長」を書いたときに小林の書斎に並んでいたのは、一九二〇年代に刊行された本居清造編『増補本居宣長全集』全十巻であったと想像される。したがって『古事記伝』については昭和初年にすでに読んでいた可能性もあるが、その名前を挙げた例は、一九四二年の随筆と講演で初めて登場する。また、林房雄との対談「歴史について」（『文學界』一九四〇年十二月号、全集未収録）には、津田左右吉の『文学に現はれたる我が国民思想の研究』全四巻（東京洛陽堂、一九一六年～一九二一年）、羽仁五郎「幕末に於ける倫理思想」（『岩波講座　倫理学』第二冊、一九四〇年八月、所収）――小林は題名を「近世倫理思想発達史」

と間違えている――について小林が批判を展開しているくだりがあり、思想史の研究を深めつつあったことをうかがわせる。

ところが小林は、「古事記は単なる古典ではない。当時の混乱を正す勤王書、即ち革命の書だった」という林の大胆な発言に対して、特に反応を示していない。おそらく林との対談ののちに『古事記伝』を本格的に読み始めたか、あるいは対談のさいにはまだその理解に迷いがあったのではないか。「戦争中」に折口に質問しに行ったという経緯も、そうした背景を想像させる。『古事記伝』は、倉野憲司校訂による岩波文庫版の第一冊が、一九四〇（昭和十五）年八月に刊行されている。この文庫版の刊行は、四年後に第四冊が出るまで続いたが、おそらく終戦を受けて、全体の約三分の一、『古事記』上巻に関する注釈の部分を公刊し終わったところで中断することになった。小林は、この岩波文庫版で『古事記伝』を読み始めたのかもしれない。

岩波文庫版の『古事記伝』第一冊の巻頭に付された倉野憲司の「解説」の末尾には、「紀元二千六百年の紀元の佳節の夜　校訂者記」と印刷されている。皇紀二千六百年を記念した刊行企画であり、そのために戦後の占領下においては続刊が断念されたのであろう。古川隆久やケネス・ルオフによる研究が詳しく明らかにしているように、この一九四〇年には、元旦の奉祝式に始まって、十一月十日、皇居前広場に四万人以上を集めて催された「紀元二千六百年式典および奉祝会」に至るまで、一年を通じて首都でも地方でも奉祝行事が盛んに行なわれた。

そのころ好景気が続いていた出版界も、建国神話や日本史上の英雄たちを題材とした本を盛んに刊行し、歴史ブームの状況が生まれることになる。小林と林の対談「歴史について」も、その前号の「英雄を語る」（十一月号、石川達三を加えた鼎談）、次号の「現代について」（一九四一年一月号）と、三号にわたって続く対談・鼎談の一回であったから、そうしたブームを念頭に置いた企画だろう。「英雄を語る」の末尾近くには、林が「時に、米国と戦争をして大丈夫かネ」と問いかけ、小林が「大丈夫さ」「実に不思議な事だよ。国際情勢も識りもしないで日本は大丈夫だと言つて居るからネ。何処から生れてゐるか判らないが、皆んな言つて居るからネ」と答えるやりとりがある。不思議だが世間の人々は楽観しているので自分もそう思うしかない、という程度の軽い口調である。

この時、一年ほどで確実に日本が米英に宣戦布告するとは、一般庶民の多くも小林自身も予想していなかっただろう。だが、皇紀二千六百年に各地で繰り広げられた祝賀行事と、『古事記伝』も含めて「国史」の関連書籍のブームは、やがて人々が全体戦争に進んで協力する空気を、下支えすることになったと思われる。そうした空気のなかで小林は、「日本文化史」の講義にとりくんでいた。

講演「歴史と文学」では、南北朝時代に南朝の忠臣、北畠親房が記した歴史書『神皇正統記《じんのうしょうとうき》』と、水戸藩・水戸徳川家によって編まれた日本通史『大日本史』とをとりあげ、高い評価を示している。いずれも当時には一般に、皇統の継続を支えてきた「日本精神」の存続を論じるさいに、しばしば引き合いに出された古典であり、小林もおそらく講義でとりあげたのだろう。このうちで『大日本史』に関する小林の言及は、以下のようなものであった。

先日、僕は「大日本史」の列伝を読みながら、こんな事をつくづく感じた。何故、こんな単純極まる叙述から、様々な人々の群れが、こんなに生き生きと跳《おど》り出すのであらうか。何故、遠い昔の彼等の言ふこと為す事が、僕にこんなによく合点出来るのであらう。何んと、彼等は、それぞれいかにも彼等らしく明瞭に振舞ひ、いかにも彼等らしい必要な事だけをはつきり言ひ、はつきりと死んでゐるか。（七－213）

「遠い昔の彼等」は、紀伝体の歴史書である『大日本史』の「列伝」の部にその伝記が記された、著名な人物たちである。『平家物語』の場合と同じように、書物の行間から彼らが活躍していた姿を「生き生きと」想像し、その「言ふこと為す事」に共感することこそが、「歴史」を深く理解する方法だという立場を、小林はここで打ち出している。同じ講演で小林は、乃木希典《まれすけ》と内村鑑三の二人を並べて「明治が生んだ一番純粋な痛烈な理想家の典型」（七－210）と呼んでいた。「純粋な痛烈な理想」を貫ぬこうとした結果、その時代の運命によって「異常な試練」を課されたが、諦めることなくその「悲劇」を生き抜いた人物。そうした人々の姿が、『大日本史』にも『神皇正統記』にも印象ぶかく描かれているというのだろう。対談「歴史について」で小林が高く評価する近代の歴史書は、徳川時代・明治初期の人物たちの活躍について、史料を引用しながら詳しく書き記した、徳富蘇峰の『近世日本国民史』（一九一八年に連載が始まり、当時はまだ続刊中）である。

「歴史と文学」で小林は、たとえば『神皇正統記』が記している北畠親房の息子、顕家が活躍した姿のように、天皇への忠誠を尽くして戦地に赴くのが「臣民」——小林はこの語を使うことはなく、戦時下でも一貫して「国民」と書いている——の践むべき道徳だと説いたわけではない。天皇が統治する日本独自の国のあり方としての「國體」を蔑ろにするキリスト者として批判された内村鑑三に触れているのも、同時代の世間に流布しているような「日本精神」論を説くつもりはないと示すための符牒だろう。大東亜戦争下に発表した「西行」（『文學界』一九四二年十一月〜十二月号）でも、西行と崇徳院との親密な関係、また没後に後鳥羽院がその歌を高く評価した事実という、「日本精神」「皇国史観」の論者が好む話題にふれることがない。

米英との開戦の直後に発表した「戦争と平和」（『文學界』一九四二年三月号）では、前年十二月の真珠湾攻撃の写真を見たさいの印象について、そこに広がる光景の意外な静けさに驚いたと語っていた。「心ないカメラの眼が見たところは、生死を超えた人間達の見たところと大変よく似てゐるのではあるまいか。何故なら、戦の意志が、あらゆる無用な思想を殺し去つてゐるからだ」。だが、「生死を超えた」戦いの覚悟を君たちも持つべきだと読者に薦める言葉は語らない。「爆撃機上の勇士達」が「日常生活の先入観から全く脱した異常に清澄な眼」をもっていると感動をこめて指摘するのみであり、むしろ「戦争文学と戦争の文学的報道」が「国民の勇気を鼓舞するといふ美名」を掲げて、「人々の無用な空想や饒舌を挑発してゐる」現状を批判していたのである（七―348〜349）。

この「戦争と平和」が、第二次『小林秀雄全集』第六巻（一九五五年）に再録されたさい、寄せた解説で河上徹太郎はこう回想した。「この一文は、〔真珠湾攻撃という〕この乾坤一擲の大壮挙に関し、形容が不謹慎で態度が遊戯的だといつて、当局の風向は強く当つた」(『小林秀雄――年代的作品解説による』)。吉田健一によれば、『無常といふ事』についても、戦時中は情報局が出版を許さなかったという(『図書目録』)。小林自身は、支那事変・大東亜戦争の戦争目的にも、男性の「国民」が従軍義務を粛々と遂行することにも反対ではなかっただろうが、「時局」に便乗して「聖戦」の意義を高らかに謳いあげることは、最後まで拒んでいたのである。しかし戦争が終わり、時代の空気が一変すれば、こうした小林の文章もまた、「日本精神」論や「皇国史観」と同類の作品として読まれることになる。実際、戦後に本多秋五らは、戦時下の作品をそうした性格のものとして読んだがゆえに、小林を批判したのであろう。

一九五〇年代後半、竹山道雄の著書や「昭和史論争」にふれて、小林はかつての「日本文化史」講義と、それに関連するみずからの仕事について、再び思いをめぐらせることになったのではないか。そのことが本居宣長に対する関心を復活させ、その思想の系譜を前後の時代に探って、みずからの視点から徳川思想史を語ろうとする営みへと誘っていたのだと思われる。しかし、一九四一年、四二年に『大日本史』や『平家物語』について語ったのとまったく同じ「歴史」の語り方を繰り返せばいいのか。戦中から戦後にかけての社会の変化と、徳川思想史という対象そのものが、同じ方法の再現を必ずしも許さないのではないか。そうした問いが、小林による徳川思想史の語りの底には流れてゆくことになる。

三 「思ひ出」としての歴史

「忠臣蔵」（「忠臣蔵Ⅰ」、『文藝春秋』一九六一年一月号）は連載「考へるヒント」のなかで、小林が近世思想史の考察へと本格的に入ってゆく出発点の位置にある。そこでは、かつて明治大学の「日本文化史」講義において、『仮名手本忠臣蔵』のモデルとされた赤穂義士について語った経験を回想しながら、戦後の歴史学と学校教育、また一般読者むけの歴史書におけるその扱い方をめぐって、率直に批判の言葉をぶつけている。「近頃の学校の歴史でも、又、最近広く読まれた日本史などを見ても、この事件は、歴史家によつて全く軽んじられてゐるやうに見える。どうも気に食はぬ想ひがしてゐる」（十二-217）。

このとき、専門の歴史学者に対する批判の趣旨は明確である。「社会学の強い影響を受けた現代の歴史家が提供する「封建的なるもの」といふ図式は、実に大きな力を持つてゐる」（十二-219）と述べているが、歴史研究について小林が「社会学」や「科学」と表現するとき、それはマルクス主義歴史学の方法を常に指していると読める。

マルクス主義が前提とする図式に従うなら、『忠臣蔵』で描かれる武士の倫理思想などは、封建的生産様式に根ざした社会における支配階級が編み出したイデオロギー、すなわち「封建的思想」にすぎない。主君の敵討を敢行した赤穂義士たちの忠誠心は、その内実を探るなら、世間から認められて新しい主君から登用される機会を得ようとする「知行欲しさのプロパガンダ」かもしれない。当時はそれを立派な義挙と見なす「封建的思想」によって、敵討の行為が賛美されたが、「現代では、もはや殆ど価値を認める事の出来ぬものになつた」。そう考えて、武士の思想の意義を認めないのが「現代の日本史」に支配的な傾向だと小林は批判している（十二‐218）。
たとえば、一九四〇年の対談「歴史について」で小林が批判している羽仁五郎の論文「幕末に於ける倫理思想」は、その第二章「封建時代の倫理思想」でこう記していた。「封建倫理は、人格を認めず、意志の自由を認めなかつたので、忠孝とゆう《ママ》ことも、人間性すなわち人格と人格との内心からの美しい関係の表現としてよりも、一方的に外面的に強調されるのみのことが多かつた」。これは、教育勅語や文部省発行の冊子『國體の本義』（一九三七年）が、「忠孝」を国民道徳として強調することを暗に批判した記述でもあっただろう。そして戦後になると、羽仁に見られるような「封建的思想」批判の姿勢が、専門研究においても一般向けの歴史書においても主流となる。そこでは、武士の主君に対する「忠」の倫理などは、前近代の劣った思想と見なされ、価値をほとんど認められない。

一九五九（昭和三十四）年から翌年にかけて、読売新聞社から『日本の歴史』全十二巻（のち六六年に第十三巻を追加）が刊行された。一般読者むけの歴史概説書のシリーズとしては戦後初めての企画であり、これがベストセラーになったことが、出版界に「日本史ブーム」を引き起こしたと言われている（出版ニュース社編『出版データブック　改訂版　一九四五～二〇〇〇』）。読売新聞が掲載した、第一回配本の第一巻の広告記事（一九五九年一月十八日朝刊）には、こう記されていた。「戦後に歴史の見方が一変したため、かえって反動的に、不信、冷視、無関心を生み、ひいては歴史そのものまでも見失おうとしている国民みんなの手に、日本人のための歴史を、もういちど取りもどそうとする仕事であります」。

この当時、たとえば昭和戦前期から現在まで四回にわたって刊行されている、最前線の日本史研究を体系化した論文集の『岩波講座　日本歴史』は、戦後のものがまだ刊行されておらず、それに代えて岩波書店が刊行したのは、共産党系・旧講座派の歴史学者・経済学者による『日本資本主義講座』全十巻・別巻一巻（一九五三年〜一九五五年）であった。その例に見られるように、戦後の歴史研究と歴史教育をマルクス主義系の勢力が支配する状況に対抗し、戦後十四年をへて「日本人のための歴史」を再確立する意図が、読売新聞社の企画にはこめられていた。左派歴史学に対する批判という点で、竹山道雄、亀井勝一郎による昭和史論と同じ位置にあり、そういう出版企画がベストセラーにつながったのである。終戦直後における社会・経済の混乱が一段落し、高度成長が始まった時期における世情の変化を、よく示す出来事でもあるだろう。

読売新聞社の成功を見て、中央公論社出版部にいた編集者、宮脇俊三は世界史の概説書のシリーズをただちに企画する。『世界の歴史』全十六巻・別巻一巻の刊行が一九六〇（昭和三十五）年からすばやく始まり、これも最初の配本の巻が十万部をこえるベストセラーとなった。続いて中央公論社は『日本の歴史』全二十六巻・別巻五巻（一九六五年刊行開始）も出版して、やはり成功を収めることとなる。このように五、六年にわたって続いた歴史書のブームと並行して、「考へるヒント」の連載は続いていたのである。第一章でふれたように、「日本の文化的伝統」を説いた本として『考へるヒント』第一巻が読まれ、売れたのも、社会のこうした空気と無縁ではなかっただろう。

ところが小林は、この読売新聞社の『日本の歴史』に対して苦言を呈するのである。哲学者、田中美知太郎と行なった対談「現代に生きる歴史」（『週刊読書人』一九六〇年九月十九日号、全集未収録）において発言された小林の批判は烈しい。

二十万売れたという或る日本歴史の元禄時代という一冊を見たら四十七士のことを一、二ページしか書いていない。ある歴史的事実を書くのではない、ある封建的事実をいかに侮蔑すべきかを書く。歴史家として、こんな思い上がった態度があるか。大石良雄という人が、そんなにつまらん人ですかね。少なくとも、現代の歴史家にくらべれば、比較にならんほどの大人物だったに相違ないではないか。

これは「現代の歴史家」に対する、人格攻撃に近い口ぶりである。「元禄時代」とあるが、『日本の歴史』の第八巻「士・農・工・商」（一九五九年十月刊行）が第九章「元禄風」で、約二頁を使って「赤穂義士のかたき討ち」を紹介した箇所のことを指している。「一冊」とあるのは、対談の筆記者が「一節」を聞き違えたのかもしれない。全十二巻の編集委員は、岡田章雄（近世対外交渉史）、豊田武（中世商業史・都市史）、和歌森太郎（宗教史、民俗学）の三名であり、第八巻の執筆者の一覧を見ると、「赤穂義士のかたき討ち」の項目は尾藤正英（徳川思想史、当時は名古屋大学講師）が原案を書いたと推測できる。この四名とも当時「戦後歴史学」の潮流のなかで活躍してはいたが、マルクス主義を信奉する歴史家ではない。だが、赤穂義士の討入りが「道徳的に美しい行為とみられた」「平和な社会において武士らしさを発揮するための、もっともよい機会であった」という説明が帯びている皮肉な調子から、「封建的思想」として「侮蔑」する視線を、小林は読み取ったのであろう。

徳川思想史にとりくみたいという小林の意向は、すでにその数年前から芽ばえており、連載「考へるヒント」でも初回に伊藤仁斎をとりあげていた。その準備をゆっくりと進めていたとき、おそらく参考にしようと考えて『日本の歴史』第八巻を読んだ。そのさいに覚えた強い違和感を、翌年に田中美知太郎との対談でぶつけたのである。これに対して田中は、紀元前五世紀のギリシアで書かれたトゥキュディデス『歴史』の例をあげ、ペロポネソス戦争につき「経済的な見方」すなわち経済上の要因によって説明するような歴史記述ではなく、「個々の人間」が果たした意味を語ることの重要性を説いている。この対話に刺戟された小林は、その直後に「考へるヒント」の一回として「歴史と人生」（のち「「プルターク英雄伝」」に改題、『文藝春秋』一九六〇年十一月号）を発表して、田中との「雑談」（十二-205）にふれながら、プルタルコス『英雄伝（対比列伝）』を素材にして、歴史の語り方につき論じている。

そして続けて寄稿したのが「忠臣蔵」であり、これが徳川思想史について本格的に書き始める直接のきっかけとなった。次回の「武士道――忠臣蔵（2）」（のち「忠臣蔵Ⅱ」に改題）においても引き続き「忠臣蔵」を論じたあと、その末尾で、さらに徳川時代の「儒学」の分析へと筆を進めると予告している。こうして「考へるヒント」の徳川思想史のシリーズが始まるのである。

一面では、「忠臣蔵」をめぐって書いた二篇においてもまた、「歴史と文学」（一九四一年）や「平家物語」（一九四二年）で語ったのと同じく、過去の史実を記録したテクストを読み、その時代に活躍した人々の行動する姿を「生き生きと」想像する、小林の歴史叙述の方法が展開されている。しかもここでは、『平家物語』について論じたときのような、物語として作品化されたテクストを素材にする手法はとっていない。「忠臣蔵」で小林は、元禄十五年十二月（西暦で正確には一七〇三年一月）、赤穂義士――ここでの小林による呼称は「赤穂浪士」――の討入りのさいに大石内蔵助良雄が掲げた趣意書「浅野内匠頭家来口上」を紹介し、さらに浅野内匠頭長矩が公儀から切腹を命じられたさいに、赤穂藩浅野家の「家中」一同に対して遺した伝言を紹介している。二代目竹田出雲らが史実をもとにして創った作品である『仮名手本忠臣蔵』ではなく、関連史料を集めた鍋田晶山編『赤穂義人纂書』第一、第二、補遺（国書刊行会、一九一〇年～一九一一年）や、徳川末期に漢文で書かれた青山延光『赤穂四十七士伝』（藤田東湖序、嘉永四・一八五一年刊）をおそらく参照して、議論を進めているのである。

ここで小林は、たとえば歴史家の書いた研究論文よりも、文学者による歴史小説の方が、史料から確定できる事実よりも深く広い「真実」を理解するためには、ずっと役に立つと論じているわけではない。あくまでも史料を集め、正確に読解した上で、歴史を語る営みを前提としている。その上でまず第一に、史料批判を通じて過去の事実を確定する作業にとどまる実証主義に対する批判を試みるのである。

そして批判の第二の対象としては、マルクス主義史学が代表するような、人類史には時代の違いを超えて働いている発展法則が、客観的に存在すると考える歴史観。それは現代人の価値観から過去の事件の是非を論じる道徳的な歴史叙述とは必ずしも同じではないが、前近代に生きた人々よりも現代人の方が、知的また道徳的に優れているという判断を暗黙の前提として、前近代から近代へと至る進歩の跡を確証しようとする。

この両者とは異なる「歴史」の語りを、史料から読み取れる内容と矛盾しないかぎりで展開すること。それが、「戦争について」(一九三七年)から一貫して示される小林の姿勢であった。主に強調しているのは後者に対する批判であるが、前者への言及もまた「忠臣蔵」では、浅野内匠頭が辞世の歌を詠んだという言い伝えについて、史料上の「確証」がないという理由で無視する歴史家に対する批判として顔をのぞかせている(十二-225)。

発展史観に基づいた歴史叙述を批判するさいに「戦争について」では、フリードリヒ・ヴィルヘルム・ニーチェの著書『反時代的考察　第二篇　生に対する歴史の功罪』(Friedrich Wilhelm Nietzsche, *Vom Nutzen und Nachteil der Historie für das Leben*, 1874)の第五章から、「歴史〔Geschichte〕から歴史〔Geschichten〕以外の事が何一つ起らない様に歴史〔Geschichte〕の見張番をしてゐる」という文句を引用していた(五-253)。人類が発展してきた過去の歴史の総体のうちに、神の意志によって裏打ちされた理性の自己展開という物語(Geschichten)を見ようとする、G・W・F・ヘーゲルの歴史哲学が、この箇所における批判の対象である。大石紀一郎によれば、ドイツ観念論と結びついた「歴史的知識の寄せ集め」を、プロイセン国家が大学入学者の選抜基準とすることに対する反感もこめられているという(『ニーチェ事典』項目「『反時代的考察』」)。ニーチェから見れば、「客観的」ではあるが断片的な知識の集積によって、現在の人間の生の働きを押しつぶす「歴史の過剰」が人々の精神を支配している。そこでは、これまで人類や自国民がたどってきた歴史から読み取られた、一本の筋道だけが指定され、現代人がその延長線からはずれた方向へむかう自由は、まったく封殺されてしまう。

ただし人間が動物と異なるのは、過去を忘れるだけでなく思い出すことにあり、「歴史の過剰」もまたそうした人間の条件に根ざしているとニーチェは考える。しかし、統一された発展史の物語としての歴史は、これまでの人間活動の積み重ねの上に現代人の生が成り立っていることを強調し、その蓄積によって定まった一つの筋道を、今後も歩まねばならないと告げる。そうした物語の重荷を振り捨て、未来に向けて過去を再構成すること。それが、現在を真剣に生きる人間のための真の歴史叙述にほかならない。その営みにおいて人は、記憶と忘却を不断に繰り返しながら、現代人にとってまったく異質な過去の人々の思想やふるまいも含めた、さまざまな出来事（Geschehen）を取捨選択し、現代の視点から歴史を新たに再構成する。

本章第一節で引いた小林の「歴史について」（一九三八年）に見える「歴史は神話である」という断言については、ポール・ヴァレリーの「神話に関する小書簡」（*Petite lettre sur les mythes*, 1928）を参考にしているという見解がある（郡司勝義『歴史の探究——わが小林秀雄ノート・第三』二一〇頁）。だが、「歴史的なものと非歴史的なものとは、個人なり民族なり文化なりの健康のために等しく必要である」（『生に対する歴史の功罪』第一章、大河内了義訳）というニーチェの主張を自己流に翻案したものでもあるだろう。林房雄との対談「現代について」においても、「歴史の本体は神話だ」と語ったあとに、「歴史の過剰」に支配された「歴史病患者」に対するニーチェの批判を紹介している。こうした姿勢からすれば、明治時代の国会開設、日清・日露戦争、「韓国併合」といった同時代の事件から出発して、過去へと歴史をさかのぼって叙述する吉田東伍『倒叙日本史』は、一貫した発展法則に従って通史を構成する「歴史病」とは異なり、現代の生に立脚して構成された歴史書として推奨すべき書物なのであった。

一九五〇年に創元社で『ニイチェ全集』の刊行を始めたさい、小林は内容見本に推薦文を寄稿し、こう述べている。「私は、青年時代から、ニイチェを愛読して来た。今も愛読してゐる。やり方は、いつも同じだ。気がめ入つた時なぞ、何処でもいゝ、ニイチェを開いて読む、そして考へる元気を貰ふ」(「ニイチェ」九-333)。一九三〇年代後半の時代状況をにらみつつ「日本文化史」講義を準備する過程で、実証主義の歴史家やマルクス主義の理論家とは異なる「歴史」の語り方を、いかにして編み出すか。小林はそのことに苦心していたとき、改めてニーチェの著作を読み直しながら、みずからの方法論を練り上げたのだろう。

そこには、一九二六(大正十五)年に羽仁五郎による日本語訳が刊行された、ベネデット・クローチェ『歴史叙述の理論と歴史』(Benedetto Croce, *Teoria e storia della storiografia*, 1920)を通じて、ニーチェの見解を明確に理解し直したという事情もあったかもしれない。この本の冒頭に見える「すべての真の歴史は現代の歴史である」(羽仁五郎訳)という言葉を、のち一九七〇(昭和四十五)年に、国民文化研究会が主催する全国学生青年合宿教室で行なった講義「文学の雑感」(国民文化研究会・新潮社編『学生との対話』所収)で紹介している。「自由」の理念が歴史を動かしているという進歩史観に立つクローチェの立場と、ニーチェのそれとは大きく異なるが、クローチェのこの命題を念頭に置いて読むと、『生に対する歴史の功罪』の内容がくっきりと整理されてくる。また、人間の精神がさまざまな史料を総合する歴史叙述の営みを過去の「思い出」

(memorie　羽仁訳では「追憶」)と表現し、「生の発展がそう要求するにしたがって、死んでいた歴史はふたたび蘇り、過去の歴史はふたたび現在となる」(『歴史叙述の理論と歴史』第一部第一章第三節、羽仁五郎訳)と説くクローチェの筆致に、小林の歴史方法論はむしろ近い印象がある。

史料のテクストに記された言葉から、過去に生きた人々の姿を生き生きと想像し、共感する。それが「歴史と文学」や『無常といふ事』に収められた諸篇、さらに「忠臣蔵」で小林が展開する、歴史の語りの特徴であった。たとえば「武士道――忠臣蔵(2)」(『文藝春秋』一九六一年三月号、のち「忠臣蔵Ⅱ」に改題)では、赤穂義士の一人、堀部安兵衛と義理の叔父・甥の関係を結んでいた老武士、菅野《すがの》六郎左衛門が、同僚の武士から決闘を申しこまれ、それを受けて高田馬場での果たし合いに向かった出来事について、こう語っている。「彼は、相手に奸策のある事を推察してゐたし、行けば討たれる事も、討たれゝば妻子が苦しむ事も承知してゐたが、刻限たがへず出向いた。彼は、既に老人であり、血気に逸《はや》つたわけでもなし、無論、安兵衛の助太刀を当てにしてもゐなかつた」(十二―240)。

小林の記述は、きびしい覚悟をたたえた老武士の表情が、読者の脳裏にも映像として浮かぶような語りである。そうした歴史の映像が、現代人にとってみずからの姿を顧みるための「鏡」となり、また教訓としての「鑑」となる。「歴史と人生」では、田中美知太郎から聞いたトゥキュディデスに関する話題にふれたあとで、「世の中は移り変るが、人間といふものは変らぬものだといふ感慨」「歴史は鑑であり或は鏡であるといふ考へ」が、東西を問わず「極めて常識的な考へ」だと述べている(十二―205)。そして小林の考えでは、「歴史の鏡に映る見ず知らずの幾多の人間違に、己れの姿を観ずる」、すなはち過去の人々の生死のようすを、現代に生きる自分が経験する出来事であるかのように想像し、深く了解する「思ひ出」が、すなわち歴史の語りにほかならない（十二-207）。同じ随筆では、トゥキュディデスの『戦史』に心酔したアーノルド・トインビーの「開眼」について、「内観」というベルクソン風の小林好みの用語で説明してもいる（十二-206）。

「思ひ出」としての歴史。このとらえ方は、先にふれた「歴史について」（一九三八年）において、「既に土に化した人々を蘇生させたいといふ僕等の希い」（六-107）としてすでに顔を覗かせていた。さらに講演「文学と自分」（『中央公論』一九四〇年十一月号）では、「刻々に変る歴史の流れを、虚心に受け納れて、その歴史のなかに己れの顔を見る」態度こそが正しいと述べている（七-144）。これもまた、遠い過去の出来事が記されたテクストを読み、その内容をみずからの「思ひ出」として再構成する想像力の働きによって可能となる境地だろう。そうした「思ひ出」の働きを通じて、「私達の日常の生活感情の、性質を変へぬ拡大」を果たし、「私達は、歴史のなかに暮してゐるといふ真面目な実感」を得る。そうした実感のことを、「考へるヒント」のうち幻となった一篇「歴史」では、「歴史感情」と呼んでいる。

一般論として言えば、「思ひ出」としての歴史は、国民国家におけるナショナリズム感情を支えるものとして持ちだされることが多い。フランスでエルネスト・ルナンが一八八二年に行なった講演『ナシオンとは何か』（Ernest Renan, *Qu'est-ce qu'une nation?*）の例が有名である。その第三章でルナンはこう語る。「ナシオンとは魂であり、精神的原理です。実は一体である二つのものが、この魂を、この精神的原理を構成しています。一方は過去にあり、他方は現在にあります。一方は豊かな思い出〔souvenirs〕の遺産の共有であり、他方は現在の同意、ともに生活しようという願望、共有物として〔indivis〕受け取った遺産を運用し続ける意志です」(鵜飼哲訳。訳文は一部改めた)。かつて過去の時代において、このナシオンの存続のために身を捧げた偉人たちをめぐる思い出。それをともに想起することが、国民の共同体としてのナシオンの一体感の基礎をなすのである。

小林もまた、「私達」が「歴史のなかに暮してゐる」と語っており、そうした歴史のとらえ方は、時代の違いをこえて存続する日本語話者の共同体が共有する「思ひ出」という含意と無縁ではない。『大日本史』や『神皇正統記』に言及する文章も、そこだけ取り出したならば、ナショナリストの歴史論と似た印象を帯びるだろう。だが、ナシオンの構成員がともに継承してゆく「共有物として」というルナンの表現に見えるような、人と人とのつながりの意識は、小林の議論には稀薄である。小林が強調するのは、むしろ「思ひ出」の内容をなす事実の一回性と、その掛け替えのなさを全身で受けとめながら思い出す、個人の想起の営みであった。読者にむけて、ルナンの言う「ともに生活しようという願望」をさらけ出し、ナショナリティを共有する者どうしで、いま属している国家の営みを支えようと呼びかけるような気配は薄い。

最初の歴史論である「歴史について」(一九三八年)をのちに改訂増補し、『ドストエフスキイの生活』の「序(歴史について)」(『文藝』一九三九年五月号。同月に刊行した『ドストエフスキイの生活』単行本にも再録)として再発表したさい、歴史のなかの出来事が「唯一回限り」であると小林は強調し、「歴史は人類の巨大な恨みに似てゐる」(六-108)と記した。そして、かつて子供の死を経験した母親が、その遺品を前にしたとき、「悲しみ」に再び襲われ、「悲しみが深まれば深まるほど、子供の顔は明らかに見えて来る」と説いている（六―109）。「さゝやかな遺品と深い悲しみとさへあれば、死児の顔を描くに事を欠かぬあの母親の技術」と同じ技術が、歴史を書く者には求められるというのである（六―115）。

小林の思想において、母親という主題が持っている重みについては、『モオツァルト』を論じたさいにふれたが、ここでもそれが顔をのぞかせている。だが、悲しみの感情を通じた他者との強い一体感を礼賛しているわけではない。小林が指摘するのは、「死児の顔」をありありと思い浮かべる、母親の視覚的な想像力の働きである。そして同じ想像力が、史料を読み解き、古物にふれながら歴史を書く歴史家には求められると説いた。いま生きている子供の赤ん坊だったころの顔を、母親が思い出す場合であれば、その映像は現在の成長した姿と重なりながら浮かんでくるので、赤ん坊の顔を単体で再現したものとはならない。「死児」の例をとりあげたのは、もはや存在しない人の顔を思い描くという設定によって、歴史家が目の前の現実を離れ、過去の事件や人物の姿をありありと思い浮かべる営みを、純粋な形で示すためだったと思われる。

「一ツの脳髄」（一九二四年）、「女とポンキン」（一九二五年）といった小林の小説が第一次『小林秀雄全集』の第二巻（一九五〇年）に収められたさい、大岡昇平はその「解説」で、作風の特徴を「視覚」の強調に見いだしている。その理解をおそらく承けて河上徹太郎も、第二次全集の第一巻（一九五七年）の解説で「彼の感受性の特徴は、先づ極めて視覚的なことである」と断言した。先に引用した第二次全集第六巻の解説では、「死児の顔」を思い浮かべる母親に関する小林の言及について、「然しこの言葉は世間から、感傷的な主観論のやうに誤解されたのは残念である」と語っている。「視覚」の人である小林にとってまず重要なのは、「思ひ出」が映像としてくっきりと浮かんでくることであり、続いてその映像の奥から沁みでるようにして、たとえば悲しみのような過去の感情が伝わってくるのだろう。

したがって、歴史の「思ひ出」に関する小林自身の語りもまた、史料の行間を読み解くことで想像した映像を鮮やかに表現している。連載「考へるヒント」にはもう一度、「歴史」と題した回（『文藝春秋』一九六三年五月号）があるが、そこでは歴史を書く態度について、次のように語っている。

私達の歴史に対する興味は、歴史の事実なり、歴史の事件なりのどうにもならぬ個性に結ばれてゐる。ある事件が、時空の上で、判然と局限され、他のどんな事件とも交換が利かぬ、さういふ風な過去の諸事件の展開が、現在の私達の心中に現前してゐなければ、私達の歴史的興味は、決して発生しない。何故であるか。誰も知らないのだ。歴史資料の高度の分析や整理には、なるほど専門的な学問も必要であらうが、歴史資料といふ言葉は学問が発明したのではない。この言葉は、何故だか知らないが、過去は過去のまゝ現在のうちに生きてゐるといふ、心理的事実に根を下してゐる。或る資料から、信長といふ人を理解する方法は、現に見聞してゐる隣人の行動や話から、その人を直知する方法と、根柢的には少しも変らない。一片の資料と現在の生活経験さへあれば、仮説も理論も介在させずに、過去の人間を生きかへらせる事が出来る。（十二―436）

「歴史について」と同じく織田信長が登場するところも、戦国時代に対する小林の関心を窺わせて興味ぶかいが、事件の展開が「私達の心中に現前」するとか、「過去は過去のまゝ現在のうちに生きてゐる」「過去の人間を生きかへらせる」といった言い回しに、「思ひ出」としての歴史の視覚的な性格がよく表われている。第二章ですでに見たように、講演「歴史の魂」（一九四二年）にも、「歴史を記憶し整理する事はやさしいが、歴史を鮮やかに思ひ出すといふ事は難しい、これには詩人の直覚が要るのであります」（七―375）とある。「鮮やかに」思い出すというところに、視覚との関連が示されている。

この場合、「鮮やかに思ひ出す」すぐれた歴史家の能力と通じるような「直覚」を駆使する「詩人」として小林が想定しているのは誰か。青年時代から愛読したアルチュール・ランボーは、友人ポール・ドメニーに宛てた一八七一年五月十五日の手紙、「見者（voyant）の書簡」として知られる文書の一つにおいて、詩人は「見者」でなくてはならないと説いた。その箇所を小林は「ランボオⅢ」（一九四七年）のなかで紹介し、「千里眼でなければならぬ、千里眼にならなければならぬ」（八―119）と訳して引用している。「千里眼」という訳語は、のちに第五章で述べるように小林が一時期入信した大正・昭和初期の新宗教と共通する空気が漂っているが、ランボーの言う「見者」は、通常のあらゆる感覚を壊乱させる試みを通じ、眼前の現実を超えて未知なるものに到達する人間のことを意味する。小林の表現によれば「疑ひ様のない確かな或る外的実在に達する事」（八―120）である。通常の視覚による映像では示せない、超越的な「或る外的実在」との衝撃的な出会い。そうした経験を表現するために、小林は「千里眼」の語を用いたのであろう。はっきりとした映像を想像する「思ひ出」としての歴史とは異なるが、視覚の比喩を用いた点でつながるところがある。

だが、小林がその文章で言及する作家たちのうち、とりわけ日本の歴史をめぐる言説に関して、そうした「詩人」の候補者として考えられるのは折口信夫である。随筆「偶像崇拝」(『新潮』一九五〇年十一月号)で、高野山の陳列館で観た国宝の阿弥陀聖衆来迎図《しょうじゅらいごうず》から、折口の小説『死者の書』(一九三九年初出)と、その自作解説として書かれた文章「山越しの阿弥陀像の画因」(一九四四年)とを連想し、両者の内容を論じている。折口の作品は、高野山の来迎図と同じく、平安時代の末期に源信(恵心僧都)が『往生要集』で述べた浄土仏教の教義に基づいて描かれた、「山越し阿弥陀」の仏画から着想を得て成ったものであった。京都の金戒光明寺や禅林寺(永観堂)など、さまざまな場所に残された「山越し阿弥陀」の図像に、折口は「山越しの阿弥陀像の画因」で言及している。

折口の説くところを、小林はこう紹介する。日本には古来、「日を拝む信仰」があり、春分・秋分の日の前後に女たちが「朝は日を迎へて東へ、夕は日を送つて西へ」、野や山を巡拝する「山ごもり」「野遊び」の信仰形態があった。その上に仏教の浄土信仰が入りこんで、沈む夕日を見つめながら極楽浄土を想像する「日想観」の修行となったが、そののちも「彼女達の肉体」には古来の信仰が残り、一年に二回、女たちが「日祀り」にさまよい出る風習が強固に残っていた。奈良の西の境界に接する「当麻《たいま》の地はづれ」で生まれた源信もまた、「幼い日に毎日眺めた二上山の落日」に、熱心な信仰者が臨終するときに阿弥陀如来が浄土から迎えに来る姿を幻視した。その結果として、巨大な阿弥陀如来が山の向こうから現れる、日本独特の「山越し阿弥陀」の図と、その信仰が生まれたのである。みずから二上山に沈む夕日を見た体験に基づいて、源信の「素直な感動」を継承し、それを『死者の書』の物語へ結晶させた折口信夫について、小林は「自ら〔仏教者の名前として〕釈迢空と名告《なの》るこの優れた詩人」（九―407）と呼んでいる。『死者の書』の主人公である「藤原南家の郎女《いらつめ》」は、秋分の日の日没のとき、平城京にある自邸から西方の二上山を眺め、そこに輝かしい「仏の幻」を観た。そして「昔乍らの日祀りの女の身体」として、二上山の方へとさまよい出てゆく。――折口信夫が二上山の二つの峰のあいだに沈む夕日を観る。源信が同じ風景に仏の姿を幻視して、「山越し阿弥陀」の図の原型を描く。小説中の郎女が、やはり同じ場所に現われた仏の姿に圧倒され、魅かれてゆく。ここでは、現実と想像の中の夕日の映像が何重にも重なり合いながら、現に目の前にある風景の奥に潜む、本当の現実の像を見いだす試みへと、人を衝き動かすのである。そうした想像力の運動は、小林がランボーの「見者の書簡」に関して指摘した、「千里眼」を通じての「或る外的実在」との出会いと共通するものであろう。

　そして「思ひ出」の働きを通じて、過去の時代のありさまを映像として想起することも、小林にとっては同じ意味を持っていたと考えられる。徳川時代の思想家のなかで、本居宣長をもっとも高く評価した大きな理由は、「古《いにしえ》」の時代のありさまを、鮮烈な映像として思い浮かべようとする、その思考方法にあったのではないだろうか。先にとりあげた、小林がベネデット・クローチェについて言及した学生むけの講義「文学の雑感」では、寛政十（一七九八）年、『古事記伝』を三十五年かけて完成したときに宣長が詠んだ歌を読みあげている。

古事《ふること》のふみをら読めば古《いにし》への手ぶり言《こと》問ひ聞見る如し　（『石上稿』詠稿十八）

ここに言う「言問ひ」を「会話、言葉、口ぶり」と小林は解して、「これはつまらない歌のようだけれども、宣長さんの学問の骨格がすべてあるのです。宣長の学問の目的は、古えの手ぶり口ぶりをまのあたりに見聞きできるようになるという、そのことだったのです」と語っている。たとえば『源氏物語』における会話や和歌のやりとりから、平安時代の人々の姿を思い描くこと。『古事記』の難解な言葉を読み解く作業を通じて、神代に生きた神々や、古代の人々について、その会話や身体のふるまいを想像すること。日本の古典に関してそうした作業を地道に進め、「古へ」のありさまを鮮やかに幻視した学者として、宣長は小林にとって、とりわけ重要な思想家だったのだろう。

そして同時に、そこで観得される「思ひ出」としての「古へ」の像の背後には、現実を超えた「或る外的実在」の働きが潜んでいると宣長は考えていたはずだ。そうした予感を持ちながら、本居宣長の思想を読み解いていこう。小林が一九五〇年代後半に徳川思想史に本格的にとりくみはじめ、とりわけ宣長の著作に魅きこまれた背景には、そんな関心が働いていたように思われる。

第五章　伝統と近代

一　歴史の穴

第四章でふれたように、『文藝春秋』に連載された「考へるヒント」のうち、一九五九年十二月号に載った「歴史」は、単行本の『考へるヒント』には収められていない。河上徹太郎が近代日本の知識人について論じた著書である『日本のアウトサイダー』（中央公論社、一九五九年九月）が刊行されたのを受けて、「近頃読んだ本のうちで、河上徹太郎の「日本のアウトサイダー」を面白く読んだ」という言葉で始まる一篇である。そして次号、一九六〇年一月号でもさらにこの本についての議論を展開し、「見失はれた歴史」（初出誌では現代仮名づかい）と題している。この二篇は、本文を歴史的仮名づかいに改めた形で、『日本現代文学全集　第六十八巻　青野季吉・小林秀雄集』（講談社、一九六二年十二月）に再録されている。

しかし『考へるヒント』第一巻は、十二月号の「歴史」を再録せず、「見失はれた歴史」の冒頭を改訂して、そこに「歴史」の書き出しの数行を加えた一篇を、「歴史」の題で収めている。このときに「河上徹太郎君」と「君」づけに改めているのも興味ぶかいが、これ以後、本来の「歴史」は題名と書き出しを残したのみで、幻の作品になったのである。いったん文学全集に収めていた「歴史」を、単行本『考へるヒント』では削除し、その後刊行された第三次・第四次『小林秀雄全集』でも再録しないままとなった。結論だけを先に言うなら、それはおそらく、この一篇の論旨が含んでいる不整合に小林自身が気づいたせいではないだろうか。

先にもふれたように、この幻の「歴史」で小林はこう語っている。「昨日を思ひ、明日を考へて生きる、私達の日常の生活感情の、性質を変へぬ拡大が、そのまま私達の歴史感情である。私達は、歴史のなかに暮してゐるといふ真面目な実感である」。「マルクス主義者」や「所謂進歩的歴史家」が、社会が一つの方向に沿って発展してゆく過程として歴史をとらえ、進歩を果たした現代における価値観に基づいて、過去の人物や制度の「歴史的限界」を好んで論じることに対する批判である。「過去は取り返しのつかぬものの思ひ出であり」という表現もあり、「歴史について」(一九三八年)以来の小林の歴史論の立場を繰り返したものと見ることができるだろう。一篇全体の論旨も、大半はこの主張に沿って展開されている。

ところが、河上の『日本のアウトサイダー』の内容のうちで小林が注目し、この「歴史」で紹介する逸話は、現代に生きる「私達」の「日常の生活感情」によっては理解も共感もできない、奇妙な行動の記録なのである。『日本のアウトサイダー』は、中原中也、萩原朔太郎、内村鑑三、岡倉天心、大杉栄、河上肇、岩野泡鳴といった近代日本の作家・知識人たちを、「幻《ヴィジョン》を見る人」としての「アウトサイダー」と呼び、それぞれに一章をさいて論じた本であった。小林は「この列伝の中では、岡倉天心を特に面白く読んだ」と記して、河上が紹介した逸話に詳しくふれている。

岡倉天心が東京美術学校に教授として招聘し、続いて一緒に日本美術院の創立にあたった日本画の老大家、橋本雅邦《がほう》は一九〇七(明治四十)年秋から胃がんを患い、自宅で一進一退の療養生活を送っていた。天心はこの年の十一月から渡米し、ボストン美術館中国・日本美術部での業務を再開する予定だったため、最後の面談になることを覚悟しながら、病床を訪れることになる。

そのようすを小林は次のように記す。

天心は、雅邦を深く信頼してゐたが、雅邦が危篤だといふので、アメリカ行の船を延ばし、見舞に来た。病人を見て、こりやどうもいけないね、と言つて、並ゐる見舞客の中で、持参の弁当を開けて、ムシャムシャ食ひ出した。食ひながら、おかずの肉切れを、箸でつまんで差出すと、瀕死の病人は、これを手で受け、一と口で食べて了つた。これを見た天心は、やにはに弁当箱を抱へて廊下に飛び出し、泣き出した。

これは、齋藤隆三『日本美術院史』（創元社、一九四四年）に載っている回想に基づくもので、雅邦の弟子であり養子となった画家、橋本静水による目撃談である。小林が顧問を務めていた創元社の刊行書であるから、それが出た時に目を通したのだろう。「歴史」で小林は、「戦争中」に「たまたま、天心に関する或る逸話を知り、天心といふ人は、きつとかういふ人だつたに相違ない、調べて書けば、さぞ面白からうと考へた事がある」と書いた上で、この逸話を紹介している。河上と小林の両者にとって、深く印象に残った記述だったのである。

さらに、「戦争中」に岡倉天心に対して関心をもったのは、そのころ天心について「大東亜主義者だとか日本主義者だとかと騒ぐのを、ばかばかしく、退屈に思つてゐた」せいだと小林は述べ、「ただ、彼の心にあつたものは、イデオロギイではない、美だ、と感じてゐた」と回想している。河上は『日本のアウトサイダー』の「岡倉天心」の章の冒頭で、「天心は明治期を通じての大ロマンティストであつた」と述べ、「誤解されることがなければ、彼の存在をその赴くままに伝説化する」態度で天心について書くと宣言している。橋本雅邦の病床における挿話も、「ただの義理人情」の実践をこえた、美術への愛と大画家への尊敬が渾然一体となった感情の爆発をよく示すものとして引いたのである。小林もまた天心はひたすら「美」の追求者だったと書いているから、天心が「きつとかういふ人だつた」とはどういう意味かと尋ねられたら、河上と同じように答えたかもしれない。

しかし、瀕死の病人の枕元で弁当を食べ、それを病人にも食べさせたあと、部屋を飛び出して泣くという行動は、「美」の創造と教育をともにした大画家との永訣という背景があったにせよ、きわめて唐突で理解しがたい。もともと『日本美術院史』が紹介する橋本静水の回想談は「雅邦翁の最後の時の天心先生とのお別れは、両雄の永別として特に注目すべきものでありました」と語り始めるもので、天心のさしだした「牛肉の一ト切れ」について、「すぐに手を出して之を受け」たという雅邦の頑健さについても触れている。静水の談話は、師に対する天心の行動の無礼さへの批判も、「両雄」の一語に皮肉としてこめていたのかもしれない。これに対して「歴史」に記された小林の紹介においては、瀕死の病人に肉を食べさせる天心の行動の突飛さ、不可解さがきわだっている。しかも「義理人情」に言及する河上とは異なって、この逸話を理解する助けになるような説明を、読者に対して示すことがない。

さらに小林はこの逸話にふれたあと、河上の「誤解されることがなければ」という記述から独自の方向へ考察の線をのばして、「誤解は、特に現代に於いては、必至なのである」と記し、過去の人物をありのままに理解することの困難さへと論を進めてゆく。そして、史料や文書が伝える過去の歴史の「不透明」さ、現代人にとっての理解の難しさについて語るのである。

歴史を見る主観的立場だとか客観的立場だとか言ふ空言を弄する事を止めよう。歴史といふ実在は、その間に合せの見方さへあれば安心が出来るやうなものではない。筋の通つた解釈や論議とは、何か根本的に異なつた、不透明な、強固な或る物だ。私達の生活は、その事を直覚してゐる。こんな常識的な話はない。

「歴史」一篇の全体を見れば、この言葉の前後では「私達が歴史の中に生きてゐるのだ、といふ私達の実感」や、過去の人々に対する「共感的理解」など、「思ひ出」としての歴史という小林の従来の歴史論と同じ主張が繰り返されている。だが、この一節にのみ着目するならば、そこで示されているのは、そうした「実感」や「共感的理解」をはねのけてしまうような、過去と現在との間にある断絶の壁にほかならない。

過去の時代の人々が、現代人と同じような思想や感情を抱いて生きていたと言えるのか。この一節がつきつけるのは、そうした歴史の「不透明」さであり、「共感」や「思ひ出」を通じた想像の働きを拒絶してしまう「強固」な壁であろう。『日本美術院史』が記す、明治時代の岡倉天心の行動はその一例であり、その突飛な行動の奥にいかなる理由があったのか、なぜその逸話に自分が惹かれるのか、小林もまた説明しえていない。過去の人々に関する「共感的理解」を説くあいまに、その可能性を否定する歴史の「不透明」さを述べる点で、「歴史」の一篇のうちには論旨の不整合が横たわっている。それに気づいたために、単行本『考へるヒント』では削ることにしたのだろう。

すでに序章でもふれたことであるが、この幻となった「歴史」の回のほぼ一年後に掲載した「忠臣蔵」（のち「忠臣蔵Ⅰ」に改題、一九六一年一月号）で小林は、「歴史の穴」の存在について語ることになる。いわゆる赤穂事件、もとは播磨国の赤穂藩に仕えていた四十七人の浪士が、主君であった浅野内匠頭長矩の敵を討つという目的で、高家旗本であった吉良上野介義央の屋敷に討ち入り、殺害した。その事件をもたらした原因は、その前年にあたる元禄十四（一七〇一）年の三月十四日、江戸城本丸松之廊下で浅野が吉良に突然斬りかかって傷を負わせた結果、公儀から即日、浅野は切腹、浅野家は取りつぶしという処分が下ったことであった。

吉良を斬ろうと思った瞬間から、処分を受けて切腹するまでの短い時間に、浅野が何を思っていたか。ほかの人物と言葉を交わしたという「言ひ伝へ」がいくつか残っているとはいえ、「彼の心事を推測する足し」にはならないと小林は説く。「彼は、上野介に切付けた時、思ひ知つたかと大声を発したと言はれるが、それが確かでないとしても、思ひ知つたのは当人であつた事に、間違ひあるまい。ところで、彼は、何を思ひ知つたのか」（十二―221）。「思ひ知つたか」は、公儀の御留守居番を務めていた梶川頼照による目撃談の記録に「此間の遺恨覚えたるか」と記されている言葉（「梶川氏筆記」、『赤穂義人纂書』第二、所収）を元にしているのだろう。だが、何を「遺恨」としていたのか、また事に及んだあとに何を思っていたのかは、まったくわからない。歴史の記録からは理解することのむずかしい、過去の人物の「心事」。それについて小林は「忠臣蔵」で、長い時代にわたる歴史の発展法則にしか関心をもたない「歴史家」の態度を批判しながら、「こゝに、歴史家が、素通りして了ふ歴史の穴ともいふべきものがある」と指摘したのである。「考へるヒント」の連載で「忠臣蔵」の次回にあたる「武士道――忠臣蔵（2）」（「忠臣蔵Ⅱ」、『文藝春秋』一九六一年三月号）は、第四章でふれたように赤穂義士の一人、堀部安兵衛武庸《たけつね》の義理の叔父である菅野《すがの》六郎左衛門の決闘をめぐる挿話を紹介する。元禄七（一六九四）年二月に起きたこの決闘については、助太刀を引き受けた堀部安兵衛（当時の名字は中山）が、六郎左衛門が仕えていた大名家、伊予西条の松平家に宛てて提出した報告書「二月十一日高田馬場出合諠嘩之事」（細川家文書に含まれると言われる）が残っている。

その史料によれば、決闘に赴く途中で六郎左衛門は安兵衛の居宅に立ち寄り、こう語りかけたのだった。「先様《さきさま》相手これ在る可くも計り難く候」。「万一我等討たれ候はば　貴殿事　跡の妻子等引き受け　又は敵を討ち給はる可く候」（斎藤茂編『赤穂義士実纂』の引用による）。決闘相手の武士、村上庄左衛門は助太刀の侍を多数連れているかもしれない。もしも私が負けて殺された場合、安兵衛には、遺された妻子の面倒を見るか、あるいは自分のための敵討を、村上に対して行なってほしい。小林が依拠した史料が何だったかは明らかでないが、おそらくこの程度の簡単な描写にすぎないものだろう。その記述から、覚悟を決めて決闘に赴く老武士の姿を想像し、鮮やかに描きあげるようにして語っていることは、すでに紹介した。

この六郎左衛門の行動について、小林はこう評価する。「これは、もう自然児の行為ではない。

「武士が立たぬ」「一分《いちぶん》が立たぬ」といふ観念が、彼に取り付いたのである」。「率直に、この老人の置かれた状態に身を置いて思へば、何か恐ろしいものがはつきりと見えて来るだらう。不自然なもの、自然の性情に逆ふもの、逆はなければ生きて行かれぬ思想といふものの裸の姿が見えて来るだらう」(十二-240〜241)。ここで指摘されているのは、己れの名誉を重んじて、与えられた恥辱を全力ではね返そうとする、「武士」の思想が心底までしみついた人物のありさまだろう。だが同時に、「何か恐ろしいもの」という形容は、そうしたモラルによっては理解しきれない、六郎左衛門の行動の烈しさを伝えている。ここにも、浅野長矩の場合と同じような「歴史の穴」がある。

興味ぶかいのは、「忠臣蔵」を語るときに小林が注目しているのが、徳川時代に賞賛の対象となった、赤穂義士の忠誠心ではなく、浅野長矩や萱野六郎左衛門といった人物の心の奥底に潜む「恐ろしいもの」だという点である。赤穂義士の討入りは、主君への忠誠を貫く、武士の男らしさに対する憧れを庶民の間にもかきたて、事件をモデルにした『仮名手本忠臣蔵』は、人形浄瑠璃と歌舞伎の人気の演目として上演され続けた。宮澤誠一の研究(『近代日本と「忠臣蔵」幻想』)によれば、近代になると、日露戦争中からその直後にかけて、浪曲や小説や映画の分野で「義士物」の大流行が起きる。そこで基調となったのは、「忠君愛国」を旨とする「武士道」の体現者として赤穂義士を礼賛する姿勢であった。さらに支那事変の時期には、「忠孝一致」の「日本精神」と結びつけて赤穂義士の顕彰が行なわれるようになった。だが小林は、そうした義士たちの忠誠心の具体的な姿には目をむけることがない。

同じような特徴は、佐賀藩の大名、鍋島光茂に仕えた山本常朝に対する聞き書きを、十八世紀初頭に田代陣基《つらもと》がまとめた書物、『葉隠』に関する小林の取りあげ方についても見ることができる。先にふれたように、小林が支那事変の時期に行なった講演「事変の新しさ」（『文學界』一九四〇年八月号）の末尾に、『葉隠』の言葉が引用されている。『葉隠』は当時、満洲事変・上海事変において佐賀出身の陸軍軍人が活躍したことをきっかけにして、「武士道」の古典として広く注目されていた書物であった。だが小林が引用したのは、主君に対する献身的な奉公を説く言葉ではない。武士としての生き方の「修行」においては、「是まで成就と云事《いふ》はなし。成就と思ふ所其儘《そのまま》道に背く也」（『葉隠』聞書一、ちくま学芸文庫版の本文による）と常朝が語った箇所を引いている。そうすることで小林は、「何か在り合はせ、持ち合はせの理論なり方法なり」を持ちだして支那事変と国内の総動員体制の意義を安直に理解することを戒め、「疑ふといふ事」の重要性を説いたのである（七―108）。

この『葉隠』への言及もまた、明治大学での「日本文化史」講義の内容をおそらく反映させたものだろう。同じ一九四〇年の八月、文藝家協会による「文藝銃後運動」朝鮮・満洲班に参加して、朝鮮と満洲国の各地で行なった講演「文学と自分」（『中央公論』一九四〇年十一月号）においても、『葉隠』に見える挿話を、その書名は伏せた形で紹介している。

それは慶長二十（一六一五）年の、豊臣秀吉・秀頼に仕えた大野治胤《はるたね》（道賢《どうけん》）の死をめぐる言い伝えであった。治胤は徳川家康による大坂城の堀の埋め立てを見て、次に家康は軍勢を堺の町に潜ませて、大坂城を攻めてくると予想し、堺を焼き払った。やがて大坂夏の陣に際して治胤は家康の軍勢によって捕えられ、堺の町人の提案に基づき火あぶりの刑に処せられることになる。そして火あぶりにされても、家康や町人たちの期待に反して、治胤は苦しむそぶりをまったく見せず、じっと動かないまま黒こげになった。だが、処刑を確認する徳川方の「検使」の武士が、すでに治胤は死んだと判断し、処刑の跡を片付けようとして近づくと、治胤は「真黒にからだばかり見え候が、其儘検使に飛掛り、検使の脇差を抜き取り、たゞ一突きに突き殺し、からだは忽ち灰に成り候由」（『葉隠』聞書十）。

小林はこの奇怪な挿話をとりあげ、「僕は、これは本当の話だと思つてゐます。真に自由な人生とは、有りさうな話でも有りさうもない話でもないのだ」と語る（七—145）。「文学と自分」のこの前後のくだりで小林が語っているのは、人間が自分の力ではどうにもできない運命や環境に直面し、それと格闘しながら必然性を超えようとする営みのなかに、「真の自由」があるという主張であった。その「自由」を実践した例として大野治胤に言及しているのであるが、大坂夏の陣で滅ぼされた豊臣氏に対する忠誠を実践したいのなら、捕まったあとになるべく早く殉死を選ぶ方が、武士のモラルに即しているはずである。捕縛された姿で恥をさらし、火あぶりに耐えたあとに小役人を殺したところで、敵討にはならない。名誉感情や忠誠心に関する通常の理解では、説明し尽くすことのできない不思議な挿話。小林はむしろその不可解さに魅力を感じているようである。治胤を衝き動かしたものは、第三章で見たような、自分でも意識できない心の深奥における「情《こころ》」の働きとも考えられるだろう。しかしここではその運動が、他者と自己とを一挙に殲滅しようとする、死の衝動に転化している。

小林と同じく雑誌『文學界』の同人だった阿部知二が戦後に書いた長篇小説『捕囚』（一九七三年刊行）の第四篇第五章には、一九四〇年か翌年あたりの時期の文壇における話として、小林を原型とする登場人物「W」が、『葉隠』の「武士道は死狂ひ也」（聞書一）という有名な言葉に「感嘆」しており、それが日本浪曼派の作家や評論家に歓迎されていたという記述がある。だがこれは、支那事変のころの言論界でもてはやされていた『葉隠』の一側面を小林に結びつけた、阿部による創作だろう。小林自身の関心は、山本常朝が説く忠誠の心構えではなく、治胤の死のようすが帯びている不気味なものに向いている。

常識をこえた不可解さ、それが帯びる恐ろしさは、ランボーやモーツァルトなど藝術分野の天才を論じるさいに、小林がしばしば指摘することである。たとえば「ランボオⅢ」（一九四七年）では、詩を書くのをやめ、商人としてアフリカの沙漠へむかったランボーについて、こう語っていた。「何が彼を駆り立てたのか。恐らく彼自身、それを知らなかつた。僕等も知らぬ。恐らく知つてはならぬ」（八-114）。作品についても人格についても、その奥底に誰も理解できないようなものが潜んでいる。それが小林にとっては、天才と呼ぶに値する藝術家の条件なのである。

だが、浅野長矩、菅野六郎左衛門、大野治胤といった人々は、すぐれた作品にその精神を結晶させる藝術家ではない。大名であった浅野を除けば、事件を起こさないかぎり歴史に名前を残すことがなかったような、普通の武士である。小林はかつて、座談会「近代の超克」第二日（『文學界』一九四二年十月号）において、「歴史が美しいのは、歴史が語り、楠正成といふ死んだある人間がわれわれの解釈を絶した形で在つたといふことなのです」と語っていた。「われわれの解釈を絶した」美という藝術観や、映像による「思ひ出」という発想との関連も思わせる発言であるが、この場合はあくまでも英雄である楠正成が、『神皇正統記』や『太平記』や『大日本史』において、傑出した人物として特筆されていることが前提となっている。

ところが、菅野六郎左衛門と大野治胤はほぼ無名の人物であるし、浅野長矩にしても松之廊下で事件を起こさなければ、世から注目されずに終わっただろう。遠い過去の時代においては、数多くのこうした市井の人物が、現代人から見て「われわれの解釈を絶した」行動を示し、簡単には理解できないような思想を書き記している。のちに小林は『本居宣長』第九章で、同じ時代を生きた中江藤樹と契沖について、「二人が吾が物とした時代精神の親近性」（十四-96）を指摘することになるが、その表現を借りるならば、過去の一定の時代に広まっていた「時代精神」と、現代の「時代精神」との間にある断絶が、ここで問題になってくるだろう。

過去と現代との「時代精神」の違いと、過去の思想について当時の人々が理解したように理解することの難しさ。連載「考へるヒント」において戦国時代から徳川時代にかけての諸思想に検討の対象を広げたとき、小林の前にたちはだかったのは、岡倉天心や浅野長矩といった個人による個々の行動よりも、さらに巨大な「歴史の穴」の存在だったと思われる。「あらゆる動物の中で、人間にだけは、永遠の地平と遠近法といったものが存在しない」（森一郎訳）。――ニーチェが『愉しい学問』（*Die fröhliche Wissenschaft*, 1882）第百四十三節でそう語ったように、過去の時代の人々は、その時代の「時代精神」を抱き、ほかの時代とは異なった思考様式においてものを考え、世界を眺めている。「思ひ出」による想像と共感によっては超えることのできない距離が、過去の「地平」(Horizont)と現在のそれとの間には広がっている。この「地平」は、小林の言う「時代精神」に対応するだろう。「歴史の穴」と記したとき、小林は現在と過去の「時代精神」の間にある距離が示す、測り知れない深淵に向かいあっていたのではないか。

二　戦国と「読書の達人」

小林は応仁の乱から豊臣政権までの時代を指して「戦国時代」と呼ぶが、大野治胤に注目する例にも表われているように、その時代の人々への憧れを何度か示している。林房雄・石川達三との鼎談「英雄を語る」(『文學界』一九四〇年十一月号、全集未収録)では、新井白石の自伝『折たく柴の記』(享保元・一七一六年起草)が記す、父・正済《まさなり》の姿についてこう語っている。「お父つあんは旗本の下級の武士だが英雄の風格がある、立派なんだよ。おやぢが生きて居たのは慶長だな。あの頃の人間そのもの、魅力だよ〔。〕えらいとかいふことではなく、人間全体が非常に健全さを持つてゐる。健康と明朗さを持つてゐる」。

新井正済は、白石が「我父のわかくおはせしほどは戦国の時をさる事遠からず、世の人遊俠を事として、気節を尚ぶならはし、今の時には異なる事ども多く聞えたりけり」と語って紹介した人物である。「気節」を豊かに備えた戦国時代の武士の人格に、「健康と明朗さ」を小林が見いだし、高く評価していることがよくわかる。同じ鼎談では「太閤秀吉」を英雄の例として挙げ、同年の「事変の新しさ」でも織田信長について「用意周到な戦略家」「残酷な頑丈な懐疑家」と呼び、難局を切り抜けるための「活眼を開く勇気」を持っていたと賞賛している。やがて徳川時代の平和な世では失なわれてしまった、雄々しい活力を人々が示した時代として、戦国時代は小林にとっては憧れの世紀だったのである。

戦国時代についての理解を、小林はのちに『本居宣長』（一九七七年）の第八章で詳しく示している。そこでは、この時代に流行した「下剋上」の語と、それが示す世の風潮について、「健全な意味合が隠れてゐる」と評価する（十四-84）。あいつぐ戦乱を通じて、支配層が従来の守護大名から「新人」の大名たちへとすっかり入れ替わり、「武士も町人も農民も」すべての人々が、身分も家柄も頼らず、「裸一貫の生活力、生活の智慧」によって力強く生きるようになったが、他面で前代からの「文明の流れ」がとぎれることはなかった時代。そこで小林は大槻文彦『大言海』第二冊（一九三三年）が、「下剋上」の語解を「でもくらしい」と記していることを指摘するが、江藤淳との対談「歴史について」（『諸君！』一九七一年七月号、全集未収録）では、さらに強烈に「そのとき、日本は日本的にデモクラシーになった」と述べ、「革命」が起きたと呼んでいる。

この時代評価は、明らかに内藤湖南の講演「応仁の乱に就て」（一九二三年）を継承したものである。そこで内藤は、「近頃改造といふ言葉が流行りますが、応仁の乱ほど大きな改造はありませぬ」と述べ、労働争議や普通選挙運動が渦まく大正時代になぞらえて、戦国時代の「下剋上」の風潮を論じていた。そして小林の説明によれば、やがて徳川家康の天下統一によって全国に平和がもたらされ、社会全体の身分秩序が再び固定されるようになると、人々の「智慧」のエネルギーは「己れに克つといふ心の大きな戦ひ」（十四-85）へと向けられるようになる。こうして、儒学をはじめとする「近世の学問」が華ひらく時代が始まるのである。

そして、連載「考へるヒント」の「武士道——忠臣蔵（2）」と、それに続く「学問——忠臣蔵（3）」（『文藝春秋』一九六一年六月号。のち副題を削除）で、小林は「近世の学問」についてみずから考える重要な顔ぶれの系譜を示している。それは、中江藤樹、伊藤仁斎、荻生徂徠と儒学の系列が続き、さらに仁斎の同時代人としての契沖の国学と、仁斎・徂徠の学問の方法との双方を継承する形で、本居宣長が登場することになる。こうした系統図は小林の徳川思想史論において、『本居宣長』、『本居宣長　補記』（一九八二年）に至るまで変わることがない。

この思想家たちについて小林は「学問」において、「彼等は、皆、読書の達人であつた」と記し、「彼等は、たゞ、ひたすら言を学んで、我が心に問うた」という理解を示す（十二-247）。儒学の経書や、『万葉集』『古事記』といった古典の書物は、彼らにとっては「疑ひやうのない与へられた心的事実」であった。仏教の「悟道」に頼って恣意的な解釈を繰り広げたり、あるいは先行の学者による「脚註」を軽信して踏襲するような態度を避け、ひたすらテクストの言葉それ自体に即して、その意味を了解し、心に深く刻みつけること。その作業はテクストの内容を知識として頭に入れるというものではなく、彼らは「書といふ事に当つた」。すなわち、一部だけをとりだして意味を想像するのではなく、自分の理解が適切かどうか、随所を確認する作業をくりかえしながら書物の全体を理解し、その作業を通じて、現代の人間が「いかに生くべきかを工夫する事」（十二-251）。それが彼らの生きた読書、生きた学問の姿であった。

「辨名」（『文藝春秋』一九六一年十一月号）——この表題は、儒学のさまざまな基本概念について論じた荻生徂徠の著書に由来する――に見える表現では、それがこの学者たちによる「古典の熟読愛読」であり、そのようにして「自力で読んで自得しよう」とめざし、「ひたすら、私心を脱し、邪念を離れて、古典に推参したいと希《ねが》つた」（十二-266～267）一群の偉大な学者たちが登場するに至った。それが、藤樹、契沖、仁斎、徂徠、宣長といった人々にほかならない。こうした古典の「愛読」に関する小林の理解については、第二章で伊藤仁斎の『論語』読解をめぐる議論を素材として、すでに見た。

そして、第三章でふれた、村岡典嗣『本居宣長』（一九一一年）に対する批判も、「学問」で徂徠や宣長を「読書の達人」と呼んだ直後の箇所で記している。「例へば、宣長の学問には、既に近代的意味での文献学的方法があつたといふやうな事を言ひたがる。余計な世話を焼くものである」（十二-247）。十九世紀ドイツの古典学者、アウグスト・ベックの文献学（Philologie）の方法と、宣長の主張とを比較してみれば、「宣長学の本質的意義」はヨーロッパの文献学と共通することがわかる。それが、村岡が『本居宣長』の第二編第五章「宣長学の意義及び内在的関係」で説いたところであった。だが小林が「学問」で述べるところによれば、宣長はテクストに対する「愛読」の姿勢を通じて、物をただ「おほらかに見た」のであって、「客観的にも実証的にも見たのではない」（十二-247）。さまざまな史料に基づきながら、古代人の物の考え方、感じ方を「実証的」に明らかにして「客観的」に記述する学問。そのように小林はベックに代表される文献学をとらえ、文献学者として宣長を評価する村岡の研究を批判している。

実際には村岡は『本居宣長』で、宣長が古代人の思想に関する理解と記述の作業だけにとどまらず、その内容を絶対的な道理・道徳として唱える「古代主義」へと突き進んだところに、文献学との違いを指摘している。また近年では、村岡の国学思想研究が、キリスト教と同じような「神学的思想」の発展の跡をそこに見いだそうとする姿勢に貫かれていたことが、新保祐司、前田勉、水野雄司らによって明らかにされている。村岡の思想史学のそうした特徴を含めて考えると、小林の評価はかなり一面的である。実際、小林が強調する伊藤仁斎・荻生徂徠から本居宣長への影響関係や、のちに『本居宣長』の冒頭で紹介することになる宣長の遺言に関する情報は、村岡の著書から得たものと考えられる。それを考えると、文献学との「本質的意義」の共通性を指摘した点のみをとりあげて村岡を批判する小林の姿勢には、奇異なところがある。

おそらくこの批判の底には、小林のニーチェへの傾倒があった。のちに河上徹太郎との対談「歴史について」(『文學界』一九七九年十一月号)で、村岡の宣長研究をとりあげてこう語っている。「ベークという人は、いわば文献学の優等生だろう。優等生では、宣長を説明することは難かしいのだな。文献学もニーチェまで行かないとね」。そこで小林は「文献をたよりに歴史を再建してみせる」仕事にとどまる文献学の限界をこえた、「文献学の過激派」としてニーチェを高く評価するのである(十四-632)。

十九世紀にフリードリヒ・アウグスト・ヴォルフが創始し、その門下生のベックが大成した文献学の若き継承者として、ニーチェは一八六〇年代の学界に登場した。しかしまもなく、史料批判と正確な解釈を方法とする文献学者たちが共有する、理想化された古代ギリシア像に対して、痛烈な批判を展開するようになる。すなわち、当時のドイツ社会を支える教養市民層のモラルに適するような、明るい調和に満ちた世界としての古代の姿を、みずからの文献学の方法を通じて解体しようと試みる。その作業から生まれたのが、陶酔と狂気に結びつくディオニュソス神への信仰のうちに、ギリシア悲劇の一面での起源を見いだす『悲劇の誕生』（*Die Geburt der Tragödie*, 1872）であった。河上との対談で小林は、このニーチェの最初の著書の題名を挙げながら「彼の関心は、遺された文献ではない。文献の誕生だ」と語っている。

徳川思想史に関する小林自身の取り組みも、ニーチェと同じように、現代人が当たり前のものと思っている考え方について、出来あいの歴史知識が説くものとは異なった起源、すなわち「文献の誕生」の瞬間を探りだし、もう一つの歴史を描こうとする関心に基づいていたのではないか。この場合、小林が挑戦しようとする、徳川思想史に関する支配的な歴史像は、以下のようなものだっただろう。一九三七（昭和十二）年三月、天皇に対する絶対忠誠を中核に置いた「日本精神」を、国民の間に教育することを目的として刊行された書物『國體の本義』（文部省発行）はその第二章で、日本独自の天皇統治の国制、すなわち「國體」を論じた思想の歴史を語っている。その「江戸時代の尊皇精神」に関する通史の叙述はこう展開する。

　先に鎌倉時代に於て宋学・禅学が大義名分論・國體論の生起に与つて力があり、延いて建武中興の大業の達成に及んだのであるが、徳川幕府は朱子学を採用し、この学統より大日本史の編纂を中心として水戸学が生じ、又それが神道思想、愛国の赤心と結んでは、山崎闇斎の所謂崎門学派を生じたのである。闇斎の門人浅見絅斎の靖献遺言、山鹿素行の中朝事実等は、いづれも尊皇の大義を強調したものであつて、太平記、頼山陽の日本外史、會澤正志斎の新論、藤田東湖の弘道館記述義、その他国学者の論著等と共に、幕末の勤皇の志士に多大の影響を与へた書である。

儒学方面に於ける大義名分論と並んで重視すべきものは、国学の成立とその発展とである。国学は、文献による古史古文の研究に出発し、復古主義に立つて古道・惟神《かんながら》の大道を力説して、国民精神の作興に寄与するところ大であつた。本居宣長の古事記伝の如きはその第一に挙ぐべきものであるが、平田篤胤等も惟神の大道を説き、国学に於ける研究の成果を実践に移してゐる。徳川末期に於ては、神道家・儒学者・国学者等の学統は志士の間に交錯し、尊皇思想は攘夷の説と相結んで勤皇の志士を奮起せしめた。実に国学は、我が國體を明徴にし、これを宣揚することに努め、明治維新の原動力となつたのである。（『國體の本義』七七〜七八頁）

もちろん、小林が「学問」や「辨名」を発表し、徳川時代の儒学思想史を本格的に語り始めた一九六一（昭和三十六）年には、「日本精神」「国民精神」を中心に置いた思想史叙述は、学校教育や歴史書から、ほとんど姿を消している。だが、一九三〇年代に「日本文化史」講義を始めたころの、政府による公定の歴史像はこのようなものであった。戦後の小林が徳川思想史の研究にとりくんだとき、その記憶はまだ生々しかっただろう。公定の歴史は、「建武中興の大業」から「明治維新」へと至る「尊皇精神」の持続という一本の線を引く。その線上で、儒学に関しては闇斎学と水戸学、国学については本居宣長に加えて平田篤胤の意義を強調し、儒学と国学との双方の「尊皇思想」の系譜が、徳川末期に「勤皇の志士」の精神に流れ込んで、「明治維新」を可能にしたと説明したのである。

これに対して小林は、アナーキーな下剋上、「デモクラシー」の世としての戦国時代に満ちていた、社会のエネルギーを徳川思想史の原点に見いだす。その歴史に関してまったく異なる起源を提示しようとする、「文献学の過激派」としての試みと解することもできるだろう。また、「近世のわが国の学問の真価は、民間学者達の官学への攻勢に現れた」（十二―246）と、中江藤樹・伊藤仁斎・荻生徂徠も、また契沖・本居宣長も、江戸の公儀や大名家に家臣として仕えることをしない「民間学者」であった点を、小林は「学問」から一貫して強調し続ける。『國體の本義』がとりあげる山崎闇斎について「ヒューマニズム」（『文藝春秋』一九六二年四月号）の回で簡単に言及するが、「神道思想」に注目してとりあげているわけではない。水戸学に関しては担い手の学者たちがみな、水戸徳川家に仕える武士であるから、「民間学者」の名簿には入らない。

ただし小林がとりあげる「民間学者」の系譜のうちで荻生徂徠は、公方、徳川綱吉の側用人を務めた柳沢吉保の家臣でもあったから、純然たる民間人とは言いがたい。徳川政権の発足時から「官学」であったと小林が見なしていた――この理解は『國體の本義』にも見えるが、すでに大正期に津田左右吉が『文学に現はれたる我が国民思想の研究』で否定している――林羅山の系統の朱子学を批判する学問潮流という側面に注目して、伊藤仁斎も荻生徂徠も同じく、「民間学」もしくは「私学」（十二―301）としてまとめているのだろう。

その姿勢は、「己れ一人の実力に頼」り（十二―248）、身分秩序を打ち破った戦国時代の人々のエネルギーが、徳川時代には精神の内面における「心の大きな戦ひ」に転化したという変化に関する理解と呼応している。「戦国時代が終り、朱子学が、家康の文教政策として固定してから、実は、思想上の戦国時代は始つた」（十二―248）。民間において、「読書の達人」として古典に立ち向かう態度を共有しながら、先人を批判して新たな学問を打ち出した儒学者・国学者たち。そうしたテクストとの対峙、学問における論争が真剣に展開された時代として、小林は徳川時代を思い描いている。

徳川時代の思想系譜の出発点に中江藤樹を置くのも、小林の徳川思想史像の重要な特徴である。実は、赤穂義士に関する冷淡な扱いに小林が不満を表明した『日本の歴史　第八巻　士・農・工・商』（読売新聞社）のおそらく尾藤正英による叙述は、「〔徳川〕家康が羅山の学問を幕府の官学と定めたようにいうのは、後からの推測であって、事実ではない」（同書一六二頁）と、朱子学と公儀の支配体制との関係について、津田左右吉を継承した見解を示している。その点に小林が従うことはなかったが、他面でこの本における徳川思想史の叙述は、「林家の学風と聖堂」について ふれたあと、最初に「近江聖人」中江藤樹について詳しく論じ、続いて藤樹の門人であった熊澤蕃山を紹介する。「学問」や「ヒューマニズム」の回で、徳川思想史の出発点として藤樹をとりあげ、蕃山にも言及しているのは、この本の構成から示唆を受けたのだろう。なお、尾藤は当時すでに中江藤樹の思想に関する論文を二本（のち『日本封建思想史研究』青木書店、一九六一年九月に再録）発表していたが、そちらについては小林が参照した形跡はない。

中江藤樹は、伊予の大洲《おおず》藩を脱藩し、故郷の近江国高島郡小川村で朱子学・陽明学の学問に専念した。まず「脱藩者の学問」（十二-301）を営んだ点が、小林にとっては徳川思想史の出発を画する人物としてふさわしかった。そして藤樹が心の内面の修養としての「心法」「心学」を強調したことに小林は注目して、「心法とは、仏語であらう」（十二-248）と、「五山の禅僧達」から続く思想の連続性を見いだしている。小林は言及していないが、熊澤蕃山の『集義和書』（寛文十二・一六七二年刊）の巻第二には、朱子学・陽明学の考えに基づいて、本来は儒学において重視されるべき「心法」が、孔子・孟子の時代ののちには忘れ去られてしまい、むしろ「たゞ仏者のみ心法をいへり」と語っている箇所がある。そんな文言に注目したのだろう。

こうして「自ら古い内観が、新しい力を得た」（十二-249）。ベルクソンを思わせる表現を用いながら、中世思想の「儒釈不二」の伝統を徳川時代の朱子学へと橋渡しした人物として、藤樹を位置づけるのである。「天地の間に己一人生《いき》てありと思ふべし」（『集義和書』巻第九）。藤樹の思想を紹介するさいに小林は、この熊澤蕃山の言葉をくりかえし引用し、藤樹の「精神的実力」には「秀吉が尾張の百姓から出て天下を取つたのと同じ気味合ひのものがある」とする（十二-248、301）。中江藤樹は、徳川時代の学問の「天下」における豊臣秀吉なのであった。そして、「己れひとりの体験」を重視する藤樹の「内観」の精神が、「其後の私学に生きつゞけた」（十二-305）。それが荻生徂徠や本居宣長にまで至る、徳川時代におけるすぐれた思想の系譜が示す特徴なのである。第三章で見たように、小林が論文「本居宣長」において指摘した「事物の直観的な理解」という心の態度の起源が、藤樹の思想のうちに発見された。

三　「近代化」をめぐって

小林による徳川思想史の理解は、もう一つの点に関して、『國體の本義』が示すような公定の歴史像と大きく異なってくる。それは、徳川思想史と「明治維新」との関係づけに関してである。小林が中江藤樹・伊藤仁斎・荻生徂徠・本居宣長という系譜を重視するのも、実はその思想が「明治維新」に関連するからであった。田中美知太郎との対談「教養といふこと」（『中央公論』一九六四年六月号）には、こんな発言が見える。「江戸時代の学問では、学問と生活的修養とが一致していた」。伊藤仁斎の家塾・古義堂には、さまざまな身分の人々が「仁斎先生のところへゆけば人生がわかる。暮してゆく意味がわかる」と考えて入門した。また荻生徂徠は、経学だけでなく詩文の創作を重視して「文人墨客」を貴んだ。こうした独特の学問による「自由で豊富な修養」が蓄積してきた「教養の幅広い層」を無視して、現代の歴史家が「明治維新といった大きな仕事」について考えることはできない（十三―58～59）。

郡司勝義が記す小林の回顧談（『小林秀雄の思ひ出』）、また『中央公論』の編集部でこの対談を企画した粕谷一希《かずき》の回想（『作家が死ぬと時代が変わる』）によれば、収録は京都――初出誌には「於京都・瓢亭」と記されている――で行なわれたが、政治史家の萩原延壽《はぎはらのぶとし》と国際政治学者の高坂正堯《まさたか》が同席しており、もっぱら田中と高坂、小林と萩原がそれぞれ話していたのを、速記録を編集するさいに、田中と小林の対談の形にまとめ直したのだという。

東京大学法学部の岡義武・丸山眞男、オックスフォード大学のジョージ・リチャード・ストーりから教えを受け、陸奥宗光に関する研究を進めていた萩原を相手にしていたからこそ、小林の座談は徳川思想史と「明治維新」との関係に及んだのだろう。酒席での会話だったために、「生活的修養」や「文人墨客」の話になっているが、先に見た古典の「愛読」、全人格を挙げての書物との関わりにつながる要素として、小林はとりあげていたと思われる。粕谷が記すところでは、その後も何年か、小林と萩原は本の貸し借りをして交流を続けることになった。

『國體の本義』のようなかつての政府による公定の歴史像の場合であれば、「明治維新」を論じるさいに中心に置くのは闇斎学・水戸学・国学から「勤皇の志士」へとつながり、王政復古の実現に至る流れである。そこでは「攘夷」「倒幕」の実践を支えた思想として、會澤正志斎・藤田東湖の後期水戸学の思想と、平田篤胤の国学が重視される。ところが小林秀雄の場合は、数学者、岡潔との対談の書『人間の建設』（初出は『新潮』一九六五年十月号）で、本居宣長について「日本主義というようなレッテルからあの人を理解することは出来ない」と語り、「そのあと平田篤胤という人が日本主義と呼んでいいような思想を組みあげる」と指摘する。篤胤に対しては、宣長の学問を歪め「日本主義のイデオロギー」を捏造した人物という低い評価しか与えていない（十三—185）。

広い意味での水戸学をめぐっても、小林が『大日本史』に言及した例はあるが、正志斎や東湖について論じた文章はない。「勤皇の志士」についても、「文学と自分」（一九四〇年）の末尾で、大野治胤の火あぶりの事件と並べて、吉田松陰の『留魂録』に記された辞世の歌を紹介する程度である。「勤皇の志士」や明治の元勲に対しては冷淡な態度をとり、「日本精神」中心の歴史観によっては評判のわるい、唐風文化の礼賛者だった荻生徂徠を持ち上げる。それが小林による徳川思想史と「明治維新」観の特色である。

小林がここで「江戸時代の学問」が「明治維新」を準備したと語るとき、「明治維新」は討幕運動や王政復古のことを指してそう言っているのではない。伊藤仁斎や荻生徂徠が儒学の古典に立ち向かい、思考を重ねた精神のあり方を継承することで、西周《あまね》や福澤諭吉といった明治初期の知識人たちが、西洋の思想や学問を深く理解し日本に普及させることができた。そうした社会の西洋化・近代化の運動を広く含んで、「明治維新」と呼んでいると見た方がよい。

連載「考へるヒント」では、「哲学」(『文藝春秋』一九六三年一月号)において、西周の例を紹介している。現在、大久保利謙《としあき》編『西周全集』第一巻(宗高書房、一九六〇年)には、編者が「徂徠学に対する志向を述べた文」と名づけた漢文の文章が収められているが、全集刊行の前にその内容を紹介した森鷗外の『西周伝』(一八九八年)から小林は引用している。嘉永元(一八四八)年、数えで二十歳で津和野藩の藩校、養老館で学んでいた西が、みずからの学問上の関心の変化を振り返った文章である。

西周ははじめ、養老館の藩学でありまた家学でもあった山崎闇斎学派の朱子学を学んでいた。しかし十八歳のときに病を得て休養していた期間に、たまたま荻生徂徠による『論語』の注釈書である『論語徴』、そしてその文集『徂徠集』を読んで、従来は「異端之書」と思っていた徂徠学にも正しいところがあることを悟った。――この記述に小林は注目して、西がそれまで学んでいた朱子学は長い年月をへて硬直してしまった煩瑣な体系であり、それに対して「仁斎や徂徠による儒学に於ける人間の発見の如きは、鋭く強く光つた閃光の如きものであつたであらうか」(十二–389)と指摘する。第二章でふれたように、孔子の示す「好学」の態度に深く傾倒するところに、小林は仁斎の思想の特徴を見ていた。「哲学」ではさらに、荻生徂徠もまた、仁斎の孔子崇拝の「血脈」(十二–394)を忠実に継承したという理解を示している。「儒学に於ける人間の発見」とは、言いかえれば孔子という人間の発見にほかならない。

(なお小林は、徂徠が孔子に対する深い尊敬を仁斎から継承しつつ、同時にその点をめぐって仁斎を批判し、乗り越えようとしたと解している。単行本未収録の「本居宣長」第三十四回(『新潮』一九七一年四月号。第三十一章に後続する部分)に見える小林の理解によれば、「日常道徳を貫く孔子の人格や人間性を説く」仁斎に対して、徂徠は「孔子の全努力は、「先王」が遺した故事を、古言を通じて明らかにする事に集中した」と考える。そして、まず古代語を習得した上で古代の経書、すなわち『詩経』『書経』『礼記』『楽記』『易経』『春秋』から成る六経《りっけい》を解読するという「古文辞学」の方法を、孔子みずからが実践したと想像し、それを根拠として孔子を尊敬していた。)

そして、伊藤仁斎が儒学の基本的な概念を論じた『語孟字義』における「学」の説明から、「けだし人の性は限り有って、天下の徳は窮まり無し」(原漢文)という箇所に小林は注目する(十二–396)。これは一人一人の人間の性質は多様で、善悪も知愚もさまざまであり、誰にも限界はあるが、彼ら彼女らが学んで実践すべき仁・義・礼・智の徳は、限りなく広い世界、あらゆる時代に通用する普遍的なものだと述べた言葉である。ところが小林はこれを、「未だ生を知らず」(『論語』先進篇)、「知らざるを知らずとする」(同、為政篇)という、みずからの知の限界をきびしく自覚する孔子の言葉に結びつける。「道」の普遍性と、「道」について記された『論語』の古典としての価値を信じながら、自分の現状の本文理解に満足することを戒め、常にテクストの文章に立ち返って「積疑」（十二-391）を続けること。「積疑」は、仁斎が日々の思いを綴った随想集『仁斎日札《にっさつ》』の第三十一条に、「積疑の下に大悟有り」とある言葉から引いている。こうした姿勢が徂徠に継承され、西に影響を与えたと小林は解していたのだろう。

荻生徂徠も伊藤仁斎と同じ強度で、孔子に対する崇拝と「積疑」の姿勢を共有していたと解すること。「徳は窮まり無し」という言葉に、仁斎その人の自己反省を読み取ること。西周の徂徠学経験を述べた若い日の文章から、徂徠が西に与えた影響が大きいと推測すること。この三点に関して小林の理解は強引で、根拠に乏しい。だがそれは、西が従来の儒学の言葉を用いて、いわば伝統思想の価値観の上に立ったまま西洋思想を評価し、受容したことの意義を説明するための道具立てだったのだろう。

さらに、西が洋学研究に転じたのち、文久二（一八六二）年五月十五日付の書簡（松岡隣宛）で述べている言葉に小林は注目する（十二-387）。引用の原文に基づいて内容を紹介すると、このごろ西洋の「性理之学」（万物の道理に関する学問）や「経済学」（統治に関する学問）の書物を読んでみると、そこにすばらしい「公平正大之論」が展開されていることに驚いた。とりわけ「ヒロソヒ之学」は「性命之理」を説く面で「程朱」すなわち朱子学よりもまさっている。――人間を含む万物が天から授かった性質としての「性命」に関し、そのすべてに共通に働いている「理」を追究することは、まさしく朱子学が学問の中心課題としたところであった。しかしその「理」の追究という側面に関して、西洋思想の方がずっと優れた見解を生み出しているというのである。

そして、西が西洋の哲学を日本語で紹介するさいに、儒学思想における伝統的な言葉を転用しながら訳語を作っている点を、小林は強調する。明治三（一八七〇）年から翌年にかけて、私塾、育英舎で行なった講義の記録である『百学連環』でフィロソフィーを紹介するさいに西は、朱子学の基本的な古典の一つ、北宋の周敦頤《しゅうとんい》による『通書』から「士は賢を希《のぞ》む」（志学第十、原漢文）という言葉を引く。学問をする士大夫は賢人になろうと努力するものだという意味であるが、この「希」の字を用いて、知を愛するという意味の「ヒロソヒ」に「希哲学」（ただし『百学連環』の原文の当該箇所では「希賢学」）という訳語を作り、受講生に示している。

そこで西が引き合いに出すのは、このフィロソフィーの意味を説いたソクラテスの、自分の知に満足しない「謙遜」な態度であり、この古代の哲学者について「彼邦にては吾孔夫子と並べ称する程なり」と語っている。西の理解では、ソクラテスの「無知の知」の姿勢と、孔子の態度には共通するものがあり、そのゆえに西洋の哲学は尊重すべきなのである。小林は西のこうした発言に、仁斎から徂徠を経由して継承された「積疑」の態度の連続性を見て、同じ「積疑」の態度が西洋哲学の伝統においても引き継がれているという西の発見を読み取ったのだろう。また小林は触れていないが、西が津和野藩での学問経験から国学にも通じており、本居宣長を高く評価していたことも近年の研究で指摘されており、宣長の思想からの継承関係を推測することも不可能ではない（澤井啓一「西周と儒学・国学」）。

小林の理解によれば、「明治維新」による思想の変化を主導した知識人たちは、儒学などの伝統思想を捨てて西洋思想に走ったのでも、いわゆる「和魂洋才」といった両者の使い分けを試みたのでもない。彼らは従来の価値観に基づいて西洋の思想を評価し、その上で西洋の文化をありのままにとらえ、十九世紀の西洋諸国とは異なる新たな形で、日本の思想風土に定着させようと努力したのである。そうした意味づけは、連載「考へるヒント」の「福澤諭吉」(『文藝春秋』一九六二年六月号)で、さらにはっきりと表われている。すでに一九四一年の林房雄との対談「現代について」において小林は、主著『文明論之概略』(一八七五年)で福澤が、「外国交際」をめぐる日本の困難な状況を正面からとらえ、同時代の洋学者すなわち「文明を解して同権論なんかをやつてゐる人達」を批判したことを、高く評価していた。この指摘に見えるような、単なる西洋化論者ではない福澤の側面を、「福澤諭吉」では詳しく論じるのである。

『文明論之概略』の「緒言」は、一八七五年の同時代の日本について、人々が「儒仏の教」を中心とする旧来の価値観に満足できなくなり、「西洋の文明」を熱心に受容しようとしている「人心の騒乱」のただなかにあると述べる。しかしこの混沌とした状況は、日本の「文明」を西洋のそれと同列のものとするか、もしくは「右に出る《いず》」ための、文明の「始造」の好機会になると説くのである。小林は「福澤諭吉」の冒頭でこの「始造」の言葉を紹介し、福澤が西洋から「学び知つた新文明」を高く評価しつつも、他面で全面的な西洋化を説くような洋学者を批判したことを指摘する。そして、『学問のすゝめ』第四編「学者ノ職分ヲ論ス」(一八七四年)において福澤が洋学者たちについて、儒学から引き継いだ悪習から脱することができず、政府の官職を得ようと奔走する傾向を批判し、知識人の「私立」を提唱したことにふれるのである。

「漢学者流ノ悪習」に対する福澤の批判を紹介したあと、小林はこうつけ加える。「悪習とは、勿論、漢学といふ官許の商売によつて身に附いた習癖を言ふのであつて、日新の学に対し、古学を否定する論は、彼には見られない」（十二―332）。「古学」は福澤の文章においては、徳川時代までの日本の儒学と国学を指す名称であるが、ここで小林は儒学を念頭に置いてそう言っていると読むべきだろう。これに続けて、福澤が八年後に書いた『帝室論』から次の箇所を引用し、一部を省きながら並べている。「況《いわん》ヤ其古学流ノ中ニモ物理原則ノ部分ヲ除クトキハ取ル可キモ甚タ少ナカラス」。つまり福澤は、洋学の重要性を説きながら、同時代に横行する「洋学者流」の知識人の思想と生き方を厳しく批判したのと同じように、頭の堅い儒学者流の人々を批判しつつも、儒学そのものの本来の価値を認め、その本質のある部分についてはむしろ継承しようとしていた。小林はそう読んでいる。

さらに連載の二回あとの「天といふ言葉」（『文藝春秋』一九六二年十一月号）で再び福澤について論じることになるが、そこでも、その思想の内には「伝統」が生き続けていたのであり、「福澤の教養の根柢には、仁斎派の古学があつた」（十二―373）と指摘する。この場合の「古学」は、「辨名」などの回で荻生徂徠の「古文辞学」と並べて紹介している、伊藤仁斎の「古学」もしくは「古義学」を指す。福澤自身が用いる「古学」の語の意味と一致しないことに気づいていたかどうかはわからないが、小林は仁斎の「人の外に道なく、道の外に人なし」（『童子問』上巻第八章）という有名な言葉――ただしここに言う「人」について、小林は孔子を指すと誤読している（十二―395）――と、『学問のすゝめ』初編（一八七二年）冒頭の「天は人の上に人を造らず人の下に人を造らず」との間に呼応関係を見いだすことさえしている。さらに福澤の「古学の精神の密」という言葉も、出典が明らかではないが引用する（十二―374）。「儒学の極意」（『福澤全集緒言西洋事情』より）、「儒教本来の主義」（『福翁百話』第三十四話より）と、福澤のさまざまな著作から儒学に関する言及を丹念に探し、引いているのである。

福澤の父、百助が伊藤仁斎・東涯の学問を好んだことは、「福澤氏古銭配分之記」に記されている。それを収めた『福澤諭吉全集』第十五巻（岩波書店）が一九六一（昭和三十六）年に刊行されているから、「天といふ言葉」を書くさいに手がかりにしたのかもしれない。現在では儒学思想と福澤諭吉との関係について、多くの研究者が注目するようになっているが、小林はそのことを一九六〇年代にいち早く読み取っていた。こうして小林は、中江藤樹・伊藤仁斎・荻生徂徠から西周・福澤諭吉に至り、明治時代以降の日本の思想史へと連なる系譜を描くことに、いったん成功した。これもやはり、「明治維新」という社会動向に関して「文献の誕生」の地点を歴史のうちに探ろうとする、新たな起源の探究と呼べるかもしれない。「私学」の伝統を見いだしたのも、福澤の思想からさかのぼる形で得た着想だろう。

しかし、小林のこの作業は一九六〇年代の日本における言論の動向と、奇妙な形で響きあうことになる。小林が「考へるヒント」の「忠臣蔵」の回を執筆する数か月前、一九六〇（昭和三十五）年の八月末から九月初旬にかけて、箱根にて、全米アジア学会（Association for Asian Studies）の近代日本研究会議のプロジェクトが主催するセミナーのための予備会議（箱根会議）が開かれた。アメリカからはジョン・W・ホール、マリウス・B・ジャンセン、エドウィン・O・ライシャワーといった日本研究者、日本側は高坂正顕、遠山茂樹、丸山眞男らが出席している。このときアメリカ側の出席者が提示した歴史分析の枠組が、近代化論である。それは、明治時代から戦後までを一貫した工業化と民主化の過程として説明し、それに適する文化的な性質を日本人が前近代から持っていたために、急速に近代化を達成できたと考えるものであった。世界に普遍的に通用する近代化の過程を日本もまた践んできたと説明することを通じて、アジア諸国の今後の発展に模範を示そうとする。そうした意図も明確だったために、日本の学界や言論界からは、共産主義に対抗する同盟国として日本とアジア諸国を確保するための、アメリカの冷戦イデオロギーと見なされ警戒されることになる。

箱根会議の出席者であった日本史学者、ライシャワーは、続いて一九六一（昭和三十六）年四月、アメリカの駐日大使に任命されて来日する。そして経済学者、中山伊知郎との対談「日本近代化の歴史的評価」（『中央公論』同年九月号）を皮切りに、近代化論に基づいた日本史解釈の論考や著書を盛んに発表し始めた。「考へるヒント」が連載中だった時期の『文藝春秋』にも、「近代化ということ——現代ではそれはアメリカ化という形で進行する」（一九六三年九月号）を寄稿している。

これに呼応して、日本の論者としても福田恆存が『文藝春秋』誌上で「日本近代化試論」という連載を始めた。第一回（一九六三年十月号）は「ライシャワー攻勢といふ事」という題名で、ライシャワーの近代史観に見える「プラグマティズム」の発想に一定の評価を与えるとともに、日本の近代史を肯定的に見ることを拒む「マルクス主義的進歩主義者」を辛辣に批判するもの。そして第三回の「日本の知識階級」（一九六三年十二月号）で、小林の「考へるヒント」の連載に言及し、「西洋の個人主義思想と儒教との接点を見出す事にその目標の一端がある」と高い評価を加えた。徳川儒学から西周・福沢諭吉に至る思想史の線を引こうとする小林の意図を見抜き、近代化論に共鳴する日本側の歴史研究として位置づけたのである。なお、「日本近代化試論」の連載は第六回の「近代化を阻むもの」（一九六四年六月号）まで続いたが、福田がこれを著書に再録したのは、晩年に刊行した『福田恆存全集』第五巻（文藝春秋、一九八七年）においてであり、しかも連載の題名を載せていないので、六本が一連の論考であることが、読者にはわからなくなっている。

そして、小林の「考へるヒント」が示すこうした特徴が、日本政府の施策に貢献する日がやってくる。一九六六（昭和四十一）年三月二十五日、佐藤栄作首相は「明治百年記念行事」を国家的行事として実施することを、内閣の閣議口頭了解として決めた。さらに四月十五日の閣議決定をへて、詳細が広く報道される。このとき明治百年記念準備会議が内閣のもとに設置され、各大臣・各界団体代表者に加えて「学識経験者」が四十二名、委員を委嘱された。第五次『小林秀雄全集』の年譜には記されていないが、小林秀雄もそこで広報部会に属する委員に就任している。ほかに文壇関係者としては池島信平、林房雄が広報部会、丹羽文雄、福田恆存が事業部会のそれぞれ委員であった。

小林が加わった広報部会は、明治文化史の研究者であった木村毅《き》を座長として、この年の六月から九月まで四回の会合を開き、記念事業の趣旨を示す「明治百年を祝う」という五項目の文書を策定している。その第一項、第二項にはこんな言葉が盛り込まれている。「明治は、世界史にも類例をみぬ飛躍と高揚の時代である。日本はこのあいだに封建制度から脱却し、全国民は驚くべき勇気と精力をかたむけ、近代国家建設という目標に向かってまい進したのだ」「いま、明治百年を迎えるに当たり、日本国民が先人から受けたこの恩恵に感謝し、その幸せをいっそう大きくして次の時代に引き継ごうと願うのは、まことに自然の道である」（内閣総理大臣官房『明治百年記念行事等記録』による）。

「封建制度」からの脱却をめざした明治の人々の努力と、戦後の「日本国民」の活躍とをまっすぐに結び、連続したものとしてとらえるのは、近代化論と同じ発想である。国民が「近代国家建設」の時代としての明治を礼賛し、「先人」に感謝することには、小林も意義を認めていたから委員を引き受けたのだろう。第一章でふれたように、同じ一九六六年には小林の文章「お月見」が文部省によって道徳教材に採用されてもいる。「日本の文化伝統」を語る重鎮という小林の印象が、一般社会においてこうして確立していった。やがて一九七七（昭和五十二）年十月に刊行された『本居宣長』は、分厚い函入りの書籍で、定価は四千円。当時は高価な本だったにもかかわらず、半年ほどで十万部が売れたと坂本忠雄は回想する（『小林秀雄と河上徹太郎』）。高橋順一の対談発言によれば「はじめ、企業の管理職レベルのお歳暮に売れた」という（『別冊宝島47 柳田国男から山崎正和まで　保守反動思想家に学ぶ本』）。「日本の文化伝統」を説く「学識経験者」としての小林の描像が、ふだん本を読んでいるかどうか微妙な、ごく普通の企業人にまで広まる。そのような存在に上昇するための土台が、六〇年代後半以降、『考へるヒント』の増刷・文庫化と高校教育・大学入試における小林の作品の使用、そして政府の措置に支えられながら作られていった。

しかし、近代化論が含んでいる、一つの発展の方向に向かって社会の全体が動いてゆくという発展史観の発想は、そもそも小林が一九三〇年代以来、拒否してきたところであった。それはニーチェが説くように、歴史に親しもうとする人の精神に「歴史の過剰」を引き起こし、現代に生きる人間がみずからの想像力を用いて、歴史を自由に再構成する可能性を押しつぶしてしまう。経済成長のような累積的な変化を示す一つの直線の上に、厖大な過去のなかから選択した諸事実を並べてゆく歴史観。それが日本政府主催による記念行事や、駐日アメリカ大使の著作によって権威づけられる時代がやってきた。

その流れによりそうようにして、「考へるヒント」における徳川・明治思想史の叙述が近代化論と同じようなものとして賞賛され、小林自身も明治百年の記念行事に関わった。この一連の経緯は他面で、小林にとっては「官学」がふりまく「歴史の過剰」にみずからが加担させられているように思え、深い自己嫌悪をもたらしたのではないか。こののち小林が、『本居宣長』『本居宣長 補記』で、「明治維新」以降へと連なる「学問」の系譜を指し示すことはなかった。それは、徳川時代と近代を通観する思想史を語る営みからの、苦い撤退だったように思われる。一九六四年の対談「教養といふこと」ののち、小林と萩原延壽との交流が「何年か」続いたと粕谷一希は語っているが、撤退とともに徳川末期・明治期に関する文献への関心も失なったのだろう。

四　政治・言葉・伝統

第一章で指摘したように、「考へるヒント」の連載が徳川思想史の探究へと向かってゆく時期は、一九六〇年の日米安保条約反対運動をめぐる政治の激動と重なっていた。連載は五月号で政治を主題とする「ヒットラアと悪魔」を載せたあと、六月号に初めて休載し、七月号はかつての『無常といふ事』の収録作品と主題が重なる「平家物語」である。さらに八月号から十月号まで三回休載し、復帰した十一月号は「歴史と人生」（のち「「プルターク英雄伝」」と改題）で、やはり政治の話題をとりあげている。休載のあいだ、八月号には「危機にたつ民主主義――六・一五前後」という特集が組まれ、特集とは別に猪木正道、隅谷三喜男、樺俊雄――国会前の騒乱で死亡した大学生、樺美智子の父親であった哲学者・社会学者――が、安保条約問題をめぐる論考を寄稿している。

その前年十一月二十七日の学生デモ隊による国会突入、六〇年五月十九日の岸信介内閣による衆議院での与党単独可決、それをきっかけとした国会デモの急速な拡大と急進化、六月十五日の第二次実力行使による死者の発生、七月の内閣総辞職といった一連の情勢のなかで、小林が動揺し、思考を練り直していたようすがうかがえる。十一月号の「歴史と人生」で政治の問題を論じ、一回休んだあと、翌年一月号の「忠臣蔵」でとりあげるのは、浅野内匠頭長矩の突発的な暴力事件と、その「歴史の穴」としての不可解さである。戦後の高度経済成長のただなかで、社会が安定してきたと思われた時期に、突然に烈しい街頭行動が首都の中心を襲った。小林が本格的に徳川思想史にとりくむきっかけになった「忠臣蔵」には、この政治的暴力から来た衝撃が影を落としている。

小林は批評家として文壇に登場したときから、文学を政治に従属させるマルクス主義の藝術理論に対して徹底した批判の立場をとり、終戦直後の座談会「コメディ・リテレール　小林秀雄を囲んで」（一九四六年）では「僕は政治が嫌いです。政治家にはなれない」（八-28）と公言していた。したがって、先に引いた丸山眞男の小林批判に見られるように、政治に関心を持たず、美の世界に閉じこもる文学者と位置づけられることが多い。だが、確かに時々の政治情勢やあるべき政策、政局の動向について論評することはなかったものの、政治という人間の営みについて論じた文章や発言は、決して少なくない。

たとえば支那事変の時代には、東京帝大仏文科の同級生だった中島健蔵と対談「時代的考察」（『文藝』一九四〇年十月号、全集未収録）を行なっている。そこでは、昭和研究会の文化研究会委員に就任して新体制運動に活躍中だった中島を揶揄するようにして、「文学を政治化しちゃ駄目だ」と語り、従来の「床屋政談的」な政局論としての政治批評とも、マルクス主義者が展開するような「観念論的政治批評」とも異なる、「文学的政治批評」を自分は展開したいと述べている。政治をじかに動かすのは政治家の仕事であり、政治の領域から独立した文学者の視点から「政治といふものを批評すればいい」と言うのである。だがまもなく大東亜戦争が始まり、小林自身が「文学的政治批評」を執筆する機会は、戦時下ではついになかった。

戦後に小林は、講演をまとめた著書『私の人生観』（一九四九年）、講演記録「政治と文学」

（『文藝』一九五一年十月号〜十二月号）、ＮＨＫのラジオ番組で河盛好蔵・亀井勝一郎と行なった鼎談「政治について」（一九五五年一月十四日放送、『小林秀雄対話録』新潮社、一九五五年に再録。全集未収録）といった場で、みずからの政治観について語っている。『私の人生観』で強調するのは、二十世紀の「近代政治」においては、「政治の仕事」が「国際化」して、「いよいよ複雑」になってきたという国家の条件である。そこでは官僚制的組織を基盤として、政治は「組織化」すなわち「機械化」が進み「能率的な技術」と化してしまった。ウィンストン・チャーチルのようなすぐれた政治家がリーダーシップを発揮して、柔軟に判断しながら権力を運用する可能性はしぼんでゆく。

この状況下で政治権力を握ろうとする組織が、人々の精神を統合する道具として活用するのは「政治的イデオロギイ」にほかならない。ここでは「民主主義」の理想も、イデオロギーとして利用される危険性がある。「ムッソリーニはファッシスムを進歩した民主主義と定義してゐたのです」（九―162）。小林の見るところ、六〇年の安保条約反対運動において掲げられたような「民主主義の擁護」というスローガンでは、何らかの党派が政治権力を奪うためのイデオロギーとしてそれを利用し、大衆動員の道具に使うことを防げないのである。

「福澤諭吉」の末尾で小林は、『学問のすゝめ』第十三編（一八七四年）が、恵まれた地位にいる他人をひきずりおろそうとする「怨望」の感情を、政治秩序を破壊する恐ろしい情念としてとりあげたことに関連させて、「「民主主義」は、「私立」の内を腐らせる。福澤は、この事に気附いてゐた日本最初の思想家である」（十二―342）と語っている。リベラル・デモクラシーの社会において、言葉の上面のみで「民主主義」を唱える悪辣な政治家が、既得権をもつエリートに対する大衆の不満を利用して、権力をみずからに集中してゆくこと。そしてこの政治家が権力をいったん握ってしまえば、追放されたエリートもそれまでの支持者だった大衆も、きびしい抑圧体制のもとで支配されることになる。そうした現代政治の危険な回路を、福澤も小林も見抜いていた。「政治について」のなかで小林は、「政治の価値が他の文化の価値に比べて今日のやうにこんなに大きくなつてしまつたといふことは不健全なことだよ」（三九頁）と語る。小林にとって二十世紀とは、大衆社会を背景にして、政治権力者や反体制活動家が広めようとするイデオロギーが人々の情動を刺戟し、全体の運動へとりこむことを通じて、人間を過剰に政治化させる時代なのであった。

これに対して、政治家が「生産された文化を管理したり整理したりする役目」（二一九〜二二〇頁）にみずからを限定し、市民として生きる「文化の生産者」の側はイデオロギーへの同調を避け、「生きてゐる生活の智慧」（三七頁）――講演「政治と文学」ではこれを「常識」「私達の内部の倫理感や審美感」（十一103〜104）と呼んでいる――を自分の仕事のなかで働かせてゆく。そうした政治と非政治との緊張関係を保とうとする努力が、政治を健全にするのである。「パーフェクトなもの」を政治が一挙に実現する「革命原理」を信じないという点で、小林は「政治といふものに関しては、僕は保守派だな」（三八頁）と語っている。

全国の人々が聴くラジオ番組のなかでの発言である。一九五〇年代の日本の知識人が、堂々と「保守派」を名乗った珍しい例であろう。のちに石原慎太郎が一九六八（昭和四十三）年七月の参議院議員選挙に自由民主党から立候補したさいも、一九七五（昭和五十）年四月の東京都知事選挙に出馬して現職の美濃部亮吉に敗れたときも、小林は推薦人に名を連ねている（石原慎太郎「無類の自由性」、および読売新聞東京版一九七五年三月二十六日夕刊）。石原本人から頼まれたという文壇的事情も背景にあるだろうが、小林流に試みられた文学者の政治参加である。

このように小林の政治観を検討すると、興味ぶかいのは丸山眞男との対照である。丸山は六〇年の安保条約反対運動を支えた知識人の代表格であり、五月十九日の強行採決をきびしく批判し、「民主主義」を守るために市民が立ち上がることを呼びかけた講演「選択のとき」（『みすず』一九六〇年八月号）が世の注目を浴びて、「戦後民主主義」の代表的な論者として広く知られるようになった。そうした「民主主義」の主張は「保守派」の小林にとっては、岸政権の打倒という段階をさらに超え、共産主義革命へと運動を進めようとする左翼勢力のイデオロギーにすぎなかっただろう。

しかし丸山は他面で、「人間と政治」（『朝日評論』一九四八年二月号）などの論文で、二十世紀の政治に関して小林と同じような認識を示していた。流動化した大衆社会において、精強な政治権力がメディア操作の「近代的技術」を駆使することで、人々の思考と感情を操作し動員する「政治化」の動向に、丸山もまた深い危機感を表明するのである。一方では理性的な市民の政治参加を高らかに唱え、他面では現代の状況におけるその困難さを、ニヒリズムすれすれの筆致で描くという二面性を、河野有理は「白丸山」と「黒丸山」の共存と呼んでいる（「丸山眞男」）。その分類で言えば、「黒丸山」の側面は意外に小林の思想に近い。

小林は六〇年の十一月号に載せた「歴史と人生」で、古代アテナイの民主政を指導したペリクレスを例に挙げて、デモクラシーを堅持しながらも、時には民衆の意向に逆らって理想を追求することも厭わない「熟慮された現実主義」（十二—212）の意義を説いている。これはちょうど、講演「政治的判断」（『信濃教育』八百六十十号、一九五八年七月）で、丸山が「政治的なリアリズム」として聴衆に薦めた思考方法とも重なってくる。

実際に、「白丸山」の推奨するような市民の政治参加を小林が実践した例もあった。公益財団法人「鎌倉風致保存会」のウェブサイトによれば、一九六四（昭和三十九）年、東京オリンピックの開催とともに日本中で土地開発のブームが起こり、鶴岡八幡宮の後背の山林である御谷《おやつ》でも宅地造成計画が立案された。これに対して地元住民による反対運動が巻き起こる。そして集まった寄付金で財団を設立し、山林をみずから買収することで計画を阻止したのである。この運動に地元在住の文化人として、小林秀雄が大佛《おさらぎ》次郎・鈴木大拙・川端康成・里見弴《とん》らとともに加わっていたことが報じられている（読売新聞東京版、同年五月十一日朝刊）。

さらに一九七〇（昭和四十五）年八月の鎌倉市長選に、日本社会党が推薦する革新派候補としてエコノミスト・統計学者の正木千冬がやはり開発反対を掲げて立候補し当選した。この選挙のさいにも小林は、鎌倉ペンクラブの一員として、大佛次郎、永井龍男らとともに正木に協力し、野党候補の一本化にむけた説得を行なったという（読売新聞東京版、同年八月二十四日朝刊）。日常生活における利害を考え、それを実現するためにどの政党を支持するべきか、具体的な場面では柔軟に考えて選択し、みずから政治家と行政に働きかける。「民主主義」のかけ声をイデオロギーとして軽蔑した小林は、他面でそうした日常の政治を実践するデモクラットでもあった。なお、東京女子大学図書館が所蔵する丸山眞男旧蔵書の内には、小林から献本を受けた『本居宣長』『本居宣長　補記』があるが、丸山による書きこみはない。

一九六〇年の出来事に視点を戻そう。第一章でふれたように小林が論文「本居宣長」を寄稿した新潮社の『日本文化研究』に、丸山は執筆を予定しながら果たせなかったが、並行してみずから企画にあたっていた筑摩書房の『近代日本思想史講座』には論文を寄せている。六〇年の二月に刊行された講座の第六巻「自我と環境」に収められた、思想史の長大な論文「忠誠と反逆」である。それは、戦国時代の動乱期の社会で活発に働いた、主君への忠誠という「武士的エートス」が、徳川時代の身分制による集団組織のなかで変容と葛藤を迫られ、さらに明治の士族反乱や自由民権運動へと持続してゆく思想史の過程をたどった作品であった。

注目する内容は小林と異なるものの、『葉隠』への言及があり、福澤の『丁丑公論《ていちゅうこうろん》』(一八七七年執筆)と『瘠我慢の説』(一八九一年執筆)にふれながら、「非合理的な「士魂」のエネルギー」「抵抗の精神」に対するその肯定的な評価を指摘するところは、小林の「福澤諭吉」と重なっている。出発点に戦国時代の「下剋上」を置き、徳川時代における武士の思想の変容をたどるという構想、また福澤諭吉へとつながる流れを発掘する点に関して、小林は丸山の論文からも示唆を得たのではないだろうか。「考へるヒント」の三か月の休載は、徳川思想史にとりくむための新たな方向を模索する、助走期間でもあったように思われる。

したがって、丸山が『日本政治思想史研究』(一九五二年)に収めた戦前・戦中の思想史研究の論文、とりわけ第二章とした「近世日本政治思想における「自然」と「作為」——制度観の対立としての」で思想の発展史の中心に置いた荻生徂徠が、小林の徳川思想史研究にとっても重要な対象となり、小林は丸山の研究に対抗するようにして、みずからの荻生徂徠像を模索することになった。そうした経緯を想像させる言及が「哲学」の回にある。これは小林が先行学説との対決を明示した数少ない例の一つである。

丸山眞男氏の、「日本政治思想史研究」はよく知られた本で、社会的イデオロギイの構造の歴史的推移として、朱子学の合理主義が、古学古文辞学の非合理主義へ転じて行く必然性がよく語られてゐる。仁斎や徂徠の学問が、思想の形の解体過程として扱はれてゐる仕事の性質上、氏の論述は、ディアレクティックといふよりむしろアナリティックな性質の勝つたものであり、その限り曖昧はなく、特に徂徠に関して、私は、いろいろ教へられる点があつたが、私としては、たゞ徂徠といふ人の懐にもつと入り込む道もあるかと考へてゐる。(十二-395)

このように小林は、丸山のように「アナリティック」な姿勢で荻生徂徠のテクストに挑み、その作業を通じて「社会的イデオロギイの構造の歴史的推移」を描こうという姿勢を拒否する。そして「懐にもつと入り込む道」を探って、徂徠の思想における「歴史」の重要性をその入口に選んだ。初めて徂徠の思想を検討する「徂徠」(『文藝春秋』一九六一年八月号)の回は、荻生徂徠が門人に宛てて学問の方法について語ったとされる書簡を集めた著作、根本遜志《そんし》編による『徂来先生答問書』（享保十二・一七二七年刊）上巻から引用した、次の言葉で始まっている。「学問は歴史に極まり候事に候」（以下、『答問書』の引用はみすず書房版『荻生徂徠全集』第一巻による）。

朱子学者のように経書を読んで「理窟」を考える方法ではいけない。まず「古今和漢」の「歴史」の事実を広く知ることが重要だ。「天地も活物。人も活物」なのであり、天地と人、人と人との「出合」のあり方には「無尽之変動」が起こるもので、あらかじめ計り知ることはできないのだから（十二―257〜258）。先に引いた「本居宣長」の連載第三十四回で小林は、こうした「思ひ切つた考へは、徂徠以前のどんな儒家の心にも浮ばなかつた」と指摘している。

しかも、「歴史」の流れにそって世の中のようすが変わっていくだけではない。それぞれの時代で用いられ、文書や書物に記される言葉も、時代の移り変わりとともに変わってゆく。「世は言を載せて以て遷り、言は道を載せて以て遷る」（『学則』第二条、原漢文。日本思想大系版の訓読による）。小林の説明によれば、昔の言葉すなわち「古言」と、現代の「今言」との間には断絶があり、「古言」には「今言に代置されて会得されるのを拒絶してゐる姿がある」（十二―257）と徂徠は主張していた。歴史の過程で、人間の社会は無限に変動してゆくものであり、使われる言葉もその変化に応じて変わってゆき、まったく別の言語になる。小林によれば、この認識は儒学の歴史の中で徂徠が初めて提唱した、いわばパラダイム・チェンジであった。

だが、こうした徂徠の「歴史」をめぐる思考は、小林の歴史論にとっては難問をつきつけることになる。もしも徂徠の議論をまるごと受けとめて日本思想史にあてはめるなら、たとえば現代の日本語話者にとって、古い時代の日本の言葉は、現在の日本の言葉とまったく異なるものだということになる。もちろん、母語とは別の異言語として古代語を習得することは、外国語と同じように可能であろう。だがその場合も、現代日本語によって書かれたテクストを通じて、「思ひ出」としての過去を想像するという歴史認識の方法を、そのままに適用することはできない。思い描かれる過去の映像は、現代語が通用する時代のものにくらべて、曖昧なもの、誤りを含み歪んだものになるはずである。

時代による世の変化、言語の変化という壁は、「思ひ出」として歴史の映像を思い描く方法が、現代に近い時代の狭い範囲にしか通用しないことを示してしまう。連載「考へるヒント」の「歴史」以降の回で、小林が「歴史の穴」の存在、現在と過去との断絶を気にするようになったのも、徳川思想史に関する研究を徐々に進めるなかで、徂徠の歴史論にふれたことが一因だろう。

荻生徂徠の場合、この壁をのりこえるための意識的な操作が「古文辞学」の方法であった。「本居宣長」第三十四回で小林は、その概略を紹介している。学問をする者が学んで実践すべき「先王の道」とは、堯・舜など古代チャイナの理想的な君主たちが「「治国安民」といふ目的の為に造つた「礼楽刑政」といふはつきりした歴史事実を直ちに指すのであり、とやかく論じられるどんな観念でもない」。「礼楽刑政」とは、身近に実践する礼儀作法から、さまざまな儀式、人々を統治するための法制に至るまで、さまざまな制度の総体を指している。その「忠実な記録」を、孔子が文章化して編集した作品が六経にほかならない。そしてこの六経は後世とは異なる古代チャイナの言語、すなわち「古文辞」によって記されている。

したがって徂徠によれば、後世の日本の学者が「古文辞」で書かれた経書を理解するためには、

「今言」すなわち後世の漢文と「古文」との間にある壁に加えて、日本語と漢語との間の壁を乗り越えるという、二重の努力を必要とする。続く「本居宣長」第三十五回（『新潮』一九七一年六月号、第三十四回と同じく単行本では削除）で小林は、その具体的な姿を紹介している。従来の日本の儒者たちは、漢文訓読つまりは日本語訳を通じて漢文を読み、書いていた。これに対して徂徠は「文字は中華人の言語に候」（『徂来先生答問書』下巻）と、漢文で書かれたテクストはあくまでも日本語とは異なる言語で書かれていることを強調する。そして、訓読すなわち「和訓」を廃し、長崎貿易に従事する唐通事から学んだ同時代の「華話、華音」によって漢文や漢詩を読みあげ、その語法に習熟することを済ませてから「古文辞」の学習に向かうことを唱えた。

現代日本人でも「華話、華音」と「古文辞」を身につければ、その精神のありさまは古代の「中華人」と同じになる。そう考えて徂徠は、徳川時代の日本に生きる学者が、その思考と感覚において「先王」たちの世界に到達する回路を切り拓いたのである。「考へるといふ事」（『文藝春秋』一九六二年二月号）で小林が用いる言い方によれば、こうした学問訓練により「儒学の伝統が自分のうちに生きてゐるといふ全く卑近な歴史経験」（十二‐294）の意識を養うことを通じて、過去の時代の「時代精神」につき、それを現代人にとって異質なものと感じる緊張感を保ったままで、ありのままに理解し共感することが可能になる。たとえるならば、過去へ向かって歩いているとき、足元に広がっている大きな穴に板を渡して、対岸へと進む技法。このようにして徂徠は、「歴史の穴」を回避できる方法を確立したのである。

ここで「歴史の穴」の問題を解決し、過去の時代の人々と共感できるようになったのは、徂徠が儒者だったからである。徂徠の考える「聖人の道」は、古代の「先王」たちが、後世の統治者がそれぞれの時代において「治国安民」の目的を果たせるように、さまざまな制度のひな型を制作したものであった。したがって、後世になって「古文辞」が忘れられ、六経をまっとうに解読することが難しくなっても、努力して「古文辞」を身につければ、現代に見あった「礼楽刑政」の制作に役立つ学問が可能になる。どんな時代になっても「聖人の道」という基礎が人々の生活の根柢に生き続けているのだから、現代人にとって異質な過去の思想や習慣についても、理解できる手がかりは必ずある。そう考えるからこそ「伝統」の継承を、生き生きと確信できた。

しかし、小林や二十世紀の日本の読者にとって、東アジア全体に広がる儒学の伝統が、自分の「全く卑近な歴史経験」を包みこんでいると実感するのは難しい。徳川時代を理解する場合に限ったとしても、その時代の思想は儒学と国学の双方、さらに神道や仏教を含んでおり、そのすべてを理解するための共通の基盤となる経典などは存在しない。そうした状態にいる現代人が、「歴史の穴」の対岸に渡るための前提条件となる「伝統が自分のうちに生きてゐる」という意識を、どうやって育てたらいいのか。

ここで重要な手がかりとなるのが、徂徠が排除した漢文訓読の慣行であった。「本居宣長」第三十五回で小林は、訓読を排し「華話、華音」によって漢文のテクストを読み書きする徂徠の方法に対して強烈な不満を表明している。そもそも古代の日本人が最初に文字というものを学んだのは、漢字・漢文を大陸から受容することを通じてである。「漢文の擁する圧倒的な知識は、速かに吸収しなければならず、と言つて、まだ文字も持たぬ自国語が、為に、圧殺されるといふやうな事があつてはならず、といふ窮境に立たされて、言はゞ漢文といふ魚を、自国語の構造の内部に、そのまゝ放ち、これを飼育するといふ活路を開いた。〔中略〕この日本人が半ば強ひられた、切実な運命的な言語経験の伝統を、漢学を装つた和学をやつて来たと片附けるのは無理であらう」（同回二〇二～二〇三頁）。

古代の日本人は、漢字・漢文が異言語を表記する手段であり、ふだん話し言葉として用いている日本語を文字に書き記すのに、まったく適さないことに気づいていた。その困難を自覚することで、やがて日本語のうちに漢語を組みこんだ、いわば二重言語状態の文章表現を作りあげた。その努力の出発点が、漢文に口誦の日本語の表現をまじえた『古事記』の文章にほかならない。『本居宣長』第二十八章と『本居宣長　補記』Ⅰで小林は、そのことを見抜いた宣長の炯眼を讃え、こう述べる。「私達は、漢字漢文を訓読といふ放れわざで受け止め、鋭敏執拗な長い戦ひの末、遂にこれを自国語のうちに消化して了つた。〔中略〕この全く独特な、異様と言つてい丶言語経験が、私達の文化の基底に存し、文化の性質を根本から規定してゐたといふ事を、宣長ほど鋭敏に洞察してゐた学者は、他に誰もゐなかつたのである」（『本居宣長　補記』Ⅰ、十四－589）。小林の理解を敷衍すれば、『古事記』よりあとの時代における漢字仮名混じり文や漢文訓読による文体は、こうした日本語の特性をよく表わす表現形式ということになるだろう。

「考へるヒント」の「物」（『文藝春秋』一九六三年七月号）の回で小林は、古代の漢語のテクストを読むための徂徠の方法が、本居宣長によって日本の「古」の文献を学ぶ方法に転用されたと指摘する。それぞれの時代の「辞」が、同時代の「事」のありように対応するという徂徠の指摘と、宣長の『古事記伝』総論に見える「意《こころ》と言《ことば》と事《こと》とは、みな相称《かな》へる物」（十二-443）という言葉を並べて、そのことを示しているが、この継承関係については小林自身が『本居宣長』第三十二章で述べるように、村岡典嗣がすでに指摘しており、目新しい見解ではない。

だが小林にとっては、「歴史の穴」の対岸へと渡るための徂徠の方法を、日本の古典にも応用できると思いついたことに加えて、日本語のテクストに内在する独特の言語構造を見ぬいたところに、宣長のすぐれた点があった。その内部に漢語・漢文、和語・和文の両者からなる二重構造をもち、二つの言語が共存している日本語。そこには外国語に由来する新しい概念を、漢字による訳語の形でなめらかに和語の間に組み入れることができる。この日本語が柔軟な変化を伴いながら、長い時代を通じて存続していることが、現代人も遠い過去のテクストにとりくみ、その当時の「時代精神」について幅ひろく理解できる可能性を保障する。

そして日本語の「伝統」が持続するなかで遺されてきたテクストを読み、「思ひ出」の想像力を働かせれば、儒学が得意とする社会全体にわたる「礼楽刑政」から、和歌や『源氏物語』に描かれた細やかな人の感情まで、過去の時代のあらゆる分野の人間事象を理解し、共感することができる。

〔『古事記』編纂の時代に〕私達は知らぬまに、国語の完成された言ひざまの内にあり、これに順じて、自分達の思考や感情の動きを調《ととの》へてゐた。こゝに養はれた私達の信頼と満足とが、おのづから言語伝統を形成して、生きつゞけたのは、当り前な事だ。（『本居宣長』第二十八章、十

四―296）

「言語伝統」という表現がここに初めて登場する。こうして小林は『本居宣長』の執筆を進める過程で、日本語を読み書きする「私達」日本人の「言語伝統」が伝えてきた、「国語」による文化に対する「信頼と満足」の境地に至った。「人々が皆合意の下に、協力して蓄積して来た、この言語（国語）によつて組織された、意味の世界」（『本居宣長』第三十二章、十四―342）が、時間の流れにそって永遠に続いてゆく。小林が「歴史の穴」の存在を見つめ、「文献の誕生」の場所を、これまで知られていないもう一つの過去の地点に探ろうとすることは、もはやない。

五　愉しい学問

連載「考へるヒント」の「福澤諭吉」（『文藝春秋』一九六二年六月号）の回は、実は初出誌に載ったときにあった冒頭部分の九百字ほどを、単行本に収めるさいに省略している。一九五九年十二月号の「歴史」を除外した場合を除けば、この連載でそれだけ長い字数にわたる変更を施した回はほかにない。

初出誌ではまず、福澤諭吉『学問のすゝめ』初編（一八七二年）の冒頭の一句、「天は人の上に人を造らず人の下に人を造らずといへり」（引用は初刊本による）を掲げて、末尾にある「といへり」に読者の注意をむける。これまで一般に、この言葉は福澤自身の言葉として受け取られており、「私も亦迂闊にそう思っていた」。だが「今度」この本を読み返して、「といへり」の存在に気づいたので、福澤の著作に詳しい中村光夫に尋ねたところ、この文句はアメリカ合衆国独立宣言の冒頭近くにある、"all men are created equal"という文句の翻訳だということを教えられた。

この発見を述べたあと、小林は「長い儒学の伝統が育て上げた、思想の窮極原理としての「天」という言葉は、教養人達の心に深く根を下していた」と指摘する。福澤の場合も独立宣言の冒頭にある"Creator"（造物主）の語を見たとたんに、「天」が「生き生きとした言葉」として浮かんできた。そう論じて、福澤の「本当の豪《えら》さ」は「新学問の、明敏な理解者、解説者」という点にはなく、「旧文明」と「新文明」との衝突を見つめながら、新たな「文明の論」を「始造」しようとした試みにあるとして、一篇の議論を始めている。

ところが、翌月の七月号の投書欄に、この部分を論評した文章が載ることになる。それは名古屋市の二十四歳の男性会社員によるもので、エイブラハム・リンカーン大統領によるゲティスバーグ演説や、アダム・スミスの『国富論』の例を挙げて、英語の名文句がしばしば、キリスト教特有の意味を消し去った日本語に訳されてしまうことをとりあげ、「原文を適当にアレンジしての引用は読者に与える影響が好ましくないと思うが如何?」と述べる。福澤諭吉が"Creator"を「天」と訳したことにも同じ問題があると指摘したいのだろう。「小林秀雄氏のような人でさえ」これを訳語ではないと「思い込んでおられた」と、小林の不注意に対する批判をうかがわせる記述もある。『文藝春秋』の編集部はこの投書に「誤った引用のしかた」という題をつけて載せた。第一章でふれたように、これは「考へるヒント」の感想を述べた投書の初めての掲載例である。

さらに一号あと、八月号に掲載されているのは「還暦」の回であるが、これは七月号の投書を読む前に原稿ができていたのだろう。連載はそのあと二回休載して、十一月号に「天といふ言葉」が載る。その中ほどには、「福澤諭吉」に対し「未知の読者から批判や質問を受けて、問題の微妙を改めて感じた」（十二―367）と、読者からの反応に珍しく言及した言葉がある。投書による批判をふまえ、改めて「天」という概念に関して史料を読み、考察した結果が「天といふ言葉」なのであった。

この投書者の男性は、二〇〇六年現在で健在である。出口なお・王仁三郎《おにさぶろう》の母子を教祖として一八九二（明治二十五）年に始まった新宗教、大本（大本教）の熱心な信者であり、アメリカ人ジャーナリスト、ビル・ロバーツがその活動につき取材して書いた英文著書、『素顔の大本（*A Portrait of Oomoto: The Way of Art, Spirit and Peace in the 21st Century*）』（亀岡市、人類愛善会、二〇〇六年）の第八章にその詳しい略歴が紹介されている。同書によれば、投書者は出口王仁三郎の秘書を務めていた信者を父にもち、一九六〇年代から七〇年代にかけて、大本の国際部に勤務していたという。そのために宗派が異なるとはいえ、キリスト教の宗教性を帯びた言葉が、その本来の意味がわからない形で訳され、引用される風潮に対して義憤を覚えたのだろう。明治時代の前半までに発足した天理教、金光教、丸山教などの新宗教に対して、大本は発足したのは遅いが、大正期には全国に教勢を拡大し、貧しい庶民とともに知識人や軍人の信者も集めていた。

この大本は、独自の神国思想に基づいて世の「立替え、立直し」を唱えていたことが政府の警戒を誘い、一九二一（大正十）年、第一次弾圧事件に見舞われ、出口王仁三郎らは不敬罪、新聞紙法違反で起訴されることになった。弾圧下で中華民国への布教に活路を見いだそうとして、国際活動団体の人類愛善会も作られる。だがそののち、教団の再建を果たして昭和期に入ると名称を「皇道大本」に改め、一九三四（昭和九）年には昭和神聖会を設立して国粋主義の政治運動との連携を深めるようになる。おそらくこうした動向に対する反発から、多くの幹部が教団を離脱して新たな宗教を始めることになる。

その一つが、翌年に岡田茂吉――大本に入信する前はインテリの実業家で、ベルクソンやプラグマティズム哲学に共鳴していたという――によって始められた大日本観音会（一九四七年からは日本観音教団、五〇年からは世界救世教）であった。佐木秋夫ほか『教祖――庶民の神々』（一九五五年）によれば、「教主」の岡田は信者から「お光り《ママ》さま」と呼ばれ、手のひらから霊力を発しながら患者の身体をさする「おさすり」の療術によって病気を治すことで、とりわけ「ブルジョア、高級軍人、高級官僚の夫人など」の信仰を集めた。大東亜戦争下でも、岡田が「光」や「光明」と書いたお守りが空襲よけや弾よけになるという評判で教団を拡大し、一九四八年の信者数は公称で十万人に達していたという。

おそらく大東亜戦争の末期から数年間、小林秀雄はこの大日本観音会に入信していた。その事実を投書者は知らなかったと思われ、小林もまた、この会社員が大本の関係者とは気づかなかっただろう。新宗教との関わりは、今日出海との対談「交友対談」（『毎日新聞』一九七五年九月二十三日〜十月十日に連載）で語られている。ちなみに今日出海の父、今武平《ぶへい》は、日本郵船の船長を務めた人物であったが、アメリカ発の神秘主義・スピリチュアリズムの結社、神智学協会の第二代会長アニー・ベサントとインドで交流をもってその思想に共鳴し、東京にその日本支部を作ったと言われている（碧海寿広「神智学はなぜ仏教史のテーマになるのか」）。やはり大正期のスピリチュアリズム・新宗教の流行のなかにいたのである。

対談のなかで小林は「僕のおっ母さんは天理教だったんだよ」と語っている。小林秀雄の父、豊造は、一九二一（大正十）年に亡くなるが、その年に母、精子は「肺患のため鎌倉に転地療養」と第五次全集の年譜には記されている。この春に一高に入学した秀雄は、翌年に最初の小説「蛸の自殺」を同人誌に発表しており、そこでは鎌倉の家の女中から、母が天理教への入信を薦められ、母もまたその信仰に惹かれているようすが描かれている。こののち精子は天理教の信者になった。一九二五（大正十四）年十一月から二年半のあいだ、小林秀雄の事実婚のパートナーであった女優、長谷川泰子も、その時期に精子に「天理教に連れていってもらったこともありました」と回想している。さらに精子が名古屋の姓名判断師に頼んで決めた「小林佐規子」を、泰子は秀雄と別れたあとも藝名・筆名として使い、同人誌に詩を発表していた（『中原中也との愛——ゆきてかへらぬ』）。

今との対談のなかで小林は「まだ戦争中の事だった。天理教のお祭りに招待された」と、母とともに奈良県天理市を訪れ、天理教の第二代真柱《しんばしら》、中山正善《しょうぜん》と会ったと語っている。そしてその母が「晩年、病気になってから、お光さまに転向したんだ。それだから、僕もお光さまになった」と明かしている。妹、高見澤潤子の回想によれば、大日本観音会への精子の入信は「昭和十四、五年頃」のことである（『兄 小林秀雄』八四頁）。母は病に苦しみ、「お光さまのおさすりしか信じなくなった」。そのため、秀雄も入信し「東京に通って免状を取った」が、母が死んだのちは、首から下げていた「お光さま」のお守りも、「無用の長物だから捨てちまった」という（十三－454）。第一章で紹介した一九六一年の新聞記事「各界新地図　文壇5」が小林のことを「文学のお光さま」と呼んでいるのは、この事情を知っていてそう書いたのだろう。一九四七（昭和二十二）年に発表された坂口安吾「教祖の文学——小林秀雄論」の題名の由来も、気になるところではある。

大日本観音会の正式な信者だったのは、「戦争中」が大東亜戦争のことを指すならば、戦争末期から一九四六年五月に精子が亡くなるまでの、短い間のことだった。しかし、『本居宣長』の刊行後、その書評（「小林秀雄『本居宣長』を読む」、『新潮』一九七八年一月号）を発表した大江健三郎を小林は自宅に招き、ともに食事をしたが、そのさいに、自分は手のひらから「霊力」を出すことができ、「自分にはいまもその力がある」と語っていたという（大岡昇平・大江健三郎「伝えられたもの」）。「霊力」を信じる気持ちは、晩年まで残っていたのである。

小林秀雄が時折、死者の魂が生者に働きかけてくることや、神秘現象に対する関心を見せることは、ベルクソン論の連載「感想」の第一回（『新潮』一九五八年五月号）で、母の死後に見た蛍を「おつかさん」と実感したと語っている箇所や、講演「信ずることと知ること」（『日本への回帰』第十集、一九七五年三月）でユリ・ゲラー、ベルクソン、柳田國男に言及するくだりを題材にして、よく注目される。徳川思想史に関しては、『古事記』に記された神々への信仰を学問の中心にすえた、本居宣長がそうした小林の関心をもっとも惹きつけることになるはずだが、書物としてまとめられた『本居宣長』『本居宣長　補記』には、その要素が意外に稀薄で、魂や神に関する記述はあっさりしている。宣長の「神学的思想」を探ろうとした村岡典嗣や、その神々に対する「非合理的信仰」を強調する丸山眞男の方がむしろ、人間の世界を超越するものへ帰依しようとする宣長の志向を、生々しく表現しているようにすら思える。

しかし、単行本では削られた連載「本居宣長」の第五十一回（『新潮』一九七四年五月号。第四十章に続く箇所）では、和歌を詠み、日常生活を送り、世に活躍する人々の心が、窮極的には「神」との関係に結ばれているという展望を示していた。歌論が対象とする「歌の事」が、『古事記』に記された「道の事」にいかにして関連するのか。そういう問題として論じられている。

歌で自分の心情を言い表わす営みは、「自己主張や自己防衛の具」としてそれを使う態度ではいけない。そうした計算を捨て、自分自身の「まごころ」になり切ったとき、初めて「人々に親しく語りかけ、人々を、こちらの側に引附ける事が出来」る。「己れを知る者は、他人とその心を別つ」と「歌といふものが言つてゐるのだ」。そうした回路を切り開く力を持っている歌が、真に美しい歌なのである。そう述べたあと、次のように「こゝろ」「たましひ」「神」へと考察が展開してゆく。

この「歌」から「道」への、おのづから開かれてゐる通路を行くとは、宣長にとつて、これも知らぬ間にと言つてもいゝだらうが、言葉の伝統を遡る事であつた。「まごころ」から「こゝろ」といふその源泉に行き、「たましひ」「たま」に出会ひ、「霊《タマ》ちはふ神」と歌はれたやうに「神」に行着くのであつた。そこで、「真心《マゴコロ》とは、産巣日《ムスビ》ノ神の御霊《ミタマ》によりて、備《ソナ》へ持て生れつるまゝの心をいふ」事になる。（くずばな上つ巻）（同回二〇二頁）

ここで引かれている本居宣長『くず花』上巻の引用箇所は、天地の始めから現在に至るまで高《たか》天原《あまのはら》に存在し続け、あらゆる物を生み出す力を持つ神、産巣日の神が、その霊力によって、人々にそれぞれの「真心」を植え付けているという理解を示している。そして出典の原文では、「真心」のありようは、智・愚も善・悪も、人によって多様なので、天下に暮らす人々に二人として同じ人はいないという主張に続いている（『本居宣長全集』第八巻、一四七頁）。この小林による説明の場合、「まごころ」は『くず花』の「真心」とは意味が違っていて、時々の感情の動きを「まごころ」と呼び、その深奥にある心の働きを「こゝろ」と名づけているのだろう。第三章で述べた「欲」が「まごころ」、「情《こころ》」が「こゝろ」にそれぞれ対応し、「まごころ」「こゝろ」の両方を合わせて、その人ならではの個性を有していることを言い表わしたのが、『くず花』で述べられる「真心」すなわち「生れつるまゝの心」ということになる。

そして、表面的な「まごころ」の奥にあって感情の動きを支えているのが「こゝろ」である。第三章で指摘したように、「もののあはれを知る」深い共感の働きは、この部分で行なわれる。したがって、優れた歌がそれを受容する人の共感を誘い、作者と読者との間に「その心を別つ」交流が生まれるのは、この深層の「こゝろ」の次元においてである。そこでは時々の思いの揺れ動きには左右されないような、しっかりした信頼関係が生まれるだろう。だからこそ、「歌の道」は人と人の間をつなぐ倫理の「道」へと直結し、世の秩序を支えるのである。この第五十一回には『源氏物語』の「本意」という表現が見えるので、小林はおそらく『紫文要領』における宣長の議論から、そう読みとったのだろう。

しかし、「まごころ」から深層の「こゝろ」に向かい、さらに深く進んで「たましひ」「たま」に出会うとはどういう意味か。折口信夫は戦後の大学講義「霊魂信仰論（神道概論）」（一九四六〜四七年度）で、「たま」すなわち「霊魂」は、神・人・動植物それぞれの身体に、外から入ってきて心を支配するもので、人が死ねば出て行って「他界」へと移動すると説明した。しかも魂は、一人の人に一つのみ入っているのではない。また時にはその人の意志に関係なく勝手に遊離することもある。たとえば「尊い人」の身体から出た霊魂が、ほかの人の身体に入りこんで、その人に威力を賦与するという場合がある（『折口信夫全集　ノート編　追補』第一巻）。

小林が「たま」の理解に関して、折口と同じように考えていたかどうかは定かでない。だが、小林は言及していないが『日本書紀』神代巻上第八段の一書には、地上の国土の平定を終えた大《おお》己貴神《あなむちのかみ》（大国主神）が、みずからの「幸魂《さきみたま》・奇魂《くしみたま》」と出会い、会話をする場面がある。宣長は『古事記伝』第十二巻で、この箇所については記述の通りに受けとめるべきだと論じている。そうした「たま」の理解が正しいならば、人もまた自分の「こゝろ」に宿っている、あるいはこれから宿ろうとする「たましひ」「たま」に、心の奥底へと自覚を掘り下げることを通じて、あるいは外界に漂う遊離魂として対面することがある。自作の歌を眺めることも、みずからの「たましひ」との出会いにつながるだろう。「「たましひ」「たま」に出会ひ」という小林の表現は、そうした霊魂観を前提としているように思われる。

小林の引いている「霊ちはふ神」という言葉は、古代の用例が『万葉集』で使われたものが一つあるだけの珍しい言い回しであるから、それだけ「たま」と「神」との強い結びつきを示したかったのだろう。同じ講義「霊魂信仰論」で折口は「たまちはふ」という言葉にもふれており、神の霊魂が発揮する威徳が人間を守ってくれることを言い表わすと解しているらしい。すぐれた歌を詠み鑑賞する営みが、心の奥底に作用して、人と人の間の深い信頼を生み出し、社会の秩序を維持してゆく。しかし個々の人がさらに自分の心の深みへと内省を進めるならば（あるいは何らかの修行や儀式を通じて、外界に出た自分の魂を見ることができるのなら）、他の誰とも共通していない、その人だけに属する魂と出会うことになるだろう。そして人間を超越した神の加護が、自分の魂にもひそかに及んでいることを自覚するのである。――そんな内容が、小林が本居宣長の著作から読み取った、一種の神学だったのではないだろうか。

どうやら小林は、連載を著書『本居宣長』にまとめるにあたって、自分の理解がまだ十分に整っていないと思った部分を、とりわけ切り落としたのではないか。荻生徂徠の「古文辞学」や宣長の「たましひ」「神」を論じた回を削除していることは、そんな背景を想像させる。それは読者が読みやすい構成にするための配慮だったかもしれないが、結果として一冊全体の内容を、平板で淡泊な印象のものにしてしまった。

同じような意味で、やはり単行本に収められなかった「本居宣長」第四十六回（『新潮』一九七三年七月号。第三十七章の直前にあたる。全文を本書の巻末に再録）も興味ぶかい。宣長の歌論をめぐる検討から、学問への入門書として書かれた『うひ山ぶみ』(寛政十一・一七九九年刊) へと議論を進め、そこで語られる「かたはしより文義を解せんとすべからず」「語釈は緊要にあらず」という提言に注目して、宣長の言語論についての解説を行なった回である。

だが、この回の後半の議論は宣長というよりも、宣長の所説に触発されて小林自身の思考を展開したという趣きが強い。言葉の意味は、時代の違いやその用例が置かれた文脈によって変わるのだから、定義や語源の詮索にこだわるべきではない。『うひ山ぶみ』と『玉勝間』で宣長がそう述べていることから話題を発展させて、小林は「会話」についての考察を始めている。

言葉の意味は、語り手の語りやう、聞き手の聞きやうに従つて、変化して止まぬものだが、互に語り合ふ者の、間を結ぶ言語による表現と理解との生きた関係とは、まさしくさういふものであり、この不安定な関係を、会話してゐる当人達は、決して不都合とは考へないのも、不思議と言へば不思議な事で、不安定で、絶えずその均衡の回復を計らねばならないところから、会話は生気を得て進行するらしい。(同回二一八頁)

これは小林流のコミュニケーション論になっていると言える。言葉の意味は、会話のやりとりのなかで変わってゆく。仮にそれを一字一句、忠実に文字化して、その現場にいなかった人物が後で読んだならば、発話どうしのつながりも、個々の語句の意味もまったく不明なものになっているだろう。その意味で常に誤解、食い違い、勘違いを含みながら、曖昧かつ「不安定」な状態で会話は進行しているのだが、会話している当人たちは「生気」に満ちている。

しかも、その会話の流れに身を任せて話しているうちに、自分でも思いもよらなかった、みずからの「心のあるやう」が口をついて出る。「言葉を選び、使ふのは、確かに私だが、逆に、言葉の方で私を捕へて離さぬといふ事もあるのだ」。これは、その場の「空気」を読んで、しぶしぶ話題を相手の好みに合わせているというのではない。「親しく語り合ふ者は、言語による充実した関係で、相手と結ばれてゐる」。そこで生じるのが「会話の楽しさ」なのである。「面倒だが、又楽しくもある、終ることのない努力」。それは何らかの結果を出すことを目ざすのではなく、会話を楽しむことそれ自体を目的にしているからこそ、終わることはないのである。そしてこの会話のなかで人は、他者を深く理解し、自分自身を発見する。

実はこの回は、冒頭の記述からも想像されるように、第四十五回（『新潮』一九七三年五月号。単行本に未収録）で小林自身の学問論を展開した続きになっている。この第四十五回はジークムント・フロイト論を含んでおり、「考へるヒント」の「辨名」および「歴史」（『文藝春秋』一九六三年五月号）の回と並んで、精神分析学について小林が評価を展開したテクストとしても貴重であるが、いまその点についてはふれない。学問論それ自体は、「近代科学」における「数学的言葉」の支配や、「物的根拠」の偏重という「大多数の科学者達」の傾向をきびしく批判したものであり、すでに第二章で検討した現代科学批判と、ほとんどの論点が重なっている。だが同時に、「人間的事実」をめぐる科学者の態度に対する批判の舌鋒が、より鋭くなっていることは見のがせない。

小林によれば、科学的方法による研究の対象が「人間的事実」にまで広がった結果、そうした学問分野においては「その性質の曖昧な研究対象はいよいよ多様化し、極端な専門化によつて分裂し、その部門は互に孤立せざるを得ない」。そして研究者たちは「人間的対象の語りかけて来る容易に判じ難い言葉を、忍耐して聞かうとはしない」。曖昧で多様な「人間的事実」を相手にしているとわかっているのに、その困難に目をつぶり、科学的な手法が通用する主題だけを選んで研究業績を積み重ね、「物的成果」を挙げようとする研究者が続出する。だが「科学としての体裁」だけを整えようとする風潮が広まると、別の種類の知識人が登場して、ジャーナリズムにも活躍の場所を広げるようになる。一方では「専門語や術語の任意な発明、使用」を容認してしまう「自称科学者」、他方では「本当に合理的な熟慮反省とは無関係な、合理主義的性向から生れた、単なる分析的諸思想」が跋扈して、その両者が「現代の教養人の知的環境」を作りあげているのである。

文系の学問に「科学」が浸透していった結果、専門的科学者、「自称科学者」、「分析的諸思想」が跋扈するようになった。小林は具体例を挙げていないが、専門的科学者は理論経済学や行動主義心理学、「自称科学者」はマルクス主義の社会科学、「分析的諸思想」はあるイデオロギーに基づいた社会評論のたぐいに対応するだろうか。一九七三年当時の日本の大学で、こうした潮流が文系学部の主流になっていたとは必ずしも言えないだろうが、あとの二者は同時代の『文藝春秋』『中央公論』『世界』といった総合雑誌に寄稿された文章では、よく見かけるものである。

文系分野における科学的方法の跋扈に対する批判は、連載「考へるヒント」でも、やはり「辨名」と「歴史」（一九六三年五月号）で繰り返されている。多様性や偶然性に満ちた「人間的事実」について検討するための「常識」や、変化に満ちた「歴史」を理解するための方法が、荻生徂徠や本居宣長の「近世の学問」には豊かに具わっていた。思想史研究を通じてそれを発見したことが、改めて現代の学知に対する反省に、小林を導いたのである。

言語の微妙な働きへの注目、美をめぐる柔軟な感覚、形式論理とは異なる「常識」と判断力の涵養、歴史的に物事を理解する方法。そういった事柄は、いまでも人文学（広く文系の学問を総称した意味で）の意義を説明するさいに、よく用いられる。だがそれに加えて、小林に独特の着眼点がある。それは、学問における「対話」の重要性である。先ほどふれた「会話」に関する言及も、徳川時代の思想家たちが「対話」を強調しているという発見を背景にしているだろう。

『本居宣長　補記』の第Ⅰ章（『新潮』一九七九年一月号）は、田中美知太郎の講演を聴いたことをきっかけにして、プラトンの対話篇『パイドロス（*Phaedrus*）』から議論を始める。何かの結論を出そうと目ざすのではなく、たとえば恋（エロース）といった「具体的な話題」を共有し、「生きてゐる対話」を続ける。そこで「対話の喜び」をじっくりと味わう営みを通じて、人は「正しく語る力」そして「正しく考へるといふ力」を自分の内に育て、魂を生長させてゆくのである（十四－574～575）。この発想に小林は注目する。

また、第二章に登場した物理学者、デイヴィッド・ボームは一九七〇年代から、近代科学が用いる、対象を断片化して認識する思考を批判し、分割不可能な全体の運動をとらえようとする、ニュー・エイジ・サイエンスの論者として活躍するようになった。その没後に刊行された著書が

『ダイアローグ』（*On Dialogue*, 1996）である。ボームによれば、現代社会において、異なる国家や宗教の間でも、国内の問題をめぐっても、対立と分極化が烈しくなってしまうのは、人々の思考が狭い範囲にしか向かわず、断片化しているせいである。そして、それを乗り越える営みとしての「ともに考えること（collective thinking）」を育てるために、結論を得ることを目標としない、開かれた自由な対話を少人数の会合で続けることが重要だと説いた。小林と同じく近代科学を批判する立場から、やはり「対話」の重視に行き着いたところが興味ぶかい。

　そして小林が『本居宣長　補記』Iで説くところによれば、中江藤樹の著書『翁問答』も、本居宣長の『排蘆小船』も「問答体の文章」で書かれている。そしてそこには、プラトンが描くソクラテスの対話と似た思考様式が見られ、「新しい問ひ」と「新しい答へ」をたがいにやりとりする過程が描かれていると指摘する（十四―577）。これに関連する論考として、「考へるヒント」の「ヒューマニズム」（『文藝春秋』一九六二年四月号）の回では、熊澤蕃山が問答体で書いた書物、『集義和書』の巻第二に見える、学問に関する教えを求めている仮想の質問者に、自分は「弟子」というものは取らないと答えた書簡を紹介している。

　自分のところで行なっている学問においては、「医者・出家〔＝僧侶〕などのごとくに、師弟の様子はなく候。たゞ、本よりのまじはりにて、志《こころざし》の恩をよろこびおもふのみなり」（十二―306。引用は『日本思想大系　30　熊澤蕃山』三九頁による）。ここに言う「本《もと》より」は、「言うまでもなく、もちろん」という意味で、学びに来た人ならば、師弟の上下関係の下位に置くのではなく、真理の対等な追究者として交際するのが当然だという発言であろう。だが小林はこれに「本《ほん》より」と訓をつけて、「本による心友の交はり」（十二-309）と言い直している。

しかしこれは、意味のある誤読であった。この「ヒューマニズム」の回で小林は、ほかに山崎闇斎と伊藤仁斎の例をあげ、身分や出身地を異にする多くの人々が彼らの家塾に集まり、「心友」として経書の読解に励んでいたという記録を紹介し、そこで生まれた「学問をする喜び」（十二-307）をくりかえし強調する。歴史上の事実として山崎闇斎については、みずからの弟子を対等の真理探究者として扱っていたとは思えないが、藤樹と仁斎の塾に関しては確かに、師弟が経書の解釈をめぐって活発に対話する光景が見られたことだろう。

一つの問題をめぐって、さまざまな意見を口にしながら「対話」を続けること。この営みを通じて自分と他人の個性も明確に形づくられる。「対話」の過程そのものを楽しむような学知のあり方が、ここには開示されている。「人間的事実」をめぐる探究である人文学において、この「対話」が活発に行なわれる時には、まさしく人間らしい営みとして「喜び」を生むものだと小林は考えていた。そしてニーチェ風に呼ぶならば、それは徳川時代における「愉しい学問」の実践という、もう一つの伝統の発見だったのである。

補記

本書は一般読者にむけて書いた選書本であるから、詳しい注はつけていない。参考文献も、本文を書くとき直接に参考にした文献のみを挙げている。しかし、それ以外の事柄についても調べた上で書いたことは、もちろんである。また、小林秀雄通・日本近代文学通の読者にとっては、「あの問題はどうなっているのか?」という疑問が湧くのも当然であるし、後進の方々に対して研究に役立ちそうな情報を提供しておくのが、やはり大事であろう。そこで、小林に関する先行研究・先行論説を中心に、重要だと考えた文献についてコメントを書き、本文で書けなかったいくつかの問題についても、簡単に追加説明を行なうこととした。遺漏があることは承知の上で、すでに知っている範囲の情報を書いておく。

本書の執筆作業の全体に関しては、『小林秀雄全集』補巻I〜IIIにまとめられた、本文に対する注(もともとは『小林秀雄全作品』全二十八集・別巻四巻、新潮社、二〇〇二年〜二〇〇五年に付された脚注)が、作品の理解のために役立った。注の理解に従わなかった場合もあるが、違いがわかるように書いているので、比べてみてほしい。小林秀雄には、生涯を通観した本格的な伝記研究がいまだにない状態であり、大澤信亮《のぶあき》「小林秀雄」(『新潮』二〇一三年七月号より連載)の完結が待たれる。さしあたりその欠落を補う文献として、細谷博『小林秀雄——人と文学』(勉誠出版、二〇〇五年）、郡司勝義『小林秀雄の思ひ出』（一九九三年初刊、文藝春秋・文春学藝ライブラリー、二〇一四年）、江藤淳『小林秀雄』（一九六一年初刊、『新編　江藤淳文学集成2　小林秀雄論集』河出書房新社、一九八四年、所収）、青柳恵介「教育研究所にて保管している「小林秀雄文庫」について」（『成城国文学』二〇号、二〇〇四年三月）がある。

関連文献・研究文献の探索には、吉田凞生・堀内達夫編『書誌　小林秀雄』（図書新聞社、一九六七年）、清水孝純《たかよし》「小林秀雄」（重松泰雄監修『明治・大正・昭和　作家研究大事典』桜楓社、一九九二年）、山本勇人《はやと》「小林秀雄研究の現在と未来——言説・思想・表現・戦争・哀悼」（『京都精華大学紀要』五五号、二〇二二年三月）が役立った。

近年に刊行された小林秀雄論で、接近方法が本書にやや近いのは、中野剛志《たけし》『小林秀雄の政治学』（文藝春秋・文春新書、二〇二一年）と綾目広治《ひろはる》『小林秀雄——思想史のなかの批評』（アーツアンドクラフツ、二〇二一年）であろう。前者は小林の初期の作品から『本居宣長』に至るまで、その「政治」観の展開を網羅して説明しきった労作。本書では十分にふれることのできなかった「考へるヒント」中の政治論の回、「プラトンの「国家」」「ヒットラアと悪魔」「歴史と人生」（「プルターク英雄伝」）における議論については、ぜひ同書を参照していただきたい。後者は『考へるヒント』以降の時期に関しては叙述をやや簡単に済ませているので、「歴史」観・「政治」観の分析を除くと、本書と重なる論点はあまりない。「はじめに」でとりあげた「人形」をめぐる研究論文としては、大嶋仁「小林秀雄の「人形」」（『福岡大学人文論叢』三五巻一号、二〇〇三年六月）があるが、小林と井伏に関する評価は本書と大きく異なる。

「主調低音」について

「主調低音」については、中島敦「狼疾記」（一九四二年）に同じ言葉が登場し、「グルンド・バス」というドイツ語の音楽用語でルビが振られているので、その原語であるフランス語のbasse fondamentaleであろうと推測したしだいであるが、小林が「ランボオI」（「人生斫断家アルチュル・ランボオ」）を発表した一九二六年よりも前に、一般に音楽用語として「主調低音」が使われた例をいまだ発見できていないので（見つかった例は「基礎低音」）、強い確信はない。

なお、清水孝純「様々なる意匠」（鑑賞）」（同編『鑑賞日本現代文学16　小林秀雄』角川書店、一九八一年、八八頁）は、ポール・ヴァレリーが『レオナルド・ダ・ヴィンチ方法序説　覚書と余談』(Paul Valéry, *Note et Digressions*, 1919）において、何者かであることを拒否し続ける否定の運動としての「純粋自我」（le moi pur）が、意識の深みで働いているありさまを、交響楽の内から聞こえてきたり隠れたりする「ある低い持続する音」（un son grave et continu）「この深い楽音」（cette profonde note）にたとえた箇所（塚本昌則訳『レオナルド・ダ・ヴィンチ論』筑摩書房・ちくま学芸文庫、二〇一三年、一四三頁）から、小林は「主調低音」を思いついたと推測している。だが、これは楽譜に記され、現実の音として耳に入る低音部の旋律、ベースラインのことを指すと思われる。普通は「傑作の豊富性の底を流れ」ており聞こえないが、すぐれた批評家の思考のうちに「不思議な角度から」突然現われる、小林の「主調低音」とはやはり違うのではないか。清水が引く佐藤正彰訳（『ポオル・ヴァレリイ全集』第五巻、筑摩書房、一九四二年所収。清水は吉田健一訳と誤記している）は、「この深い楽音」が「実存の錯綜した諸条件や複雑な多様性のすべてを支配する」（塚本訳）という箇所の「支配する（dominer）」を「主調音となる」と訳しているが、「主調音」という訳語が、そもそも小林の「主調低音」に引きずられたもののような気がする。

「宿命」について

本書では、小林の初期の作品に頻出する「宿命」の語について、「その作者ならではの」という軽い意味で説明したが、これには理由がある。小林における「宿命」について、もっともゆきとどいた理解を示しているのは、清水徹「日本におけるポール・ヴァレリーの受容について――小林秀雄とそのグループを中心として」（『文学』季刊一巻四号、一九九〇年十月）であるが、小林が「宿命」という言葉に、はっきりした意味をこめて一貫して使っているようには思えないのである。むしろ、鹿島茂『ドーダの人、小林秀雄――わからなさの理由を求めて』（朝日新聞出版、二〇一六年）における「分かりやすい「個性」とか「自我」という意味範囲の狭い語の代わりに、「宿命」などという妙に意味範囲の広い言葉を持ちだし、語の外縁部分の曖昧さを利用して、己の概念把握の不正確さを覆い隠すというやり方」（同書一九五～一九六頁）という説明に近い印象を抱いている。

小林秀雄の人間観・藝術観の基底をなすものを探る場合、「宿命」よりも「自由」に関する言及に注目した方が、明確な像が結べるのではないかと思う。本書では第五章で簡単にふれたが、小林の言う「自由」は、西洋思想に伝統的な、理性的な意志による自己支配としての「自由」や、ジョン・ステュアート・ミルが説いた、個人が外部から干渉を受けない状態としての「自由」とは異なっている。小林の場合は、個人が特定の状況において行動し、時代状況も含めた外部の障碍と格闘しているさいに感じる充実感のようなものである。この「自由」に着目した論考として、磯田光一「小林秀雄論――受難の現実性について」(一九六六年初出、『磯田光一著作集』第六巻、小沢書店、一九九五年、所収)、尾上新太郎『戦時下の小林秀雄に関する研究』(和泉書院、二〇〇六年)第二章、中野前掲『小林秀雄の政治学』第四章・第七章がある。

戦争の時代と歴史論について

小林の支那事変・大東亜戦争への関わりについては、「事変の新しさ」(一九四〇年)に関する中野剛志による以下の評価に同感である。「小林は、この戦争がその「新しさ」ゆえに極めて困難な事態であり、失敗する可能性が高いというに等しいことを早くから公言していた。それも、戦争協力の場においてである。そんな豪胆なことをやってのけられる者が、戦後になって戦争協力を糾弾した知識人たちの中に一人でもいたか」(『小林秀雄の政治学』九九頁)。もちろん、個々の戦争をめぐる態度の前提として、小林自身が日本帝国の拡大と植民地支配、また大日本帝国憲法が規定する男性国民の従軍義務に対して批判的でなかったことは確かであろう。だがその点――同時代の日本の知識人の多くと共通するはずである――を問題にすることを通じて、小林秀雄論として何か意味のある論文や評論を、新たな形で書けるとは思えない。すでに本多秋五と丸山眞男による批判で、論点は尽きているのではないか。

戦争の時代と並行して小林が歴史論を展開していった経緯については、近年、多くの研究が発表されている。思想史の（あるいはそれに近い）接近手法によるものとしては、森本淳生『小林秀雄の論理――美と戦争』（人文書院、二〇〇二年）、宮川康子「小林秀雄と歴史の問題」（『京都産業大学論集　人文科学系列』四二号、二〇一〇年三月）、都築勉「戦争と小林秀雄」（日本政治学会『年報政治学』二〇一一年度I号、二〇一一年六月）、大澤信亮「小林秀雄」第三十二回（『新潮』二〇一六年五月号）、山本勇人「《沈黙》する批評言語――戦時下の小林秀雄における歴史表象」（『日本近代文学』第一〇六集、二〇二二年五月）などがある。

この点に関連して気になるのは、保田與重郎ら日本浪曼派との関係である。かつては本多秋五や橋川文三に見られるように、小林と日本浪曼派を同列に並べて戦争協力者として批判する傾向があった。小林と保田の違いについては、桶谷秀昭『昭和精神史』（一九九二年初刊、文藝春秋・文春文庫、一九九六年）二二六〜二二八頁に興味ぶかい指摘がある。奈良県桜井に生まれ育った保田は、自分の故郷が「日本」のふるさととして学校などで教えられることに対する違和感も抱きながら、そうした地方で培われた「民衆の文化意識の直接、間接の表現」として、日本の古典を信じるようになった。だが、そうした生活共同体としての実感をともなった「故郷」の感覚は、小林には稀薄なのである。第四章で言及したエルネスト・ルナンのナシオン論との違いも、ここに関連する。

なお、本文ではふれることのできなかった、小林秀雄と柳田國男との関係については、郡司前掲『小林秀雄の思ひ出』二二四〜二三八頁に詳しい。明治大学での授業のさいに、学生から「先生は神を信じますか」と問われたとき、小林は「信じますよ」と答えたという逸話（藤川能『わが巨匠たち――回想の文芸科』九五頁による）もそこに紹介されており、興味ぶかい。小林の宗教観をめぐっては、佐藤泰正『文学と宗教の間』（国際日本研究所・創文社、一九六八年）、および永藤武『小林秀雄の宗教的魂』（日本教文社、一九九〇年）をおもしろく読んだ。

徳川思想史論について

小林秀雄を思想史家として読み直そうという試みは、本書と接近手法は異なるが、佐藤正英「思想史家としての小林秀雄」（『季刊日本思想史』四五号、一九九五年七月）がかつて提案したものである。だが『考へるヒント』における徳川思想史論を本格的にとりあげた先行研究は少ない。管見のかぎりで、野口武彦「小林秀雄氏と儒学的なるもの」（『文學界』一九八三年五月号）、田中敏生「〈日常経験〉から〈純粋経験〉へ――『考へるヒントⅡ』における徂徠像をめぐって」（神戸大学文学部国語国文学研究室『国文学研究ノート』二二号、一九八八年八月）、二宮正之『小林秀雄のこと』（二〇〇〇年初刊、岩波書店・岩波現代文庫、二〇一八年）がある程度である。連載「本居宣長」の単行本未収録の回の重要性については、二宮の著書から教示を受けた。

なお、橋本治『小林秀雄の恵み』（二〇〇七年初刊、新潮社・新潮文庫、二〇一一年）三五八〜三六〇頁は、『本居宣長』の叙述から、「近世」から「近代」に至る思想史の流れを小林が構想していると的確に読み取っている。だが、本当の日本の「近世」は、歴史上存在した「近代」とは異なるはずだ（あるいは、異なっていてほしい）という著者の思いが入り混じって、屈折した議論になっている。

『本居宣長』について

書物として完成された『本居宣長』に関する全体評価については、菅野覚明が記す以下のような評言と似た感想を抱いている。「宣長の「充実した自己感」をどこまでなぞっても、宣長の、そして小林自身の「思想の源泉」は、ついに明らかな姿をあらわさなかったように見える」「徹底的に内在し寄りそう小林の意識的方法は、はじめから、相手の正体をそれとして明るみに出すことをめざしていない。小林は、決して対象に向かって問いただすことをしない（遠慮がちな質問はするが）からである」（菅野覚明「解説」、相良亨『本居宣長』講談社・講談社学術文庫、二〇一一年、所収）。もちろん述べられた個々の議論について、小林が宣長のテクストをどう解釈しているか、実際に『古事記伝』や『古事記』そのものと対照しながら読むならば、おもしろい発見もあるのだが、『本居宣長』一冊を通読したかぎりでは、平板な、立体感のない叙述という感想をどうしても抱いてしまう。

この一つの原因は、そもそも宣長自身の散文が、同時代の国学者・儒学者に比べて論理的でわかりやすいからであろう。中村幸弘「近世擬古文の語法——本居宣長『直毘霊』の場合」（弘前学院大学文学部『紀要』四二号、二〇〇六年）によれば、『直毘霊』の論説本文と自注の文章は、中古和文の語法に上代の語彙を混ぜたものを基本としながら、「〜ならずや」「〜にあらずや」「〜することと能はず」「のみならず」といった、徳川時代の漢文訓読調の議論文に見られる語彙を混ぜているという。同時代の読者に対して、わかりやすく趣旨が伝わるように、工夫された文章だったのである。自分の仕事は「宣長の遺した原文の訓詁にある」(十四-236)と小林はみずからの執筆態度を語っているが、宣長のテクストの言葉は現代語にやや近い。現代人の言葉とかけ離れた聖書や『古事記』『万葉集』の原文を解読する場合ならば、「訓詁」を通じて隠れた意味を見いだすことが可能であり、文献学的な読解においては必須の手続だが、論理明快な古典解釈書の言葉に「訓詁」を施しても、その意味を表面的に言いかえることにしかならない。この点は刊行直後の文藝時評(『文藝』一九七八年一月号)で川村二郎が、宣長の『古事記伝』を「訓詁」の素材にとりあげても「対象の不透明度がそもそもさして強くない」と指摘したことであった(川村『文藝時評』河出書房新社、一九八八年、所収)。

参考文献

序章

石原千秋「センター試験「国語」の最低平均点と小林秀雄の随筆」（ウェブ版「産経ニュース」二〇一三年二月十八日）
石原千秋『秘伝　大学受験の国語力』（新潮社・新潮選書、二〇〇七年）
小野裕紀子監修『著者に注目！　現代文問題集』（教学社、二〇一二年）
樫原修「小林秀雄研究史私観」（『一冊の講座　日本の近代文学7　小林秀雄』有精堂、一九八四年、所収）
川副国基『小林秀雄』（學燈社・學燈文庫、一九六一年）
清水徹「日本におけるポール・ヴァレリーの受容について――小林秀雄とそのグループを中心として」（『文学』季刊一巻四号、一九九〇年十月）
関本菜穂子「自然と音楽――和声を科学的に説明する」（西田紘子ほか編『ハーモニー探究の歴史――思想としての和声理論』音楽之友社、二〇一九年、所収）
坪内祐三「正宗白鳥」（『みんなみんな逝ってしまった、けれど文学は死なない。』幻戯書房、二〇二〇年、所収）
根岸泰子「批評文学の自立」（久保田淳ほか編『岩波講座　日本文学史　第十三巻　二〇世紀の文学2』岩波書店、一九九六年、所収）
林正子「近代日本における〈批評〉概念成立への道程・序」（『岐阜大学国語国文学』三〇号、二〇〇三年六月）
平野謙「小林秀雄」（『平野謙全集』第八巻、新潮社、一九七五年、所収）
福井芳男ほか編『フランス文学講座6　批評』（大修館書店、一九八〇年）
福田恆存「小林秀雄」（原題「誠実といふこと――小林秀雄との出会ひ」、『福田恆存評論集』第十四巻、麗澤大学出版會、二〇一〇年、所収）
藤枝静男「小林秀雄氏の想い出」（『文學界』一九八三年五月号）

三好行雄・山本健吉・吉田精一編『日本文学史辞典　近現代編』（角川書店、一九八七年）
村田克也「高等学校　評論教材実践史の一考察――小林秀雄「平家物語」「無常といふ事」を中心に」（『全国大学国語教育学会国語科教育研究　大会研究発表要旨集』一〇七号、二〇〇四年）
明治書院第三編集部編『ダブルクリック評論文読解1　小林秀雄・山崎正和攻略集』（明治書院、一九九七年）
アルチュール・ランボー　Arthur Rimbaud（平井啓之・湯浅博雄・中地義和訳）『ランボー全詩集』（青土社、一九九四年）
アルチュール・ランボー　Arthur Rimbaud（中地義和編）『対訳　ランボー詩集――フランス詩人選（1）』（岩波書店・岩波文庫、二〇二〇年）

第一章

池内恵『書物の運命』（文藝春秋、二〇〇六年）
井上義和「『文藝春秋』――卒業しない国民雑誌」（竹内洋・佐藤卓己・稲垣恭子編『日本の論壇雑誌――教養メディアの盛衰』創元社、二〇一四年、所収）
旺文社編『全国大学入試問題正解　前・後期編合併　分冊セット版　国語編　昭和41年度』（旺文社、一九六六年）
旺文社編『全国大学入試　国語・社会問題正解　昭和49年度』（旺文社、一九七四年）
河上徹太郎「芸術院総会の一日」（『河上徹太郎全集』第二巻、勁草書房、一九六九年、所収）
河上徹太郎「小林秀雄の「考へるヒント」」（同上書、所収）
斎藤美奈子『麗しき男性誌』（文藝春秋・文春文庫、二〇〇七年）
坂本忠雄『小林秀雄と河上徹太郎』（慶應義塾大学出版会、二〇一七年）
塩田良平・鳥居正博『現代国語の傾向と対策　昭和43年版』（旺文社、一九六七年）
出版ニュース社編『出版データブック　改訂版　一九四五～二〇〇〇』（出版ニュース社、二〇〇二年）
高田瑞穂『現代文の学び方』（至文堂、一九五五年）
寺田透「小林秀雄『考へるヒント』」（『寺田透・評論　第Ⅱ期』第一巻、思潮社、一九七七年、所収）

中村光夫「「考へるヒント」」（『中村光夫全集』第六巻、筑摩書房、一九七二年、所収）
中村光夫「小林秀雄の作品」（同上書、所収）
中村光夫「小林秀雄論の流行」（同上書、所収）
分銅惇作・鳥居正博『傾向と対策 現代国語 50年版』（旺文社、一九七四年）
村松剛「小林秀雄著「考へるヒント」「『白痴』について」」（『読売新聞』一九六四年六月十一日夕刊）

第二章

雨宮綾夫「物理学」（三木清ほか編『現代哲学辞典』日本評論社、一九三六年、所収）
板橋拓己『アデナウアー――現代ドイツを創った政治家』（中央公論新社・中公新書、二〇一四年）
伊藤仁斎（清水茂校注）『童子問』（岩波書店・岩波文庫、一九七〇年）
アーサー・エヂントン Arthur S. Eddington（寮佐吉訳）『物的世界の本質』（岩波書店、一九三一年）
江戸川乱歩・小林秀雄「ヴァン・ダインは一流か五流か」（『江戸川乱歩推理文庫64 書簡 対談 座談』講談社、一九八九年、所収）
大岡昇平「小林秀雄の世代」（一九六二年初出、『小林秀雄』中央公論新社・中公文庫、二〇一八年、所収）
ガルリ・カスパロフ Garry Kasparov（染田屋茂訳）『ディープ・シンキング――人工知能の思考を読む』（日経BP社、二〇一七年）
菊池正士「原子力研究に進め」（『科学』一九五二年九月号）
菊池記念事業会編集委員会（編）『菊池正士 業績と追想』（私家版、一九七八年。国立国会図書館蔵）
マンジット・クマール Manjit Kumar（青木薫訳）『量子革命――アインシュタインとボーア、偉大なる頭脳の激突』（新潮社・新潮文庫、二〇一七年）
トム・スタンデージ Tom Standage（服部桂訳）『謎のチェス指し人形「ターク」』（NTT出版、二〇一一年）
武田徹『私たちはこうして「原発大国」を選んだ――増補版「核」論』（中央公論新社・中公新書ラクレ、二〇一一年）

武田悠『日本の原子力外交――資源小国70年の苦闘』（中央公論新社・中公叢書、二〇一八年）
東京大学百年史編集委員会編『東京大学百年史』部局史四（東京大学、一九八七年）
中村光夫「人と文学」（『中村光夫全集』第六巻、筑摩書房、一九七二年、所収）
中村光夫「明治文学史」（『中村光夫全集』第十一巻、筑摩書房、一九七三年、所収）
西谷啓治ほか『近代の超克』（冨山房・冨山房百科文庫、一九七九年）
野口貴弘・雨宮高久「菊池正士と原子力」（『日本物理学会　第七十五回年次大会概要集』二〇二〇年）
ヴェルナー・ハイゼンベルク　Werner Heisenberg（河野伊三郎、富山小太郎訳）『現代物理学の思想』（みすず書房、一九五九年）
アンリ・ベルクソン　Henri Bergson（原章二訳）『思考と動き』（平凡社・平凡社ライブラリー、二〇一三年）
エドガー・アラン・ポオ　Edgar Allan Poe（小林秀雄訳）「メエルツェルの将棋差し」（『世界推理小説全集1　ボウ町の怪事件　他』東京創元社、一九五六年、所収）
エドガー・アラン・ポオ　Edgar Allan Poe（小林秀雄・大岡昇平訳）「メルツェルの将棋差し」（『ポオ小説全集』第一巻、東京創元社・創元推理文庫、一九七四年、所収）
アーミン・ヘルマン　Armin Hermann（山崎和夫・内藤道雄訳）『ハイゼンベルクの思想と生涯』（講談社、一九七七年）
デイヴィッド・ボーム　David Bohm（村田良夫訳）『現代物理学における因果性と偶然性』（東京図書、一九六九年）
本多秋五「一九五九年文学界の動向」（『本多秋五全集』第八巻、菁柿堂、一九九五年、所収）
村上陽一郎『ハイゼンベルク――二十世紀の物理学革命』（講談社・講談社学術文庫、一九九八年）
茂木健一郎『脳と仮想』（二〇〇四年初刊、新潮社・新潮文庫、二〇〇七年）
山崎行太郎『小林秀雄とベルクソン――「感想」を読む』（彩流社、一九九一年）
山本昭宏『核エネルギー言説の戦後史　一九四五～一九六〇――「被爆の記憶」と「原子力の夢」』（人文書院、二〇一二年）

吉川幸次郎・清水茂校注『日本思想大系33　伊藤仁斎　伊藤東涯』（岩波書店、一九七一年）
吉見俊哉『夢の原子力――Atoms for Dream』（筑摩書房・ちくま新書、二〇一二年）
吉岡斉『新版　原子力の社会史――その日本的展開』（朝日新聞出版・朝日選書、二〇一一年）

第三章

阿部秋生『「源氏物語」入門』（岩波書店、一九九二年）
伊藤仁斎（三宅正彦編集・解説）『近世儒家文集集成　第一巻　古学先生詩文集』（ぺりかん社、一九八五年）
伊藤梅宇（亀井伸明校訂）『見聞談叢』（岩波書店・岩波文庫、一九四〇年）
大岡昇平・埴谷雄高『二つの同時代史』（岩波書店、一九八四年）
折口信夫「東歌疏」「日本古代抒情詩集」（『折口信夫全集　第十三巻　国文学篇7』（中央公論社、新訂再版、一九七三年、所収）
折口信夫「国語学」（『折口信夫全集　第十九巻　国語学篇』中央公論社、新訂再版、一九七三年、所収）
折口信夫「国文学」（『折口信夫全集　第十四巻　国文学篇8』中央公論社、新訂再版、一九七三年、所収）
片山杜秀『片山杜秀のクラシック大音楽家15講』（河出書房新社・河出文庫、二〇一三年）
河上徹太郎「小林秀雄『モオツァルト』」「小林秀雄「モオツァルト」解説」（『河上徹太郎全集』第四巻、勁草書房、一九六九年、所収）
アンリ・ゲオン　Henri Ghéon（高橋英郎訳）『モーツァルトとの散歩』（白水社、改訳新版、一九八八年）
権田和士『言葉と他者――小林秀雄試論』（青簡舎、二〇一三年）
西郷信綱「学問のあり方についての反省」（『西郷信綱著作集』第八巻、平凡社、二〇一三年、所収）
スタンダール　Stendhal（冨永明夫訳）「ハイドンについての手紙」（『スタンダール全集　第十一巻　評伝集』人文書院、一九七八年、所収）
スタンダール　Stendhal（山辺雅彦訳）『ロッシーニ伝』（みすず書房、一九九二年）
高橋英夫『新編　疾走するモーツァルト』（講談社・講談社文芸文庫、二〇〇六年）

高橋悠治「小林秀雄「モオツァルト」読書ノート」(『高橋悠治／コレクション一九七〇年代』平凡社・平凡社ライブラリー、二〇〇四年、所収)
竹田青嗣『世界という背理――小林秀雄と吉本隆明』(河出書房新社、一九八八年)
檜垣立哉『ベルクソンの哲学――生成する実在の肯定』(講談社・講談社学術文庫、二〇二二年)
平伸二(編)『ウソ発見――犯人と記憶のかけらを探して』(北大路書房、二〇〇〇年)
パウル・ベッカー Paul Bekker(河上徹太郎訳)『西洋音楽史』(河出書房新社・河出文庫、二〇一一年)
アンリ・ベルクソン Henri Bergson(熊野純彦訳)『物質と記憶』(岩波書店・岩波文庫、二〇一五年)
アンリ・ベルクソン Henri Bergson(杉山直樹訳)『物質と記憶』(講談社・講談社学術文庫、二〇一九年)
本多秋五「小林秀雄論」「小林秀雄再論」(『本多秋五全集』第一巻、菁柿堂、一九九四年、所収)
前田英樹『定本 小林秀雄』(河出書房新社、二〇一五年)
丸山眞男「近世儒教の発展における徂徠学の特質並にその国学との関連」(『丸山眞男集』第一巻、岩波書店、一九九六年、所収)
丸山眞男「近代日本の思想と文学――一つのケース・スタディとして」(『丸山眞男集』第八巻、岩波書店、一九九六年、所収)
丸山眞男『自己内対話――3冊のノートから』(みすず書房、一九九八年)
丸山眞男「日本の思想」(『丸山眞男集』第七巻、岩波書店、一九九六年、所収)
丸山眞男「「日本の思想」あとがき」(『丸山眞男集』第九巻、岩波書店、一九九六年、所収)
丸山眞男『丸山眞男書簡集 3 一九八〇―一九八六』(みすず書房、二〇〇四年)
宮村治雄『丸山真男『日本の思想』精読』(岩波書店・岩波現代文庫、二〇〇一年)
紫式部(柳井滋ほか校注)『源氏物語』第一巻(岩波書店・岩波文庫、二〇一七年)
本居宣長「紫文要領」(日野龍夫校注『新潮日本古典集成 本居宣長集』新潮社、一九八三年、所収)
本居宣長(子安宣邦校注)『排蘆小船・石上私淑言』(岩波書店・岩波文庫、二〇〇三年)
山口昌男『本の神話学』(岩波書店・岩波現代文庫、二〇一四年)

吉田凞生「本文および作品鑑賞　モオツァルト」（吉田凞生編『近代文学鑑賞講座　第十七巻　小林秀雄』（角川書店、一九六六年、所収）

第四章

青山延光（杉原子幸補）『補正赤穂四十七士伝』（松山堂、一九一〇年）
天野貞祐『教育五十年』（南窓社、一九七四年）
天野貞祐『道理の感覚』（岩波書店、一九三七年）
池島信平・嶋中鵬二『文壇よもやま話』上巻（中央公論新社・中公文庫、二〇一〇年）
ポール・ヴァレリー　Paul Valéry（塚本昌則訳）「神話に関する小書簡」（塚本昌則編訳『ヴァレリー集成　Ⅱ〈夢〉の幾何学』筑摩書房、二〇一一年、所収）
植村和秀『折口信夫――日本の保守主義者』（中央公論新社・中公新書、二〇一七年）
大石紀一郎「『反時代的考察』」（大石紀一郎ほか編『ニーチェ事典』弘文堂、一九九五年、所収）
大岡昇平「解説」（『小林秀雄全集』〈第一次〉第二巻、創元社、一九五〇年、所収）
大門正克（編）『昭和史論争を問う――歴史を叙述することの可能性』（日本経済評論社、二〇〇六年）
岡田章雄・豊田武・和歌森太郎（編）『日本の歴史　第八巻　士・農・工・商』（読売新聞社、一九五九年）
亀井勝一郎『現代史の課題』（岩波書店・岩波現代文庫、二〇〇五年）
苅部直「自由の脊骨――竹山道雄・和辻哲郎・ニーチェ」（平川祐弘編『竹山道雄セレクションⅡ　西洋一神教の世界』藤原書店、二〇一七年、所収）
河上徹太郎「小林秀雄――年代的作品解説による」（『河上徹太郎全集』第三巻、勁草書房、一九六九年、所収）
ベネデット・クロォチェ　Benedetto Croce（羽仁五郎訳）『歴史の理論と歴史』（岩波書店・岩波文庫、一九五二年）
郡司勝義『歴史の探究――わが小林秀雄ノート・第三』（未知谷、二〇〇一年）
国民文化研究会・新潮社（編）『学生との対話』（新潮社・新潮文庫、二〇一七年）

小林秀雄「歴史」（『文藝春秋』一九五九年十二月号初出、『日本現代文学全集　第六十八巻　青野季吉・小林秀雄集』講談社、一九六二年、所収）
小林秀雄・田中美知太郎（対談）「現代に生きる歴史」（『歴史について　小林秀雄対談集』文藝春秋・文春文庫、一九七八年、所収）
小林秀雄・林房雄（対談）「歴史について」（『文學界』一九四〇年十二月号）
酒井三郎『昭和研究会――ある知識人集団の軌跡』（中央公論社・中公文庫、一九九二年）
佐藤卓己『物語岩波書店百年史　2　「教育」の時代』（岩波書店、二〇一三年）
釋迢空（折口信夫）（内田賢徳校注）『初出版　死者の書』（塙書房、二〇二〇年）
田中康二『本居宣長の大東亜戦争』（ぺりかん社、二〇〇九年）
フリードリヒ・ヴィルヘルム・ニーチェ　Friedrich Wilhelm Nietzsche（大河内了義訳）「生に対する歴史の功罪」（『ニーチェ全集』第Ⅰ期第二巻、白水社、一九八〇年、所収）
羽仁五郎「幕末に於ける倫理思想」（『岩波講座　倫理学』第二冊、岩波書店、一九四〇年、所収）
坂野潤治『昭和史の決定的瞬間』（筑摩書房・ちくま新書、二〇〇四年）
平川祐弘（編）『竹山道雄セレクションⅠ　昭和の精神史』（藤原書店、二〇一六年）
平山周吉「解説　小林秀雄、「戦争」に処す――昭和十年代の生き方」（小林秀雄『戦争について』中央公論新社・中公文庫、二〇二二年、所収）
藤川能『わが巨匠たち――回想の文芸科』（緑地社、一九八一年）
古川隆久『皇紀・万博・オリンピック――皇室ブランドと経済発展』（新版、吉川弘文館、二〇二〇年）
宮脇俊三『私の途中下車人生』（講談社、一九八六年）
明治大学文学部五十年史編纂準備委員会編『文芸科時代　1932―1951』Ⅰ、Ⅱ（明治大学文学部、一九七九年、一九八一年）
持田叙子『歌の子詩の子、折口信夫』（幻戯書房、二〇一六年）
本居宣長（倉野憲司校訂）『古事記伝』第一冊〜第四冊（岩波書店・岩波文庫、一九四〇年〜一九四四年）

吉田健一「図書目録」（一九五五年初出、『新訂小林秀雄全集』別巻Ⅱ、新潮社、一九七九年、所収）
吉田東伍『倒叙日本史』全十一冊（早稲田大学出版部、一九一三年〜一九一四年）
ケネス・ルオフ Kenneth Ruoff（木村剛久訳）『紀元二千六百年——消費と観光のナショナリズム』（朝日新聞出版・朝日選書、二〇一〇年）
エルネスト・ルナン Ernest Renan ほか（鵜飼哲ほか訳）『国民とは何か』（インスクリプト、一九九七年）
渡邊二郎『歴史の哲学——現代の思想的状況』（講談社・講談社学術文庫、一九九九年）

第五章

阿部知二「捕囚」（『阿部知二全集』第九巻、河出書房新社、一九七五年、所収）
天野久弥『いざ鎌倉——御谷騒動回想記』（私家版、御谷を考える会、一九八四年。国立国会図書館蔵）
新井白石（羽仁五郎校訂）『折たく柴の記』（岩波書店・岩波文庫、一九三九年。一九四九年改版）
石川九楊『二重言語国家・日本』（中央公論新社・中公文庫、二〇一一年）
石原慎太郎「無類の自由性」（『新潮』二〇〇一年四月臨時増刊号初出、『小林秀雄全集』別巻Ⅱ、新潮社、二〇〇二年、所収）
植谷元・水田紀久・日野龍夫（校注）『新日本古典文学大系99　仁斎日札　たはれ草　不尽言　無可有郷』（岩波書店、二〇〇〇年）
大岡昇平・大江健三郎（対談）「伝えられたもの」（『文學界』一九八三年五月号）
大久保利謙編『西周全集』第一巻、第四巻（宗高書房、一九六〇年、一九八一年）
大野晋・大久保正（編集校訂）『本居宣長全集』第八巻（筑摩書房、一九七二年）
碧海寿広「神智学はなぜ仏教史のテーマになるのか」（中外日報ウェブサイト、二〇二一年十二月十三日）
岡倉一雄『父　岡倉天心』（岩波書店・岩波現代文庫、二〇一三年）
折口博士記念古代研究所編『折口信夫全集　ノート編　追補』第一巻（中央公論社、一九八七年）
粕谷一希『作家が死ぬと時代が変わる——戦後日本と雑誌ジャーナリズム』（日本経済新聞社、二〇〇六年）

苅部直「「天」をめぐって――小林秀雄と福沢諭吉」（福澤諭吉協会『福澤手帖』一九二号、二〇二二年三月）
苅部直『日本思想史への道案内』（NTT出版、二〇一七年）
河上徹太郎「日本のアウトサイダー」（『河上徹太郎著作集』第五巻、新潮社、一九八一年、所収）
熊野純彦『本居宣長』（作品社、二〇一八年）
郡司勝義『小林秀雄の思ひ出』（文藝春秋・文春学藝ライブラリー、二〇一四年）
郡司勝義『わが小林秀雄ノート――向日性の時代』（未知谷、二〇〇〇年）
河野有理「丸山眞男」（野口雅弘・山本圭・高山裕二編『よくわかる政治思想』ミネルヴァ書房、二〇二一年、所収）
後藤陽一・友枝龍太郎（校注）『日本思想大系30　熊澤蕃山』（岩波書店、一九七一年）
小林秀雄・江藤淳（対談）「歴史について」（『小林秀雄　江藤淳　全対話』中央公論新社・中公文庫、二〇一九年、所収）
小林秀雄・河盛好蔵・亀井勝一郎（鼎談）「政治について」（『小林秀雄対話録』新潮社、一九五五年、所収）
小林秀雄・中島健蔵（対談）「時代的考察」（『文藝』一九四〇年十月号）
小林秀雄・林房雄・石川達三（鼎談）「英雄を語る」（『文學界』一九四〇年十一月号）
斎藤茂（編）『赤穂義士実纂』（私家版、赤穂義士実纂頒布会、一九七五年。国立国会図書館蔵）
齋藤隆三『日本美術院史』（創元社、一九四四年）
佐木秋夫ほか『教祖――庶民の神々』（青木書店、一九五五年）
澤井啓一「西周と儒学・国学」（島根県立大学北東アジア地域研究センター『北東アジア研究』三一号、二〇二〇年三月）
新保祐司『日本思想史骨』（構想社、一九九四年）
絓秀実・高橋順一（対談）「現代にとって「伝統」とは何か?」（『別冊宝島47　柳田国男から山崎正和まで　保守反動思想家に学ぶ本』JICC出版局、一九八五年、所収）
高見澤潤子『兄　小林秀雄』（新潮社、一九八五年）

田辺宏太郎「鎌倉の緑と正木千冬――戦前戦後の革新官僚の足跡」（『日本歴史』六八七号、二〇〇五年八月）
谷口眞子『赤穂浪士の実像』（吉川弘文館・歴史文化ライブラリー、二〇〇六年）
出口京太郎『巨人　出口王仁三郎』（講談社・講談社文庫、一九七五年）
内閣総理大臣官房『明治百年記念行事等記録』（私家版、一九六九年。国立国会図書館蔵）
内藤湖南「応仁の乱に就て」（『内藤湖南全集』第九巻、筑摩書房、一九六九年、所収）
鍋田晶山（編）（難波常雄・文傳正興校訂）『赤穂義人纂書』第一、第二、補遺（国書刊行会、一九一〇年～一九一一年）
フリードリヒ・ニーチェ　Friedrich Nietzsche（森一郎訳）『愉しい学問』（講談社・講談社学術文庫、二〇一七年）
西尾幹二「古典文献学とニーチェ」（渡邊二郎・西尾幹二編『ニーチェを知る事典――その深淵と多面的世界』筑摩書房・ちくま学芸文庫、二〇一三年、所収）
長谷川泰子（村上護編）『中原中也との愛――ゆきてかへらぬ』（角川書店・角川ソフィア文庫、二〇〇六年）
尾藤正英『日本封建思想史研究――幕藩体制の原理と朱子学的思惟』（青木書店、一九六一年）
平石直昭「西周と徂徠学」（島根県立大学北東アジア地域研究センター『北東アジア研究』二九号、二〇一八年三月）
福沢諭吉（松沢弘陽校注）『文明論之概略』（岩波書店・岩波文庫、一九九五年）
藤岡真樹「一九六〇年代の日米間における「近代化」論争――箱根会議における価値体系と歴史認識をめぐる断層」（森口（土屋）由香・川島真・小林聡明編『文化冷戦と知の展開――アメリカの戦略・東アジアの論理』京都大学学術出版会、二〇二一年、所収）
デヴィッド・ボーム　David Bohm（金井真弓訳）『ダイアローグ――対立から共生へ、議論から対話へ』（英治出版、二〇〇七年）
前田勉「解説　日本思想史学の生誕」（前田勉編『新編　日本思想史研究――村岡典嗣論文選』平凡社・東洋文庫、二〇〇四年、所収）
丸山眞男「人間と政治」（『丸山眞男集』第三巻、岩波書店、一九九五年、所収）

丸山眞男「政治的判断」(『丸山眞男集』第七巻、岩波書店、一九九六年、所収)
丸山眞男「忠誠と反逆」(『丸山眞男集』第八巻、岩波書店、一九九六年、所収)
丸山眞男「選択のとき」(同上書、所収)
水野雄司『村岡典嗣——日本精神文化の真義を闡明せむ』(ミネルヴァ書房・ミネルヴァ日本評伝選、二〇一八年)
宮川康子「「内なる言語」の再生——小林秀雄『本居宣長』をめぐって」(『思想』九三二号、二〇〇一年十二月)
宮澤誠一『近代日本と「忠臣蔵」幻想』(青木書店、二〇〇一年)
武藤秀太郎『中国・朝鮮人の関東大震災——共助・虐殺・独立運動』(慶應義塾大学出版会、二〇二三年)
村井良太「明治百年記念事業(一九六八年)の文脈とメッセージ——佐藤栄作首相と戦後日本における「伝統」の選択」(吉野作造記念館『吉野作造研究』一四号、二〇一八年)
村岡典嗣『本居宣長』(増訂版、岩波書店、一九二八年)
文部省『國體の本義』(文部省、一九三七年)
山本常朝・田代陣基(佐藤正英校訂、吉田真樹監訳注)『定本　葉隠』上・中・下(筑摩書房・ちくま学芸文庫、二〇一七年)
Bill Roberts, *A Portrait of Oomoto : The Way of Art, Spirit and Peace in the 21st Century*(人類愛善会、二〇〇六年)

【再録】歴史

小林秀雄

近頃読んだ本のうちで、河上徹太郎の「日本のアウトサイダー」を面白く読んだ。中原中也、萩原朔太郎、岩野泡鳴、河上肇、岡倉天心、大杉栄、内村鑑三、さういふ世に背いて世を動かした人々の簡潔な評伝である。要するに、平たく言へば、みんな変り者なのだが、著者が、殊更、近代日本のアウトサイダー達、と変つた呼び方をしたかつた理由は、かなり混み入つたものだ。

これについては、出来る限りの説明はされてゐるやうに思はれ、私のやうに、著者の一貫した物の考へ方を承知してゐる者には、はつきりと納得されたが、著者の企図の曖昧を言ふ人もあらうか。いづれにしても、著者の着想には非凡なものがある。だが、私は、この本の書評をしようと思ふのではない。読後、思ひ浮んだ感想を述べる。

この列伝の中では、岡倉天心を特に面白く読んだ。実は、戦争中、天心の著作が復刊されたり、全集が刊行されたりした際に、私は、天心について書いてみようかと考へた事があるのだ。彼を大東亜主義者だとか日本主義者だとかと騒ぐのを、ばかばかしく、退屈に思つてゐたが、天心について、私は定見を持つてゐたわけではなかつた。ただ、彼の心にあつたものは、イデオロギイではない、美だ、と感じてゐただけだ。

さういふ時、たまたま、天心に関する或る逸話を知り、天心といふ人は、きつとかういふ人だつたに相違ない、調べて書けば、さぞ面白からうと考へた事がある。河上君の文を読んで行くと、その逸話が採用されてゐて、私がかつて漠然と夢想したところが、私には考へ及ばなかつた方法で、正確に実現されてゐるやうな想ひがした。そんな事は詰らぬ事だとしても、天心に関する文は、この本の中で一番優れたものと言へるやうに思ふ。

話といふのは、かうだ。天心は、雅邦を深く信頼してゐたが、雅邦が危篤だといふので、アメリカ行の船を延ばし、見舞に来た。病人を見て、こりやどうもいけないね、と言つて、並ゐる見舞客の中で、持参の弁当を開けて、ムシャムシャ食ひ出した。食ひながら、おかずの肉切れを、箸でつまんで差出すと、瀕死の病人は、これを手で受け、一と口で食べて了つた。これを見た天心は、やにはに弁当箱を抱へて廊下に飛び出し、泣き出した。二人が会つたのは、それが最後だつたが、雅邦の死後も、天心は上京すると橋本家に泊り、何か面白くない事があると、雅邦の写真の前に、よく独りで坐つてゐたさうで、写真に向つて、つまりませんね、と呟くのを、家人は屢々聞いたと言ふ。

河上君は、天心を明治期を通じての大ロマンチストと呼ぶ。だからこそ、自分はこの人物を大いにロマンチックに扱ふのだ、と言ふ。天心のやうな、外に向つて饒舌な、俳優的な人物が、生きながら伝説の人物になつてゐた事は当り前な事だ。だからこそ、自分は、彼の存在を伝説化し、理想化して書く、それが正しいのだ、と言ふ。

だが、河上君は付言しなければならなかつた、もし諸君が誤解しなければ、と。誤解は、特に現代に於いては、必至なのである。私は、同じ難問を長い間考へて来た。屢々、書いても来た。そして、今でも言ふ、それは、正しいのだ、もし諸君が誤解しなければ、と。何も天心には限らない。歴史的人物には限らない。文学者であると歴史家であるとを問はず、一般に歴史を知るには、分析によつて知るより、模倣によつて知る事の方が、正しく、根柢的な道だと思ふ。

例へば、あの人は優れた人だつたと言ふとする。現代の歴史家には、それがもう気に食はない。直ぐ、優れた人だつたかも知れないが、既に過去の人だと訂正したがる。

近頃、日本史の再検討といふ事で、新しい日本史が盛んに書かれる。私は、歴史が好きだから、折にふれては読み、知識の上で教へられる点は、率直に教へられたと思つてゐるが、歴史感情といふものの現れに出会へないのが、まことに残念である。その由つて来るところは、意外に深いと思はれる。

歴史を感情的に書けば、歴史感情が現れる、そんな事を言つてゐるのではない。歴史はそんなやくざな物ではあるまい。昨日を思ひ、明日を考へて生きる、私達の日常の生活感情の、性質を変へぬ拡大が、そのまま私達の歴史感情である。私達は、歴史のなかに暮してゐるといふ真面目な実感である。これに訴へるところのないやうな歴史の学問は腑抜けだ。さやうな事は、歴史文学にまかすといふ、歴史家の言ひ抜けは、物の道理上成り立たぬ、と言ふのだ。

歴史的限界といふ言葉は、かつてマルクス主義者が好んで使つた言葉であつたが、今日では、一般に、所謂進歩的歴史家にはなくてかなはぬ術語となつた。これは今日の風潮である。その背後に、学問的にきはめられた歴史観なり、研究方法なりが、決してあるわけではない。何故この術語が、そんなに有難いものなのか、そんな事は一切無智で済ましてゐる。風潮に流されてゐて、歴史研究もあるまい。注意したいが、風潮といふものは、上は面だけの合理性を、必ず装つてゐるものだ。でなければ、風潮にはならない。

「日本美術史」を書いた天心の歴史観は、「歴史は、吾人の体中に存して活動し」「古人の泣きたる所、古人の笑ひたる所は、今人の泣き或は笑ふの源をなす」といふ簡単なものであつた。簡単な見方だが、ロマンチックな見方ではない。

少し反省してみれば、天心の言葉は、私達は歴史を見てゐるのではない、私達が歴史の中に生きてゐるのだ、といふ私達の実感を、そのまま語つてゐる事に、誰でも気付く筈なのだ。なるほど、この感情は不透明であるが、不透明なりに、しつかり心に抱いてゐる事は、各自の経験が、直接に各自に告げてゐるところだ。歴史は、其処にある。「吾人の体中に在る」

歴史を見る主観的立場だとか客観的立場だとか言ふ空言を弄する事を止めよう。歴史といふ実在は、その間に合せの見方さへあれば安心が出来るやうなものではない。筋の通つた解釈や論議とは、何か根本的に異なつた、不透明な、強固な或る物だ。私達の生活は、その事を直覚してゐる。こんな常識的な話はない。

時間といふものが、本当は何であるか、誰も知りはしないが、私達が体中でこれに触れてゐる事も知つてゐる。時間とは、私の心臓が鼓動してゐるといふその事であつて、時計の針と針との間の距離ではない事を知つてゐる。歴史家にしても、その事を痛切に知つてゐる筈なのだが、歴史家の現代風なやり方は、歴史を途轍もない巨大な心臓と想像し、想像力を傾けて、その鼓動を聞き分けるといふ道を、ただもう頑固に拒否してゐるやうに見える。

笑ひ或は泣いた生き生きとした歴史といふ思ひ出は、彼の心を去り、確乎たる理由もなく軽信された未来への歴史の方向に準じて、知的に構成された過去が、時計台に現れ、針が歴史的限界といふ目盛を指すのを眺めてゐる。

繰り返して言ふが、私は、歴史家に、もつと感情を持つて欲しいと言つてゐるのではない。寧ろ逆である。時代の風潮が、君の歴史意識を濁らせてゐる。時代の風潮とは、その纏つた通俗な合理性の衣をはがせば、混濁した感情の塊りに過ぎない。

取り返しのつかぬ事をして了つた、これからどうしたらよいか、これが歴史意識といふものだ。その他にこれと質を異にした歴史意識などといふものはない、そんな事を言つたら愚かであらうか。私は、身にふりかかる事件を外から眺める事は出来ない。では事件が過ぎ去つて了へば、これを外から眺める事が出来るか。出来るやうな気がするだけだ。

何故かといふと、実は事件の内側にゐた自分を思ひ出す事しか出来ないからだ。この場合、事件を外から眺めてゐた他人の証言を過信しない強い精神は、実に稀れなものだ。自叙伝の傑作が稀れな所以である。過去を顧みて、これを全然再構成しないですますやうな能力は人間にあるまい。だが、出来ればすましたいといふ希ひがなければ、魅力ある自伝は決して成らない事を忘れまい。それは、断絶といふものの在り得ない一と筋の生きて来た時間を、もう一ぺん、同じ方向に想像裡で、辿つてみよう、模倣してみようとする努力だらう。歴史意識を拡大し、その持続を恢復してみようとする努力であらう。外的証言は参考に過ぎない。歴史といふ、書かれなかつた自伝の一大集成に向つて、歴史家が、この自伝作者の努力を無視してよい理由は、何処にもない。

吉田東伍に「倒叙日本史」といふ名著があり、私は昔愛読したが、著者は、ただ、歴史の時間を辿るのに、順も逆もないと考へたから、歴史を倒叙したのではない。通常の通史の形式に慣れて、体温を失つて形式化した歴史意識を何とかして生き返らせたいと希つたのである。自分が自分の思ひ出の糸をたぐる様に、現代日本といふ巨人のうちに入り、その過去を思ひ出す事は出来ぬものか、といふ処に、著者の着想があつた。現代の歴史家は、順叙も倒叙もしてゐない。ただ外叙してゐる。もし、かういふ言ひ方が、何か極端な言ひ方と見えるとしたら、それはそのまま現代風な歴史の考へ方の、或る極端な偏向を示す。それでなければ、今日、伝統と歴史といふ二つの考へが、こんなに対立し、殆ど敵対するやうな光景が現れてゐる筈はないと思ふ。

科学者は、物的事件をきはめる為に、時間を、空間の第四次元と考へても、少しも差支へあるまい。宇宙の歴史は、過去現在未来にわたつて、一挙に与へられたものと考へざるを得ないからだ。彼の意識は、この展開された事件の行列に添うて歩けばよい。どんな事件も、彼自身にはふりかかりはしない。彼の意識は、時間の経過を読むが、歴史意識である事を必要としないからだ。今日、歴史意識といふ言葉が普及し、馬鹿の一つ覚えに成り下つてゐるのは、これを言はば空間化された時間と間違へて覚え込んだが為である。

過去は取り返しのつかぬものの思ひ出であり、現在は、行動に外ならず、未来は希望であり或は不安である。現実の歴史の時間の流れは、この意識のうちにしかつかまりはしない。だが、歴史家は、歴史の流れに、過去現在未来があるのは、空間に三次元があるのと同じ事だといふ安易な考へに誘はれる。この考へには、歴史家が意識するとしないに係らず、必然的に、歴史家を、時間といふ第四次元のうちに居坐らせる。ここに居坐つて了へば、それぞれ歴史的限界を持つて継起する諸事件が並列し共存する、所謂歴史的展望といふものが得られる。彼が、口で何と弁解しようと、時間といふ実在より、時間といふ観察装置の方を信用するに至つてゐるといふ偏向的事実は動かせない。

歴史家に、先づ歴史の流れを空間化し、これを遡つて分析してみる必要を、誰も疑ひはしない。広汎にわたつて資料を集め、これを冷静に比較検討する歴史家の労を、誰も軽んじやしない。併し、資料の単なる総合や要約、いや資料のどんな観念的な組合せからも歴史の顔は現れやしない。其処には、もう一つのものが要る。仕事には、仕事の準備とは、言はば逆の努力が要る。かつて人々がその日その日を、取り返しがつかぬやうに生き、心ならずも死に絶えた。その足どりを摸倣してみる努力が要る。それは、生は繰り返されぬといふ、生身の人間には皆切実であつた筈の歴史意識が、どんな歴史的事件にも膠着してゐるといふ事についての共感的理解である。

これは、歴史小説家には自明な事だ。何故、歴史家にとつては、かうもわかり難い事になつたのか。歴史家が、通俗な合理主義に甘やかされて感情的になつたからである。歴史といふ学問は、分析と直覚といふ相反する二つの方法が烈しく綾なす困難な学問である。そこにこの学問の価値も効用もあるのだが、現代の歴史家の風は、この困難に堪へる忍耐を嫌つて、歴史による文化の啓蒙に乗り出してゐる。歴史教育も進歩とか反動とかといふ空疎な言に惑はされて、これに雷同する。お蔭で、学生達は、過去は現在にも生きてゐるといふ簡明な健全な歴史意識を、何処で学んだらいいかわからなくなつてゐる。過去とは、がらくたの山だと教へられるからだ。誰でも、自分の過去を思ひ出してみるがよいのだ。それは、がらくたの山か。

歴史研究の教へるところと、常識人の思ひ出の教へるところとが、かくも相反して了つた事に、あきれてみるがよいのだ。私は、私の過去が、現在の私の心のうちに厳存する実在であり、間違つてゐたからとか、嫌だからとか言つて、これを忘れようとしても、向ふで私を忘れてはくれない事をよく知つてゐる。私は、過去を好都合に利用する僅かの自由を持つてゐるが、過去の重さを勝手に軽くする力など、私には全くない事をよく知つてゐる。誰もが、自分の全過去を背負つて生きてゐる。

この重みに堪へてゐる力が、そのまま未来にぶつかつて行く力ではないか。断絶などは何処にもない。さういふ各人が、生活経験のうちで体得してゐる歴史認識が、今日の歴史家に脱落してゐるのである。将来の設計を考へて、過去と手を切れ。そんな空言では、啓蒙も覚束ない。文化の生産は、トランヂスター・ラヂオの生産とは違ふからである。

この文は、又、天心の事に戻つて行かねばならないのだが、長くなりさうだから、来月書かせてもらふ。

（『文藝春秋』一九五九年十二月号初出、『日本現代文学全集　第六十八巻　青野季吉・小林秀雄集』講談社、一九六二年十二月、所収）

【再録】本居宣長（四十六）

小林秀雄

話が脇道に逸れた。宣長の学問に現れた言語への信頼と今日の科学の示してゐる言語への不信との著しい対照に眼を向けてゐると、其処には、たゞ古書の吟味と事実の研究との相違に由来するといふ表面的な事では片付かぬいろいろな含みが見えて来た。それに連れて、話に横すべりが起つて、あらぬ方に逸れて了つたのだが、言ふまでもなく、話の糸筋を手放したわけではないのである。一と口に言語への信頼と言つても、宣長には宣長の含みがあつた。歌や物語の、今日の言葉で、一応は内容と形式と言つてゐゝところを、宣長は、情と詞或は意と姿と呼んでゐた。両者は一体をなしてゐるものだが、歌、物語の古典を学ぶ上で、仮りに両者を分けて言ふなら、どちらかと言へば、情より詞、意より姿を重く見なければならないとは、彼の非常にはつきりした考へであつた。「古事記伝」の仕事にしても、この古言で語られた物語は、今言で解すれば、どういふ意となるかを教へて済むものではなかつた。さういふ古言の「意」などを越えた、その「姿」の体得に行かねばならない、そこが眼目となる仕事だつたと言つてよい。そこで「うひ山ぶみ」にあるやうに、学問をする者の大事は、古書を「くりかへしくりかへしよく見」て「古語のやうを口なれ知」るにあるといふ事になる。更に「いづれの書をよむとても、初心のほどは、かたはしより文義を解せんとすべからず、まづ大抵にさら〳〵と見て、他の書にうつり、これやかれやと読ては、又さきによみたる書へ立かへり、幾遍もよむうちには、始メに聞えざりし事も、そろそろと聞ゆるやうになりゆくもの也」と教へる。宣長は、かういふ忠告に、初心の者が従つてくれることを期待したであらうが、忠告の真意が解つて貰へるとは、恐らく考へてはゐなかつた。先きにも言つたやうに、「うひ山ぶみ」で語られてゐるところは、すべて本質的には、言語の問題に関する、彼自身の「山踏み」の跡に他ならず、この踏み分けられた小道は、彼だけが本当に得心して歩いた道であり、宣長学の普及といふやうな表向きの事柄とは、先づ関係がないものではないか。どうも、そんな風に、私には思はれる。

　さて、忠告をよく聞いてみよう。古典を学ぶに当つて、古語の「意」を知るといふ事であれば、たゞ知るでよいだらうが、古語の「やう」を知るとなれば、「見なれ、口なれ知る」といふ、さういふ知り方が必要だと言ふ。「やう」とは「すがた」である。歌には、聞く者の耳に、しかと受止められる、それぞれの調べがある。宣長は、これを歌の「似せがたき姿」と呼んだが、歌に惹かれるとは、この姿と合体しようとする、己れの心身の動きを感知するといふ事に他なるまい。言はば、これが歌への唯一つの入口であつて、この歌の「似せがたき姿」を分析的に知る事が出来ぬまゝに、そつくり、これに慣れ、熟し、親しむうちに、この姿に密着して離れない意味が、其処に現れて来る。これが、特にさう気付きもしないほど当り前な、誰もしてゐる歌を味ふといふ事である。歌は、言語が持つて生れて来てゐるその表現性を、最も純粋な形で現してゐるといふ考へが、宣長にはあつて、この彼の歌学の基本を成す考へは、広く古学にも通じてゐるのであり、其処から、「いづれの書をよむとても、かたはしより文義を解せんとすべからず」といふ忠告も発してゐる。さういふ頭脳に偏した態度で、古典に接して得た文義には、文の姿が脱落してゐる。それは、文の「似せがたき姿」に直感されるその本来の意から派生して、「似せやすき意」に堕したものに過ぎず、この二次的な文義から文の真意に向つて進む道は開けてゐない。

　宣長にとつて、言語の問題の核心を成してゐるものは、彼の言ふ歌ふといふ「事《ワザ》」、語るといふ「事《ワザ》」であつた。この事《ワザ》の裡にあつて、純粋な働きとしての言語と一体化してゐる者でなければ、どうしても摑む事の出来ないものが、「すがた」とでも言ふより他はない或る定義し難いものが、生きた言語の中にはある。これは、言語について考へる際に、宣長が、決して手放さなかつた考へだつたのであり、この考へから手を切つて、言語を対象化し、観察しようとする者の行く道とは異なる。宣長の考へ方からすると、さういふ人の行く道は、言語の本質的に曖昧な働きに、どう仕様もなく捕へられ、包み込まれて生きてゐる私達の生活の厄介な実状を避けて通り、その外部に、言語活動が見渡せる観点を設ける。だが、さういふ人為的な観点に立つ言語観察者に、言語活動の生態が映ずる筈はないのであつて、捕まるものは、言はば図式化された言語活動の形骸だと言つてもよい。語られるに連れて、刻々に新しい意味を生み出して行く、言はば意味の発生源としての言葉の命は、決して捕まりはしない。捕まるものは、現に語られてゐる生きた言葉ではなく、既に語られて了つた死んだ言葉なのだ。語るといふ「事《ワザ》」が終了し、語り手は後に言葉の殻だけを遺して去つた。殻は再び取上げられて語られる事によつて生きかへるまでは、その意味の一応は完結し、固定した言葉と見做される。言語が、さういふ形で、観察者の眼に映じて来るのも、言語観察者の知性は、言語の一種の事物化を行はざるを得ず、これによつて、言語組織の文法的構造が目指されてゐるからだ。品詞の分類がなされ、その相互の関係によつて、文章の構成が定まるところに、文義がおのづから明らかになる。文法を頭から否定するやうな言辞は、宣長の著作の何処にも見当らないが、言語活動に関し、合理的文法的分析を貫き通すについては、深い疑ひを抱いてゐて、これを少しも隠しはしなかつた。言語の文法的な扱ひ方をあんまり信用し過ぎるのはよくない事だといふのが、「かたはしより文義を解せんとすべからず」と言ふ言葉なのである。この辺りの宣長の文法に関する微妙な考へ方は、「てにをは」の研究「詞の玉緒」に、よく現れてゐる。その冒頭に、「てにをはは、神代よりおのづから万のことばにそなはりて、その本末をかなへあはするさだまりなん有て」とあり、この「さだまり」を、「いともあやしき言霊のさだまりにして、さらにあらそひがたきわざなりかし」と言つてゐる。宣長の言葉に文飾など見る理由は少しも無いので、その言ふところを、そのまゝ素直に受取れば、明らかにこれは、彼の極めて率直な確信の吐露なのであつて、文法の問題は、遂には、古人が言霊と呼んだもの、言語自体にそなはる働きへの信に極まらざるを得ない、さう言つてゐると解していゝと思ふ。しかし彼のこの言葉は、特に「てにをは」の研究に関連して言はれてゐるのだから、これに言及しなければならぬ。前に述べたところと重複もするだらうが。

この問題は、宣長が早くから注目してゐたところで、「あしわけをぶね」のうちで、既に論じられてゐる。「テニヲハト云モノ、和歌ノ第一ニ重ンズル所也、スベテ和歌ニカギラズ、吾邦一切ノ言語、コトゴトクテニハヲ以テ分明ニ分ル、事也」と言ふ。「テニハハ漢文ノ助字ノ如シ」と教へる人もあるが、取るに足らぬ説で、要するに、「文章ノ余勢」の如き助字は、それが無くても文章は通ずるが、「てにをは」となると、一字をたがへても文章はわからなくなる、さういふ「吾邦一切ノ言語」機能の基本的な「さだまり」である。例へば、私達は、「花ヲ見テ心ヲノブルト云事ヲ、花ハ見ニ心デノブル」とは決して言はない。「コレラミナ自然ト人ノ生マレツキテ、心得知ル事ナレバ、万言千語ノ中ニモ、一ッモタガフ事ナシ、サレバヨク〳〵重ンズベキ物也」。彼は日本の文の「あやしきさだまり」を言つてゐるので、広く文といふものを成立させる合理的な法を言つてゐるのではない。この「さだまり」は尋常な意味での文法ではないのだから、その一般的な説明は不可能である。「教フルニ詞ナク、書《シルス》ニヨシナシ」と彼は強く言ひ切つてゐる。それは人が「ヲノヅカラ解スル」ものだ。言語が「我物トナレバ、自然ト知ル、」のが「てにをは」であると言ふ。「我物トナル」といふ言葉が、何気ない風で、こゝに、しきりに使はれてゐるが、言語に関する宣長の思想の言はば頭角が、其処に見えてゐるのである。それは、言語の本質は頭脳で知る事は出来ない、生きて知るものだといふ意味だ。日本人に我物となる言語は、日本語しかない。日本語を脊負つて生れて来るのが、私達の運命なら、国語の基本の「さだまり」は、生れつき心得知るところと言つても少しも過言ではない。「てにをは」を言ふ時、宣長の念頭を離れずにゐるのは、日本語の伝統、即ち国語は、世の遷るにつれ、人々にどのやうに我物とされて来たか、その歴史の流れに他ならない。日常の言語ならば、幼時より習ひ、我物となつてゐるから、「てにをは」が適はぬといふ事は起り得ないが、雅言となると、歴々の歌人の詠にも、その適はぬところが見える。宣長に、これが非常に気にかゝつたのは、所謂「テニハ伝受」に見られるやうな歌の修辞上の約束の形式的な尊重からではなく、「てにをは」の問題の中心は、雅言も、その時代には、彼に言はせれば、「自然、我物なる平生の言語」であつたといふところにあつたからだ。「てにをは」とは、言語を我物にする、その仕方である。古言はいつの間にか今言に移り変るが、言語機能の基本構造は変りやうがなく、恐らく私達の心の深い連続性に見合つて、時代時代の「平生の言語」が互に映ずる、それが言語の伝統なのである。

「詞の玉緒」では、「萬葉」から「新古今」に至る夥しい作例によつて、「てにをは」の「とゝのへ」が調査されてゐるが、その「序」にあるやうに、「てにをは」は詞といふ玉を貫く緒と考へられ、或は「哥にまれ、詞にまれ、此てにをはの、と、のはざるは、たとへば、つたなき手して、縫ひたらん衣のごとし、その言葉はいかにめでたき綾錦なり共、ぬへるさまの、あしからんは、見ぐるしからじやは」（七の巻）とあるやうに、文といふ衣の縫ひ手と考へられてゐる。「てにをは」の起りは、漢文訓読の為の点法にある。それは、生れの通り、てにをはは点であつた。語と呼ばうにも、国語の品詞としての体を成してゐない。だが、さういふ事が、「てにをは」を軽視する理由とはならぬ。むしろ逆であり、もし玉ではないところに、その特色がある事を、はつきりと認めるなら、玉を貫く緒といふ、玉をとゝのへる働きが、其処に見えて来ると宣長は考へるのである。言ふまでもなく、これは言語問題の中核は、歌ふ、語るといふ行為自体にあるといふ彼の言語観、外から言語といふ物に近付かうとはせず、言語を使ひこなしてゐる人の、どうしても外物化の適はぬ心の動きに、直かに触れようとする、さういふ彼の考へ方に基く。「てにをは」は意を担つた語ではない。語に意を担はせる働きであるが、この働きは、やがて、意を担はせた語を集めて、「その本末をかなへあはせ」、文に統一ある「すがた」をもたらすやうになる。さうなると、「てにをは」といふ「語」に類似した形で己れを現して来るとも言へよう。そこで、「てにをは」には、基本的な「さだまり」がある事に気付くわけだが、言語を我物にした語り手には、それは、既に体得してゐるところを、確めてみるといふ事を出ない、言はば、さういふ風に、宣長には考へられてゐたと言つていゝ。私達にとつて、我物となつた言語は、己れの身体のやうなものであり、「さだまり」には違ひないが、身体の「さだまり」のやうに、これに捕へられ、その中にゐるからこそ、言語の自由を得てゐるのだ。さういふ言語といふ生き物の「あやしきさだまり」を、少しも疑はなかつた宣長からすると、先づ文を意を担つた語に分解して置いて、義を担つた文を再構成してみせるといふ事は、随分よそよそしいやり方と見えてゐたに違ひない。

そこで、「かたはしより文義を解せんとすべからず」といふ忠告は、当然、語意にも及ぶわけで、「うひ山ぶみ」の同じ場所には、「語釈は緊要にあらず」とある。語の本の意を求める、所謂言の本義正義を定めるにつき、学者達は、語釈といふ事をやかましく言ふが、「これにさのみ深く心をもちふべきにあらず、こは大かたよき考へは出来がたきものにて、まづはいかなることとも、しりがたきわざなるが、しひてしらでも、事かくことなく、しりてもさのみ益なし」と言ふ。大事は「諸の言は、然云フ本の意を考へんよりは、古人の用ひたる所をよく考へて、云々《シカジカ》の言は、云々の意に用ひたりといふ事を、よく明らめ知る」にあると言ふ。古語の根元を掘つて行けば、その語根が見付かり、その本義が定まるといふ類のやり方は、大方、学者の衒学癖を出ないものだと、言ふのである。この語源学的な語釈を有害無益とする意見は、「玉勝間」にも説かれてゐるが、要するに、語の本義より、その転義に注目せよといふ考へだ。語の意を操る糸は、語り手と聞き手の手に握られてゐる。言葉の意味は、語り手の語りやう、聞き手の聞きやうに従つて、変化して止まぬものだが、互に語り合ふ者の、間を結ぶ言語による表現と理解との生きた関係とは、まさしくさういふものであり、この不安定な関係を、会話してゐる当人達は、決して不都合とは考へないのも、不思議と言へば不思議な事で、不安定で、絶えずその均衡の回復を計らねばならないところから、会話は生気を得て進行するらしい。更に言ふなら、「すべて人の語は、同じくいふことも、いひざま、いきほひにしたがひて、深くも、浅くも、をかしくも、うれたくも聞ゆるわざにて、哥は、ことに、心のあるやうを、たゞに、うち出たる趣なる物なるに、その詞の、口のいひざま、いきほひはしも、たゞに耳にきゝとらでは、わきがたければ、詞のやうを、よくあぢはひて、よみ人の心を、おしはかりえて、そのいきほひを訳《ウツ》すべき也」（古今集遠鏡）とあるやうに、語とは、語といふ「わざ」に他ならない。たゞ語の意味が互に伝達され理解されるといふ事を、普通、話し合ふとは言はない。互に語といふ「わざ」を行ひ、その「口のいひざま、いきほひ」が取かはされて、はじめて談話は生気を帯びるだらう。さう見て来るなら、「すべて人の語」の「口のいひざま、いきほひ」の現すものは、詮ずるところ、歌と同じ事で、その人の「心のあるやうを、たゞに、うち出たる趣なる物」だと言つてよく、親しく語り合ひ、知り合ふとは、各自がその「心のあるやう」を互に大胆にうち出し、その趣の交換が行はれるといふ事なのだ。宣長の言ひ方で続けるなら、それは、相手の「口のいひざま」を「たゞに耳にきゝとる」や直ちに相手の「心のあるやう」を、こちらの「心のあるやう」に「訳《ウツ》す」、さういふ離れわざが、語り合ふ人達の間で行はれるといふ事である。かういふ言ひ方を、曖昧と難ずるには当るまい。語つてゐる当人達にとつては、こんな簡単明瞭な事柄はないといふ事の方が、余程大事だからである。語るといふ「わざ」に限らず、すべて「わざ」といふものは、これを傍観する者の分析的な眼には、多かれ少なかれ、離れわざと映ると言つてもい丶かも知れない。

宣長は、言語の本質を、「心のあるやう」が「たゞにうち出される」「ほころび出る」といふところで、たゞ其処だけで考へてゐた。これは大事な事なのである。言語は、事物に附した記号でもなければ、仲間同士の約束や協定でもない。私達は、皆同じ生命の流れを汲んでゐるだらうが、誰も個人の形を取つてしか生きては行けない、さういふ私達の生活のあるが儘の「すがた」であり「しるし」であるのが言語だと宣長は考へてゐた。各人が、その主観的な、個別的な「心のあるやう」を離れず、そのま丶で互に理解し合ふとは、驚くべき事であり、究極に於いては、言はば、客観的な心の普遍的な「あるやう」を前提としなければ、到底考へられない事だと言ふなら、この前提は、個人の心を通じて、個性化されるといふ事がなければ、外には現れない、とさういふ風な考へ方をせざるを得まい。そして、事実、相手に心が打ち明けたいと思へば、言葉が、口をついて出るとは、まさしくさういふ事なのである。自分の「口のいひざま」に素直に従つて、己れの「心のあるやう」をうち出すのが、相手の心に到達する最上の手段である、あたかもそのやうに振舞つて成功してゐるのが、親しく語り合ふ人達の常態である事を想つてみるがよい。言葉を選び、使ふのは、確かに私だが、逆に、言葉の方で私を捕へて離さぬといふ事もあるのだ。親しく語り合ふ者は、言語による充実した関係で、相手と結ばれてゐる、まるで自分達は、もともと別れ別れの個人ではないと保証されてゐる、そんな具合に、しつかり結ばれてゐるといふ一種の安堵のうちに居るものだ。そして、取りとめのない、楽しい会話が進行するやうな時、言語は、何物にも強ひられてゐない、その本来の力を露はにするもので、その力に随順するのが会話の楽しさに他ならず、さういふ中にあつてこそ、私達は相手との理解を、望むだけ深める事も出来るのである。人が解り合ふとは、各自が担つた観念が持寄られ、その相互の規定調整が行はれるといふやうな、手軽なものではない。己れを語るとは、己れを立て直す事だ。言語の助けによる己れの詮索であり、発見である。さういふ面倒だが、又楽しくもある、終ることのない努力は、多かれ少なかれ、誰もしてゐるところだ。私達は、日常の会話で、人と親しく語り合ふとは、さういふ努力をしてゐる事を、互に確め合ふといふ、まさしくさういふ事に他ならないのである。人生経験者なら、よく知つてゐる事だが、人間は、他人に当つてみなければ、自分といふものを、本当に納得するものではない、孤独な自己反省といふ己れを知る近道は、在りさうで、無い。だが、かういふ個人の体験に基く智慧には、一般の世間智は、無関心なものだ。世間智にしてみれば、広く世間を渡る為には、人の「口のいひざま」に直結した、その人の「心のあるやう」といふやうな個人的な瑣末な、宣長の言ふ「物はかなく、おろかなる」ものにかゝづらつてはゐられないからである。そんなものは捨てゝ行く。といふ事は、「口のいひざま」といふ肉体を捨てた、誰のものでもない言語を操る道を行く事に他ならない。自分の身についた、我物となつた言語が語れない、たゞそれだけの理由からでも、この道は人々の合意や団結の頭脳による偽造といふ孤独な不毛な道と言つていゝわけだが、勿論、当人達は、決してさうは思はない。宣長が言ふやうに、「天地の外までもくまなくさとりきはめたるかほつきして、世にたかぶる」者も、同じ仲間から出て来るのである。世人は「いみじき事」と驚くが、「人の実《マコト》の情《コヽロ》」を知つてゐる者は、騙されはしない。

さて、話は又元に戻つたやうになつた。廻り路をしただけ、同じ問題に、一足踏み込む事も出来ようかと思ふ。

（つゞく）

（『新潮』一九七三年七月号）

本書関連作品年表

◆小林秀雄の主要作品の初出時を記した。行末の漢数字は第五次全集の巻数、＊は単行本『考へるヒント』第一巻・第二巻に収録

一九二九（昭和四）年

ランボー「地獄の一季節」【翻訳】（『文學』創刊号、第一書房、一九二九年十月）、一

一九三二（昭和七）年

「Xへの手紙」（『中央公論』一九三二年九月号）、二

一九三五（昭和十）年

「私小説論」（『経済往来』一九三五年五月号〜八月号）、三

一九三七（昭和十二）年

「菊池寛論」（『中央公論』一九三七年一月号）、五

「戦争について」（『改造』一九三七年十一月号）、五

一九三八（昭和十三）年

「歴史について」（『文學界』一九三八年十月号）、六

一九三九（昭和十四）年

「満洲の印象」（『改造』一九三九年一月号、二月号）、六

『ドストエフスキイの生活』「序（歴史について）」（『文藝』一九三九年五月号）、六

「歴史の活眼」（『公論』一九三九年十一月号）、六

一九四〇（昭和十五）年

「事変の新しさ」【講演】（『文學界』一九四〇年八月号）、七
「時代的考察」【中島健蔵との対談】（『文藝』一九四〇年十月号）
「文学と自分」【講演】（『中央公論』一九四〇年十一月号）、七
「英雄を語る」【林房雄・石川達三との鼎談】（『文學界』一九四〇年十一月号）
「歴史について」【林房雄との対談】（『文學界』一九四〇年十二月号）

一九四一（昭和十六）年

「歴史と文学」【講演】（『改造』一九四一年三月号、四月号）、七

一九四二（昭和十七）年

「戦争と平和」（『文學界』一九四二年三月号）、七
「無常といふ事」（『文學界』一九四二年六月号）、七
「平家物語」（『文學界』一九四二年七月号）、七
「歴史の魂」【講演】（『新指導者』一九四二年七月号）、七
「近代の超克」【シンポジウム】（『文學界』一九四二年九月〜十月号）
「西行」（『文學界』一九四二年十一月号、十二月号）、七

一九四六（昭和二十一）年

「コメディ・リテレール　小林秀雄を囲んで」【座談会】（『近代文学』第二号、一九四六年二月）、八
「モオツァルト」（『創元』第一輯、一九四六年十二月）、八

一九四七（昭和二十二）年

「ランボオⅢ」（『展望』一九四七年三月号）、八

「表現について」【講演】（一九四七年七月）、九

一九四九（昭和二十四）年

『私の人生観』（創元社、一九四九年十月）、九

一九五〇（昭和二十五）年

第一次『小林秀雄全集』全八巻（創元社、一九五〇年〜一九五一年）

「古典をめぐりて」【折口信夫との対談】（『本流』第一号、一九五〇年二月）、九

「ニイチェ」（『ニイチェ全集』内容見本、創元社、一九五〇年八月）、九

「偶像崇拝」（『新潮』一九五〇年十一月号）、九

一九五一（昭和二十六）年

「現代文学とは何か」【大岡昇平との対談】（『文學界』一九五一年九月号）、十

「政治と文学」【講演】（『文藝』一九五一年十月号〜十二月号）、十

一九五二（昭和二十七）年

「中庸」（『朝日新聞』一九五二年一月三日）、十

「「賭はなされた」を見て」（『東京タイムズ』一九五二年二月一日）、十

一九五五（昭和三十）年

「政治について」【河盛好蔵・亀井勝一郎との鼎談】（一九五五年一月十四日放送）
第二次『小林秀雄全集』全八巻（新潮社、一九五五年〜一九五七年）

一九五六（昭和三十一）年

『小林秀雄集』（『現代日本文学全集』第四十二巻、筑摩書房、一九五六年二月）
「メールツェルの将棋差し」【翻訳】（『世界推理小説全集1　ボウ町の怪事件　他』東京創元社、一九五六年七月）

一九五七（昭和三十二）年

「ヴァン・ダインは一流か五流か」【江戸川乱歩との対談】（『宝石』一九五七年九月号）

一九五八（昭和三十三）年

「感想」（『新潮』一九五八年五月号〜一九六三年六月号）、別巻Ⅰ
「論語」（『講座　現代倫理』第一巻「モラルの根本問題」所収、「人と作品——新しい視点」の一篇、筑摩書房、一九五八年十一月）、十一

一九五九（昭和三十四）年

「好きな道」【講演】（『日本文化研究』月報第三号、新潮社、一九五九年三月）
「好き嫌ひ——愛する事と知る事と」（『文藝春秋』一九五九年五月号）、十二
「常識」（『文藝春秋』一九五九年六月号）、十二＊
「プラトンの「国家」」（『文藝春秋』一九五九年七月号）、十二＊
「読者」（『文藝春秋』一九五九年九月号）、十二＊
「良心」（『文藝春秋』一九五九年十一月号）、十二＊
「文壇よもやま話」【一九五九年十一月三十日、NHKラジオ第二放送、池島信平・嶋中鵬二との鼎談】（『文

壇よもやま話』上巻、日本放送協会編、青蛙房、一九六一年、所収）
「生きてる以上　考える　小林秀雄氏の近ごろ」【インタヴュー記事】（『朝日新聞』一九五九年十一月十六日、東京版朝刊）
「歴史」（『文藝春秋』一九五九年十二月号）

一九六〇（昭和三十五）年
「見失はれた歴史」（『文藝春秋』一九六〇年一月号）、十二
「役者」（『文藝春秋』一九六〇年三月号）、十二＊
「平家物語」（『文藝春秋』一九六〇年七月号）、十二＊
「本居宣長――「物のあはれ」の説について」（『日本文化研究』第八巻所収、新潮社、一九六〇年七月）、十二
「現代に生きる歴史」【田中美知太郎との対談】（『週刊読書人』一九六〇年九月十九日号）
「歴史と人生」（のち「プルターク英雄伝」と改題、『文藝春秋』一九六〇年十一月号）、十二＊

一九六一（昭和三十六）年
「忠臣蔵」（のち「忠臣蔵Ⅰ」と改題、『文藝春秋』一九六一年一月号）、十二＊
「武士道――忠臣蔵（2）」（のち「忠臣蔵Ⅱ」と改題、『文藝春秋』一九六一年三月号）、十二＊
「学問――忠臣蔵（3）」（のち副題を削除、『文藝春秋』一九六一年六月号）、十二＊
「徂徠」（『文藝春秋』一九六一年八月号）、十二＊
「弁名」（『文藝春秋』一九六一年十一月号）、十二＊

一九六二（昭和三十七）年
「考へるといふ事」（『文藝春秋』一九六二年二月号）、十二＊

「ヒューマニズム」（『文藝春秋』一九六二年四月号）、十二＊
「福澤諭吉」（『文藝春秋』一九六二年六月号）、十二＊
「鐔《つば》」（『藝術新潮』一九六二年六月号）、十二
「天といふ言葉」（『文藝春秋』一九六二年十一月号）、十二＊
『日本現代文学全集　第六十八巻　青野季吉・小林秀雄集』（講談社、一九六二年十二月）

一九六三（昭和三十八）年

「哲学」（『文藝春秋』一九六三年一月号）、十二＊
「歴史」（『文藝春秋』一九六三年五月号）、十二＊
「物」（『文藝春秋』一九六三年七月号）、十二

一九六四（昭和三十九）年

単行本『考へるヒント』〔第一巻〕（文藝春秋新社、一九六四年五月）
「教養といふこと」【田中美知太郎との対談】（『中央公論』一九六四年六月号）、十三

一九六五（昭和四十）年

「本居宣長」（『新潮』一九六五年六月号〜一九七六年十二月号）
「人間の建設」【岡潔との対談】（『新潮』一九六五年十月号）、十三

一九六七（昭和四十二）年

第三次『小林秀雄全集』全十二巻（新潮社、一九六七年〜一九六八年）
「音楽談義」【五味康祐との対談】（『ステレオサウンド』一九六七年五月号）、十三

一九七一（昭和四十六）年
「歴史について」【江藤淳との対談】（『諸君！』一九七一年七月号）

一九七三（昭和四十八）年
「本居宣長」第四十六回（『新潮』一九七三年七月号）

一九七四（昭和四十九）年
「本居宣長」第五十一回（『新潮』一九七四年五月号）
文庫版『考えるヒント』〔第一巻〕（文藝春秋・文春文庫、一九七四年六月）
単行本『考へるヒント2』（文藝春秋、一九七四年十二月）

一九七五（昭和五十）年
文庫版『考えるヒント2』（文藝春秋・文春文庫、一九七五年六月）
「交友対談」【今日出海との対談】（『毎日新聞』一九七五年九月二十三日〜十月十日）

一九七六（昭和五十一）年
『考えるヒント3』（文藝春秋・文春文庫、一九七六年六月）

一九七七（昭和五十二）年
『本居宣長』（新潮社、一九七七年十月）、十四
「「本居宣長」をめぐって」【江藤淳との対談】（『新潮』一九七七年十二月号）、十四

一九七八（昭和五十三）年

第四次『小林秀雄全集』全十三巻別巻二（『新訂小林秀雄全集』、新潮社、一九七八年〜一九七九年）

一九七九（昭和五十四）年

「本居宣長　補記」（『新潮』一九七九年一月号）、十四

「歴史について」【河上徹太郎との対談】（『文學界』一九七九年十一月号）、十四

一九八〇（昭和五十五）年

『考えるヒント4――ランボオ・中原中也』（文藝春秋・文春文庫、一九八〇年九月）

一九八一（昭和五十六）年

「小林秀雄先生に聞く」【明治大学卒業生との座談会】（『文芸科時代　1932-1951』Ⅱ、明治大学文学部五十年史編纂準備委員会編、緑地社、一九八一年）

一九八二（昭和五十七）年

『本居宣長　補記』（新潮社、一九八二年四月）、十四

一九八五（昭和六十）年

『小林秀雄講演―文学の雑感』〈講義・質疑応答〉（新潮カセット、新潮社、一九八五年十一月）

二〇〇一（平成十三）年

第五次『小林秀雄全集』全十四巻別巻二補巻三（新潮社、二〇〇一年〜二〇一〇年）

あとがき

「はじめに」でふれた河上徹太郎の葬儀には、ささやかな縁がある。河上邸での関係者のみの葬儀のあと、一九八〇（昭和五十五）年十月七日の午後、東京関口の東京カテドラル聖マリア大聖堂で、大規模な葬儀ミサと告別式が行なわれた。二つの葬儀ともカトリック式だったのは夫人の意向によるという。その後者の式で鳴らされた大聖堂の鐘の音を、聞いた記憶がある。

そのころ通っていた高校は、音羽通りを谷に見立てるならば、やはり高台にあった関口の大聖堂とちょうど対岸の位置にある。丹下健三の設計による大聖堂の姿は、校舎から見える遠景としておなじみだった。この十月七日は火曜日だったので学校に来ていたはずだから、偶然にその時にいた場所のせいで、鐘の音がはっきり聞こえたのだろう。もちろん耳にしたときに、ああ河上の葬儀だと感じたわけではなく、当日の新聞夕刊を見て詳細を知ったのだと思われる。その告別式では、小林秀雄が葬儀委員長としてあいさつの言葉を述べ、さまざまな感情があったはずの交友関係に簡潔な終止符を打ったのだった。まさに教会堂の方を見ているとき、遠い空にむかって鐘の音が響いているのを聞いたような気がしている。近代文学史の一場面に、ほんの少しふれることができたのだと思う。

ただしその体験をきっかけに小林秀雄の作品を読み始め、長らく愛読してきたので、このたび本書の完成によって宿願を果たすことができてうれしい、といったことはない。大学の入試問題で小林の文章を読んだ経験も、たぶんなかったと思う。研究者になってから、昭和思想史の研究材料として読み始めたのであり、『考へるヒント』や『本居宣長』を手にとったのは、実は今回が初めてである。ただ、以前に平泉澄や吉田健一について書いたときに比較対象として小林にふれたのだが、どうも十分に理解できていないといううらみが残っていた。その点では、二十年ほど気になっていた課題にようやくとりくんだとは言えるかもしれない。

もともとのきっかけは、朝日カルチャーセンター新宿教室で二〇二一（令和三）年八月から続けている講義である。その前から、文庫本で読める近代日本思想史のテクストをとりあげて解説していたのだが、だんだん材料が少なくなり、困ったと思っていたところ、『考へるヒント』の第二巻が徳川思想史であることに気づいて、これは面白そうだと感じた。それが本書の構想の始まりである。結果としては講義の内容からずいぶん変わっているが、受講生からの質問に答えるなかで明らかになったことも多い。佐藤清さんをはじめとする受講生の方々、支えてくださっている事務局のみなさまに、お礼申しあげる。本書は書き下ろしであるが、第五章には旧稿「「天」をめぐって――小林秀雄と福沢諭吉」（福澤諭吉協会『福澤手帖』一九二号、二〇二二年三月）の内容を組み入れた箇所がある。資料収集や調査に関して、サントリー文化財団（研究助成「学問の未来を拓く」）および日本学術振興会科学研究費の助成をいただいた。

いま記録を眺めると、構想のメモらしきものができたのが二〇二二（令和四）年の一月、執筆を始めたのはその年の夏である。長丁場を支えてくださった新潮選書編集部では、最初は三辺直太さんからお声がけいただき、実際の進行は中島輝尚さんにご担当いただいた。中島さんは、作品年表の作成や引用文の全集との照合など、多くのお力添えをくださった。また、校閲担当の方には、気づかなかった多くの誤謬を指摘していただいた。こうした方々の努力の集合体として（もちろんその後の製作や流通・宣伝・販売の過程も含む）、一冊の本が世に出るということのすばらしさを、しみじみと思う。

二〇二三年十月

苅部　直

新潮選書

小林秀雄《こばやしひでお》の謎《なぞ》を解《と》く　『考《かんが》へるヒント』の精神史《せいしんし》

著　者………………苅部《かるべ》 直《ただし》

発　行………………2023年10月25日
2　刷………………2023年11月20日

発行者………………佐藤隆信
発行所………………株式会社新潮社
〒162-8711 東京都新宿区矢来町71
電話　編集部 03-3266-5611
　　　読者係 03-3266-5111
https://www.shinchosha.co.jp
シンボルマーク／駒井哲郎
装幀／新潮社装幀室

印刷所………………株式会社三秀舎
製本所………………株式会社大進堂

ISBN 978-4-10-603902-7 C0395